NAUFRÁGIO

LOUIS BEGLEY

Naufrágio

Tradução
Sergio Tellaroli

COMPANHIA DAS LETRAS

Título original
Shipwreck

Capa
Angelo Venosa

Foto de capa
Altrendo Panoramic / Getty Images

Preparação
Otacílio Nunes

Revisão
Ana Maria Barbosa
Isabel Jorge Cury

Dados Internacionais de Catalogação na Publicação (CIP)
(Câmara Brasileira do Livro, SP, Brasil)

Begley, Louis
Naufrágio / Louis Begley ; tradução Sergio Tellaroli. — São Paulo : Companhia das Letras, 2007.

Título original: Shipwreck.
ISBN 978-85-359-0950-0

1. Ficção norte-americana I. Título.

06-8732 CDD-813

Índice para catálogo sistemático:
1. Ficção : Literatura norte-americana 813

[2007]

EDITORA SCHWARCZ LTDA.
Rua Bandeira Paulista, 702, cj. 32
04532-002 – São Paulo – SP
Telefone: (11) 3707-3500
Fax: (11) 3707-3501
www.companhiadasletras.com.br

Em memória de Siegfried Unseld

"Psiu, quieto", você disse,
"Quero pôr as pernas em torno da sua cabeça."
DONALD HALL, "Conversation's Afterplay"

Eu fumava um cigarro no bar, o copo vazio à minha frente, pensando se devia tomar mais um ou ir embora, quando senti uma mão no meu ombro. Uma voz bem grave e agradável disse: Deixe-me oferecer um uísque a você. Não gosto de beber sozinho. E aposto que você também não.

Não havia razão para recusar a oferta. Ninguém me aguardava em lugar nenhum. Assim sendo, concordei com a cabeça e o segui até uma mesa. Ao ver um garçom à toa e ao alcance da voz, ele pediu uma garrafa de uísque, gelo e soda. Fomos servidos com rude eficiência. Depois de um suspiro que entendi ser de satisfação, ele cruzou e recruzou os tornozelos das pernas finas e compridas esticadas à sua frente e olhou ao redor. Mais uma vez, também eu absorvi as luzes bruxuleantes, o agrupamento de sombras às demais mesas e o murmúrio das vozes. No momento seguinte, ele rompeu o silêncio: Melhor eu me apresentar. North. Meu nome é John North.

Curvei-me ligeiramente e retribuí a gentileza.

De súbito, ele tornou a falar, aquele homem tão parecido

comigo na aparência e no jeito, desde a coroa bem cuidada no alto da cabeça até o bico dos sapatos, já bem usados, mas engraxados à perfeição.

Escute, ele disse. Escute aqui. Vou contar a você uma história que nunca contei. Se me ouvir até o fim, vai entender por quê. Teria sido idiotice da minha parte contar essa história a alguém. Mas, com você, por alguma razão, me sinto seguro. Chame isso de impulso, instinto ou destino, como quiser. Além do mais, que importância tem o que eu disser aqui, tomando um drinque agradável no L'Entre Deux Mondes?

Alguma coisa no que ele disse ou não conseguiu dizer deve tê-lo divertido bastante, porque riu até as lágrimas. Levou um tempinho para que se recompusesse e fosse capaz de ir adiante. Este lugar ensombrecido não é a perfeita terra de ninguém?, perguntou.

Não fiz nenhum comentário.

Vamos, diga lá, ele prosseguiu, com um toque de irritação. Que importância pode ter o que eu disser a você aqui?

Por natureza, sou tímido e introvertido. Aquela intimidade que nada justificava e que eu nada havia feito para estimular me pôs na defensiva. Ao mesmo tempo, não desejava repelir de imediato o que podia ser apenas o movimento inicial de uma conversa inofensiva. Pareceu-me melhor não dizer nada.

North fez um gesto afirmativo de cabeça, talvez indicativo de que, no fim das contas, meu silêncio também não importava. Imagino que você vá achar engraçado, disse ele, o fato de minha história começar num café. Um café parisiense que você talvez conheça. A propósito, você conhece minha obra? Quer dizer, meus romances?

Diante da expressão sem dúvida vazia no meu rosto, ele riu e disse: Não se preocupe, prefiro sinceridade a uma mentira gentil que vou reconhecer no ato. Não tem importância e, por favor, não proteste. Vou simplesmente partir do princípio de que você nunca leu uma única linha do que escrevi. Mas acredite que, há muitos anos, sou um escritor de considerável reputação literária e razoável sucesso comercial. Minha história começa quando meu romance mais recente, *O formigueiro*, tinha sido lançado fazia pouco mais de seis meses, publicado nos Estados Unidos no outono do ano anterior. A tradução francesa tinha acabado de sair. Estava em exibição nas vitrines de boa parte das livrarias de Paris e se podia encontrá-la até mesmo nas bancas de jornal em Roissy ou Orly, que em geral só vendem best-sellers franceses e lixo importado. Minha editora na França sempre foi a mesma. Publicou *O formigueiro* e todos os meus romances anteriores. O dono se chama Xavier Roche, e, com o passar dos anos, ele se tornou meu amigo. Eu estava em Paris a convite dele. Não era bem um *tour* para promover o livro. Até porque nada do que tenha importância real na vida literária francesa acontece no interior. Em vez disso, a idéia era passar cerca de uma semana em Paris para ser entrevistado pela mídia impressa. Se tivesse muita sorte, apareceria em *Apostrophes*, um programa de televisão sobre livros que exerce enorme influência nas vendas e na crítica também. Mas isso não aconteceu. Note que eu tinha algumas coisas a meu favor. Todos os meus romances estavam disponíveis em francês, sempre tive boas resenhas na França e meu francês falado soa quase como o de um nativo — no todo, um perfil incomum para um autor norte-americano. Xavier pretendia explorar essas vantagens, sobretudo porque não tinha nenhum autor francês "de nome" para lançar naquele ano.

E assim foi que, numa tarde cinzenta de maio, daquelas que deixam a gente com vontade de deitar e dormir, eu me vi no Café Flore, sendo entrevistado por uma jovem mulher para uma matéria a ser publicada com destaque na *Vogue* francesa. Não, não que eu seja esse tipo de escritor, garanto a você: mas, quando aparece um "gancho" que possam aproveitar, essas revistas lustrosas às vezes fazem perfis de escritores sérios e chegam mesmo a publicar resenhas competentes. Qual era o gancho nesse caso? Minha modesta condição de celebridade, tanto nos Estados Unidos como na França, as famosas peripécias dos meus pais — que, na época deles, causaram grande alvoroço aqui e ali, e sobretudo em Paris — e o fato de eu próprio ter morado na cidade. Qualquer que tenha sido o motivo, haviam decidido fazer a matéria, e existia ainda a possibilidade de as *Vogue* americana e britânica a publicarem traduzida. Logo em seguida à entrevista, haveria uma sessão de fotos. Quando a jornalista — no fundo, quero dizer a garota, porque não tinha como não pensar nela dessa forma; não porque fosse jovem, imaginava que tivesse entre vinte e cinco e trinta anos, estava mais para trinta, mas porque alguma coisa em sua aparência e no lépido comportamento profissional me lembrou o tipo da "jovem repórter intrépida" dos filmes da década de 40. Bem, de todo modo, quando a garota perguntou se eu queria tomar um café enquanto o fotógrafo e o assistente se preparavam, aceitei, tinha ficado satisfeito com a entrevista. Ela havia lido minha obra com atenção e conhecia boa parte do que já tinha sido escrito sobre mim. Fez perguntas inteligentes.

Tão logo concordei, ela me levou para uma mesa do outro lado do café, longe de onde havíamos nos sentado durante a entrevista. Imaginei que quisesse evitar que o fotógrafo nos incomodasse. Ou que nos ouvisse.

Muito obrigada por tudo, ela disse. Por seus livros e pela entrevista. Foi muito eloqüente. O novo livro é maravilhoso. Acho que vai ser muito bem recebido.

O café e o scotch que eu havia pedido me propiciaram pretexto suficiente para não responder de imediato. Tomei o café depressa, ainda bem quente, como é meu hábito, e pedi outro. Depois, dediquei-me ao uísque, remexendo as pedras de gelo no copo. Claro que eu sabia que havia sido eloqüente. Ela poderia até ter dito brilhante. E quanto às perspectivas do meu novo livro? Nos Estados Unidos, as resenhas em jornais e revistas que contam tinham sido favoráveis, à parte os poucos implicantes que sempre me perseguem, seja por motivos pessoais ou ideológicos. Tinha havido elogios entusiasmados também. De todo modo, numa fração de segundo, a garota tinha azedado meu humor. Não foi só o pavor inato que sinto de todo e qualquer otimismo ou cumprimento antecipado, embora tenha um bocado a dizer sobre essa superstição em particular, uma das muitas de que me orgulho bastante. Por exemplo, quando viajamos da cidade para nossa casa em Long Island, que fica perto da propriedade dos pais da minha mulher, sempre imploro a ela que não diga que o tráfego está fluindo bem, pelo menos não antes de termos cruzado a Triborough Bridge. Toda vez que ela diz isso, sem uma única exceção, logo ficamos presos num engarrafamento, atrás de um caminhão tombado ou coisa do tipo. É batata. Enfim, o que me incomodou não foi o que a garota disse. Ela só falou a verdade inevitável: O *formigueiro* teria boas resenhas, seguidas de vendas anêmicas. Xavier, no entanto, não podia me culpar nem culpar o livro por isso. É o destino inexorável de noventa e nove por cento dos romances traduzidos no mercado francês. Eu sabia quais eram as raízes daquela minha súbita inquietude. Eram outras, mais profundas do que o bem-intencionado comentário da jornalista, e fundadas numa descoberta que eu tinha feito havia pouco tempo, enquanto Lydia — minha esposa — estava num congresso no Havaí sobre doenças renais em jovens e crianças pequenas, assunto no qual ela é uma grande autoridade.

Eu estava sozinho em Nova York e à toa. O novo projeto que tinha em mente ainda não tomara forma suficiente para que eu pudesse começar a escrever. No máximo, podia tomar notas acerca do que fazer mais adiante, mas não quis, porque tomar notas e fazer esboços estão entre as atividades de que, em geral, fujo. Não me sentia muito disposto a ver os amigos e estava impaciente demais — nervoso mesmo — para mergulhar em qualquer leitura séria. Normalmente, essa inércia desconfiada que me acomete entre um livro e outro é bem-vinda. Ela me torna receptivo para impressões que eu deixaria escapar ou apreenderia pela metade, e essas são, na verdade, as impressões que, mais tarde, vão alimentar meu trabalho. Assim, foi sem intenção consciente, foi por acaso — mas creio que daquele tipo de acaso inevitável, que fica à nossa espreita — que me vi julgando meus romances. Eu tinha assistido a um filme que me incomodara por causa de um traço de crueldade que atravessava a história toda, muito em desacordo com o enredo banal e, em essência, alegre. A pretensão do roteirista ou do diretor tinha estragado o filme. Ao sair do cinema, comi uma massa no único restaurante perto de casa que serve comida de verdade depois das onze. Quando cheguei em casa, meu primeiro pensamento foi ir direto para a cama. Mas, como estava tenso e irritado demais, me servi de um drinque e fui para a biblioteca. Existem coisas que a gente só faz quando está sozinho. Caminhei até a estante reservada às primeiras edições dos meus romances e de suas traduções e acariciei as lombadas tão conhecidas. Depois, como se sob o efeito de uma compulsão irresistível, retirei, em primeiro lugar, o novo livro e, mais tarde, todos os outros, para dar uma espiada em certas passagens. No fim, passei a noite inteira em minha poltrona, além de todo o dia seguinte, até boa parte da noite, sem quase nenhuma interrupção, embora suspeitasse estar com febre. Reli toda a minha produção. A certa altura, sentenças inteiras que eu tinha escrito pareciam se desintegrar como as figuras num caleidoscópio, quando a gente gira o tubo, só que minhas palavras não se reagrupavam nem se fundiam em novas maravilhas de cor e desenho. Jaziam na página como cacos vulgares e odiosos de vidro. A conclusão a que cheguei resumiu-se ao seguinte: nenhum dos meus livros, nem o novo romance nem qualquer um dos outros que escrevi antes, era muito bom. Com certeza, nenhum deles tinha o mérito literário que a crítica lhe atribuíra. Nem mesmo meu segundo romance, o que ganhou todos os prêmios e sobre o qual se disse que confirmava minha reputação de importante romancista. Não, todos pertenciam à mesma linhagem enfadonha dos livros desnecessários. Romances que não são ruins a ponto de dar vergonha, mas que levam a gente a pensar por que os autores se deram ao trabalho de escrevê-los. A não ser, é claro, que tenham sido movidos por ambição pequena: ganhar uma modesta quantia de dinheiro e renome passageiro. Você bem pode imaginar como foi que esses sentimentos, desconhecidos da garota, acabaram transformando seu inocente gesto lisonjeiro num *faux pas*.

North reabasteceu nossos copos e lançou-me um olhar radiante. Há uma razão, disse, para eu estar contando a você sobre essa pequena e sombria epifania, embora, em si, ela talvez não seja do seu interesse. É que ela faz parte do cenário. Sem ela, você talvez não seja capaz de avaliar com justiça o que se seguiu.

Balbuciei minha concordância. Os uísques que havia tomado tinham provocado em mim uma espécie de estado hipnótico. O tempo já não importava.

E o que pensar de uma pessoa que escreve livros assim?, ele continuou. A que categoria pertence senão à raça dos oportunistas, gente que vive livre da infâmia, mas também do louvor, invejosa de qualquer outro destino?

Ele não esperou que eu respondesse à pergunta, que, de todo modo, entendi como retórica. Em vez disso, retomou o monólogo: Com pessoas desse tipo, esteja sempre alerta para a capacidade que elas têm de invejar os outros, mesmo que essa capacidade não seja evidente! Na verdade, oportunistas da minha espécie recebem louvor, mas nunca o bastante. Porque tem sempre o velho Joe ou o velho Max, destinatários de louvores maiores e melhores, embora sejam menos merecedores deles. Enfim, tive a dolorosa percepção de que havia perdido tempo escrevendo aquela coisa toda. As resenhas entusiasmadas que saudaram meu novo romance tanto na imprensa americana como na inglesa, e que ainda pipocavam aqui e ali, numa ou noutra revista — o louvor que me havia feito corar de prazer e que Lydia adorara devia, na verdade, ter me deixado vermelho de vergonha. Sentado com a garota no Flore, pensando naquela minha descoberta, lembrei-me em particular da resenha que meu agente me enviara por fax e que eu tinha lido naquele mesmo dia, no café-da-manhã. Não sei bem como, eu tinha levado a resenhista — uma mulher astuta e extremamente cuidadosa a quem admiro e a quem, na realidade, havia ludibriado, como a tantos de seus colegas — a acreditar que minha obra possuía qualidades que eu, de olhos recém-abertos e conhecedor dessa obra como somente o autor pode conhecê-la, frase por frase, parágrafo por parágrafo, podia assegurar que em absoluto não estavam presentes nela. Essas resenhas, que levaram meu agente, minha editora e colegas escritores a me telefonar ou a escrever para me cumprimentar, para que serviam no fim, senão para ampliar a trapaça? E agora aquela garota, com seu palavrório e o perfil para o qual eu estava colaborando com tanto descaramento, ia aumentar ainda mais o escândalo e minha já imensa vergonha acumulada.

North fez uma pausa, claramente contrariado. Coçou os olhos. O gesto parecia constituir um tique do qual ele tinha consciência. Pouco depois, prosseguiu.

Como já tinha bebido meu mini-uísque, perguntei à garota se ela me acompanharia numa segunda dose, maior. Ela disse que não, mas que aceitaria outro café. Queria continuar revendo suas anotações. Por mim, estava tudo bem: um não é um não, e pronto. Mas enquanto isso, como ela já tinha me posto em órbita, dei continuidade à revisão daquela minha situação monstruosa. Não havia dúvida de que eu tinha me tornado escritor de forma honesta; acreditava na existência de um mundo de histórias em minha cabeça, esperando apenas que eu as contasse, e acreditava também que sabia como contá-las. Escrever romances tornou-se meu ofício desde que eu era bem jovem, recém-saído da faculdade; meu único ofício. Não estava qualificado para fazer nenhuma outra coisa; não sabia vender apólices de seguro, não era capaz de gerenciar um restaurante, de negociar *commodities* no mercado de futuros ou de desempenhar qualquer outra função que, mesmo não requerendo trabalho físico pesado, ainda assim fosse considerada útil e digna de remuneração. Só uma inusitada retratação pública podia redimir a fraude. Eu conhecia o caso de um escritor que havia repudiado a própria obra dessa maneira, mas seu repúdio coincidira com a nova convicção, de natureza quase religiosa, de que ele tinha encontrado uma forma diferente e digna de escrever. Eu não tinha uma carta dessas na manga. Talvez a única solução honrada fosse jogar no lixo o livro que acabara de começar e, então, viver em paz para todo o sempre.

De repente, a garota começou a falar. Senhor North, disse ela, quando estávamos discutindo as fontes desse seu novo livro, anotei aqui: "Voltar ao assunto. Não deixar que ele contorne a questão". O senhor se lembra quando perguntei se *O formigueiro* era autobiográfico, talvez até mais do que os romances anteriores? O senhor não me respondeu. Será que o ofendi? Nós poderíamos falar sobre isso?

Ainda tinha um resto de uísque no meu copo. Estudei o rosto da garota através do líquido amarelo. As lentes dos óculos que ela usava eram de uma espessura surpreendente. Concluí que devia ser extraordinariamente míope e bem o tipo da jovem repórter intrépida, que jamais usaria lentes de contato no trabalho. Lentes de contato talvez não fossem muito boas para leitura. A pele era macia, quase amanteigada, e o nariz, bem pequeno. Eu devo ir embora de imediato?, me perguntei; devo dizer à garota que quero voltar para meu hotel e me recusar a fazer qualquer outra coisa para promover meu livro e a mim mesmo?

North parou e ficou me olhando. Diga logo, criatura, ele pediu. Essa sua expressão parece a de quem está querendo dizer: Por que você não fez isso?

Não respondi.

Ele ergueu as sobrancelhas e continuou. Vou lhe dizer uma coisa: não é tão fácil assim. O único sentido de dar uma entrevista neste mundo duro e cruel é fazer com que o jornalista diga alguma coisa de favorável a seu respeito e a respeito do livro. Para que isso aconteça, você tem de se fazer querido. Eu sabia que, se fosse hostil à garota, era grande a chance de ela se vingar disso. Como? Existem tantas maneiras — a mais simples seria insinuar que eu era presunçoso e, em essência, desinteressante. Decidi-me pela aposta mais segura e até tentei um sorriso. Na verdade, ainda não havia testado minha nova convicção: a de que meu valor como escritor era algo próximo de zero. Em toda a minha vergonha e covardia, nem sequer havia falado sobre isso com Lydia. Era o que ia fazer quando retornasse a Nova York. Não, aquele não parecia ser nem o momento nem o lugar certo para uma proclamação.

Escute, eu disse à garota, me perdoe se fui meio brusco. Sempre que me fazem essa pergunta, ou alguma outra desse tipo, começo a achar que estou sofrendo de fadiga mental. Como se algum suporte estrutural importante dentro de mim fosse rachar. Ou como se meus braços fossem cair do corpo. E isso porque não há um único entrevistador que não tenha feito essa mesma pergunta. Pode até parecer que ela é importante, mas acredite, não é: é um beco sem saída. Por isso, desenvolvi e aperfeiçoei uma resposta-padrão que me resigno a dar. Não lhe dei essa resposta porque julguei que você merecia coisa melhor, mas não tenho muita certeza de que tenho coisa melhor a dizer. Se você quiser o discurso-padrão, não tem problema: basta ligar o gravador.

Isso não vai ser necessário, veio a resposta. Ela abriu seu bloco de notas, encontrou uma página em branco, apanhou uma caneta *ballpoint* mais sofisticada e ficou à espera.

Está bem, eu disse. Mas, primeiro, vou pedir outro uísque. É revoltante como é pequena a dose que eles servem nesses cafés de Saint-Germain-des-Prés.

O garçom trouxe meu uísque e, depois de um belo gole, comecei a falar: É sabido que um romancista como eu extrai seu material sobretudo da própria vida. Lembranças de lugares onde morou ou que visitou, acontecimentos em que se enredou, ainda que de forma inteiramente passiva. Ele usa seus pesadelos, medos, pesares, ambições e decepções. Claro que recorre também a suas alegrias. Não estou pretendendo sugerir que só as lembranças infelizes entram em sua obra, embora muitas vezes pareça ser esse o caso. Ah, sim, e ele também se vale de tudo o que leu e não esqueceu, bem como de histórias e episódios pitorescos que outros lhe contaram. Numa ocasião em que foi jantar fora, por exemplo, como aconteceu com Henry James.

O olhar da garota deixou claro que não estávamos falando a mesma língua: Henry James não constava do currículo dos liceus franceses. Não me deixei deter por aquele detalhe.

Um romancista armazena todo tipo de coisa, eu disse, o que inclui coisas que ele nem sabia que estavam dentro dele, até começar a escrever. Era o efeito da bebida ou das minhas próprias palavras? O fato é que me vi querendo impressionar a garota, e fui em frente com vigor redobrado.

Quando o romancista, prossegui, encontra um assunto que o atrai — "tropeça" nele seria a palavra mais exata na maioria dos casos — e que o faz querer começar um livro, ele se põe a moldar essa miscelânea armazenada até transformá-la em material útil e poder, então, pendurá-la no varal do seu enredo, feito roupa lavada. São trajes feitos de palavras, modelados palavra a palavra, frase a frase. Isso é trabalho pesado, a maioria daria qualquer coisa para fugir dele, se houvesse algum outro meio de escrever um romance. Mas não há. Não tinha muita certeza de que a garota ainda estava me acompanhando. Tamborilei com os dedos na mesa. Me perdoe a digressão, eu disse. O que espero que você aceite como verdade é que meu novo romance, assim como seus irmãos mais velhos, é autobiográfico num único sentido: ele é feito das coisas que a vida depositou dentro de mim. Mas meus romances não são sobre mim, e nenhum deles é a história da minha vida.

Diligente, a garota anotou tudo, pôs a caneta de lado e disse: Era disso mesmo que eu precisava. Mais uma vez, obrigada!

Ela sorriu contente, exibindo dentes uniformes, fortes e muito brancos. Sempre gostei de mulheres com bons dentes. Tenho de admitir que, de modo geral, gosto desse novo tipo de francês. Gosto dessa aparência saudável. Tão diferente da garotada pálida que conheci quando era adolescente, com toda aquela paixão pela política e dentes amarelos que derretiam a olhos vistos com o uísque. Pediatras e dentistas de melhor qualidade, uma boa dieta e férias dedicadas a esportes vigorosos — eis aí o que fez as coisas mudarem tanto. Volta e meia me admiro de ver como os jovens franceses fazem de tudo. Esquiam nos Alpes, velejam pela costa da Austrália, atravessam a China a pé — o espantoso é que podem fazer tudo isso. Esquecer a política talvez tenha ajudado também. Quando penso no que a guerra da Argélia e o Maio de 68 significaram para os franceses da nossa geração, me sinto como uma maldita peça de museu. Se existe alguma grande causa social ou política capaz de acelerar o coração daquela garota ou de seus amigos, garanto a você que não descobri qual é. Nem mesmo depois de conhecê-la muito bem.

Mas, voltando à entrevista, disse North, eu com certeza quis ser justo. Nisso, você há de se solidarizar comigo. Por isso, disse à garota: Eu avisei. Quando você estiver prestes a inserir minhas declarações no seu artigo, lembre-se de que essa não foi a primeira vez que as fiz. De todo modo, por mais que as tenha repetido, são o que penso. Juro por Deus.

Outro sorriso contente foi minha recompensa.

Não importa, respondeu ela. Não estou preocupada com as entrevistas que o senhor deu para outras revistas. Esta aqui é para os nossos leitores.

Senti-me tentado a perguntar por que motivo ela acreditava que seus leitores só liam a *Vogue*, mas me contive. Já tínhamos conversado o bastante. Por essa mesma razão, não disse a ela que havia uma pergunta seguinte a ser feita: por que a única história que não havia contado nem parecia ter nenhum desejo de contar — em lugar de pedaços dela misturados a tralha variada — era a história da minha vida? Se ela tivesse perguntado, eu teria lhe dito algo em que, à época, acreditava piamente: que a necessidade que eu tinha de confessar era mais do que satisfeita por aqueles pedaços: as alusões ocasionais à vida inconfessada que enfiava em meus romances. Será que essas mensagens ocultas, a cuja confecção acredito ter dedicado tempo demais, têm destinatários? Lydia, claro, é a principal destinatária. E pode sempre haver algum leitor ideal, de extraordinária empatia, mas tímido demais para se manifestar ou ainda não nascido. Não importa. Minhas mensagens têm um propósito? Eu costumava vê-las como atos menores de ousadia, pistas que um assassino convencido de ter cometido o crime perfeito se sente compelido a deixar. Na verdade, porém, acho que as invento sobretudo para me divertir, o que talvez valha também para o assassino.

North fez uma pausa, sua serenidade talvez já não tão completa quanto antes. O inesperado silêncio propiciou-me uma brecha. Aproveitei-me dela e perguntei por que ele não havia tido o desejo de contar tudo, de escrever suas memórias. Ele me olhou com estranheza e, por sua vez, perguntou: Você não acha que esta conversa que estamos tendo já é suficiente? E, ao ver que eu não tinha nenhuma resposta à mão para aquela pergunta, retirou uma caixinha do bolso interno do blazer, abriu-a e me ofereceu um charuto. Recusei a oferta. Ele apanhou um para si, cortou a ponta com um canivetinho de bolso e, uma vez satisfeito com o fluxo da fumaça, retomou sua história.

Por fim, o fotógrafo estava pronto. Agora, eu estava sentado no estofado, tendo a mesa entre mim e ele. Enquanto ele tirava uma bateria de fotos nas quais eu não encarava a lente, fiquei olhando para a garota; primeiro, porque a gente tem de olhar para algum lugar, mas logo meu interesse revelou-se crescente. Percebi que ela era mais alta do que parecera logo que a vira, levantando-se de uma mesa no terraço do Flore e erguendo uma cópia de *O formigueiro*, para que eu pudesse identificá-la. Notei o jeans com jeito de caro, o batom que lhe dava uma boca de Marilyn Monroe e o emaranhado de cabelos loiros, escuros e ondulados pelos quais ela não parava de passar os dedos. Tinha me dito seu nome: Léa Morini. Judia, talvez, embora eu soubesse que, na França, não era exclusividade dos judeus dar esse nome a uma filha, nem a garota tivesse qualquer coisa de judia nos traços ou nas maneiras atrevidas, quase rebeldes. Mas, em se tratando de franceses, você sabe, é difícil tirar conclusões a partir do tipo físico, a não ser em casos extremos. O sobrenome Morini não me dizia nada: podia muito bem ser tanto de origem corsa como sefardita. Dediquei-me, então, a pensamentos de outra ordem. Será que os pais dela eram do tipo capaz de, conscientemente, onerar uma criança inocente com um rótulo bíblico que podia não lhe convir? Ou será que eram *tout bêtement* ignorantes de que a filha de Labão, com seus olhos ternos, nunca foi a irmã da preferência de Jacó, por mais que ela se esforçasse? Ambas as hipóteses eram plausíveis. Afinal, meninas vivem recebendo nomes como Gilda, Cordélia, Judith — como se eles não carregassem uma história — ou mesmo Felicity, talvez com o intuito de dar à criança um empurrãozinho na direção da felicidade, sem levar em conta a possibilidade de que ela venha a ter de pagar pela presunção dos pais.

Estamos perdendo contato com o senhor, Monsieur North, disse o fotógrafo. O senhor parece estar em algum ponto das nuvens.

Me perdoe, eu disse. Vamos tentar de novo.

Eu me recompus e até me ofereci para pôr os óculos de leitura ou segurá-los numa das poses já praticadas em tantas fotos. Sabe qual é o segredo? Sempre canalize a energia para os olhos. Senão a câmara trai você. Captura o rosto flácido e o olhar vazio.

Terminamos. Dei a mão a todos e agradeci. Depois me lembrei da minha habitual exigência aos jornalistas que me entrevistam. Só uma coisinha, disse à garota: Vou precisar checar qualquer citação literal que você queira usar na matéria. Não para censurar o artigo. Só quero ter certeza de que não vou parecer incoerente. Você sabe onde me encontrar.

O senhor terá as citações amanhã, ela respondeu, estendendo-me seu cartão.

Li o endereço residencial: Rue de l'Abbaye de Saint Germain.

Que ótimo, eu disse, logo dobrando a esquina, juntinho da igreja.

É uma maravilha. Meu ateliê fica no último andar. O senhor não tem por que saber disso, mas tenho duas carreiras: sou pintora também.

Embora estivesse chuviscando, decidi subir a pé o bulevar Saint Germain até o hotel, na rue du Bac, onde, como de costume, Xavier me hospedara. Não havia nenhum recado de Lydia. Meu velho amigo Pierre Lalonde, meu melhor amigo na França, tinha ligado de novo. Eu ainda não tivera oportunidade de ligar para ele. Dessa vez, havia deixado um recado. Ele e Marianne me esperavam para jantar, às oito e meia. Pedia-me que confirmasse. Por que Pierre haveria de pensar que eu tinha me esquecido do compromisso ou mudado de idéia era um mistério para mim. Sempre fui meticuloso em se tratando de cumprir meus compromissos e chegar na hora — algo que não se podia dizer a respeito dele. A garota também deixara um recado. Apenas para dizer que estava muito agradecida, eu nem precisava ligar de volta. Sempre gostei desse tipo de boas maneiras com que a gente ainda pode contar na França, mesmo que pareça uma coisa inteiramente superficial, como nesse caso, produto de um piloto automático. Claro que não havia nenhuma outra razão para ela me agradecer de novo por telefone, depois de ter me agradecido pessoalmente menos de meia hora antes. Tinham lhe ensinado fazia muito tempo que esse tipo de *coup de fil* era a maneira educada de se comportar, e por isso ela foi em frente e me deixou seu agradecimento telefônico, sem pensar se aquilo fazia sentido ou não. E, de certo modo, talvez tenha feito, porque o gesto foi muito bem-vindo. Eu o recebi como uma xícara de chá bem quente ao final daquela tarde enfadonha. Além disso, ele me fez telefonar para Pierre e garantir-lhe que não tinha havido nenhum mal-entendido. *Calme-toi*, não vou te dar o cano.

Com a chuva, eu sabia que o trânsito estaria péssimo à hora do jantar, quando Paris inteira se põe em movimento. Ainda assim, não havia razão para me privar de um drinque ou de um banho. Primeiro o drinque, pensei comigo. E decidi tomá-lo no bar do hotel. Você conhece aquele bar?

Fiz que não com a cabeça.

Mesmo? Fica no porão, um salão comprido, mobiliado de forma a reproduzir a idéia que algum francês tem de um clube inglês. Editores e proprietários de editoras da *rive gauche* fizeram dele seu quartel-general, desde o princípio dos tempos. É onde se encontram com seus autores e, aposto que mais importante ainda, com seus parceiros e parceiras de adultério. Supõe-se que a discrição esteja garantida pela pouca luz. O que, claro, é um total absurdo, uma *blague*. Uma olhadinha em torno bastará para demonstrar que os olhos se ajustam com grande rapidez à escuridão. Uma farsa que, para o meu gosto, e como toda farsa, é levada longe demais. Lembro-me de um vistoso editor que conheço, detentor de um time notável de escritores latino-americanos. Mercadoria quentíssima na França, e na Alemanha também. Ele costumava almoçar ali todo dia, sempre à mesma mesa, menos nos fins de semana, ia com a amante, que não era do ramo editorial. Acontece que ela era casada com um sujeito que estava dois anos atrás de mim na faculdade. Tinham três filhos adoráveis, uma casa perto de Fontainebleau et cetera e tal. Na outra ponta do salão, a pouco mais de dez metros de distância, ficava a mesa onde a mulher do editor vistoso almoçava também todo dia da semana com um colega do marido, um especialista em literatura centro-européia que trabalhava na mesmíssima editora. A mulher do especialista também trabalhava no ramo editorial, mas como assessora de imprensa, em outra editora. Tato, sadismo ou puro desleixo? Se você sabe a resposta, me diga. Em teoria, salvava-se a cara de todo mundo, porque o primeiro casal chegava invariavelmente à uma hora, ao passo que o outro, também metódico, vinha depois da uma e quinze. Lembro-me de ter ficado chocado não apenas com o adultério em si, mas com o fato de os quatro o aceitarem com naturalidade. Se meu colega de faculdade e a assessora de imprensa estavam *au courant* dos acontecimentos, isso são outros quinhentos. Tomara que fossem cegos e ingênuos. Não tenho idéia de quanto sofrimento e quanta amargura há por trás desses arranjos. O fato é que eles batiam de frente com meu senso do que seja um comportamento público aceitável.

Seja como for, naquele fim de tarde em maio, não havia ninguém no bar que eu conhecesse, o que, por mim, estava ótimo. A entrevista que dera à garota no Flore havia me cansado, e eu sabia que teria ainda muita conversa pela frente, mais tarde. Encontrei uma mesa afastada da multidão, sentei-me numa das cadeiras de clube que decoravam o lugar e pedi uma bebida — por precaução, uísque escocês em vez de gim — e um sanduíche de salmão defumado, para forrar o estômago: receita do meu pai para superar com louvor uma rodada de festinhas diplomáticas. Também haveria muita bebida na casa do Pierre. Ao me ver bebendo assim, você talvez se surpreenda com o fato de eu ter tido alguma preocupação com o quanto ia beber naquela noite. Espero que não se decepcione ao saber que, em geral, meu consumo de álcool não tem nada de extraordinário — mal ultrapassa o nível que meu médico, um sujeito sem dúvida bastante razoável, considera aceitável. Não, eu não estava mamando um bocado na época em que tudo isso aconteceu. Era certo que o jantar começaria e terminaria tarde. Não havia o que eu pudesse fazer quanto a isso. Com alguma sorte, e se não houvesse outros convidados, cairia fora antes da meia-noite, logo depois do cafezinho. Nesse caso, talvez ainda pegasse Lydia em casa, já de volta do hospital, mas antes de ela sair para jantar. Imaginei que ela iria para a casa da irmã ou do irmão, e, se não a encontrasse, poderia ligar para casa de manhã cedinho, no fuso horário dela. Conseguir falar com Lydia no hospital era um aborrecimento, uma perda de tempo e paciência a ser evitada, sempre que possível. Ou podia também pedir para usar o telefone na casa do Pierre. Sair cedo do jantar, antes que o último convidado houvesse beijado a mão de Marianne ou antes que aquele velho réprobo e eu tivéssemos tomado um último uísque ou um último *calvados* — caso ele estivesse em contato com algum produtor bom e pequeno —, sempre parecia um absurdo a Pierre. A mesma impressão causava eu confessar a ele que estava cansado. Adorávamos nossos *tours d'horizon* privados ao final da noite, que cobriam de tudo, desde os negócios dele, passando pelas prodigiosas conquistas das duas filhas — a mais velha estudava composição no Conservatório de Paris; a caçula, minha afilhada Mélanie, era a estrela do liceu que freqüentava — e indo até o livro que eu recém-terminara ou estava escrevendo. Mas a galeria do Pierre, na avenue de Matignon, não abria antes das onze da manhã. De todo modo, os negócios que o haviam tornado rico raras vezes eram fechados ali; e a presença dele no escritório do piso de cima, ligado à galeria por uma escada de caracol e local onde ele de fato fazia negócios, não estava sujeita a nenhum horário rígido. O luxo sério da galeria servia apenas para impressionar os clientes e promover a obra daqueles artistas que Pierre tentava alçar a um patamar comercial mais elevado, o que fazia por intermédio das exposições estupendamente montadas e documentadas que o haviam deixado famoso. Não admira que ele ainda conseguisse se manter da mesmíssima forma dos tempos em que ele e eu nunca encontrávamos um cabaré que ficasse aberto até tarde o bastante, ou seja, até que o céu tivesse se transformado num borrão cinza e Paris, uma cidade que dorme tarde, recomeçasse a se mexer. Àquela altura, as mulheres que estivessem conosco — quer tivéssemos começado a noite na companhia delas ou apenas as encontrado pelo caminho — em geral já se revelavam dispostas a desistir de nos ter como amantes. Só queriam era uma carona para casa e a chance de irem para a cama — sozinhas! Não muito depois dessa época, no entanto, descobri que escrevia melhor de manhã, depois de pelo menos cinco horas e meia de sono. Isso significa ir para a cama antes da meia-noite. Um pensamento desagradável interrompeu aquelas considerações indolentes e inúteis. A nova percepção que adquirira da minha obra não exigiria que, em breve, eu tomasse uma decisão quanto a se aquele horário de trabalho ainda era necessário? Eu voltaria algum dia a querer escrever? E à custa de que tipo de sacrifício? Fiquei imaginando se tudo aquilo dependia de Lydia, do que ela diria e, mais importante, de como ela reagiria depois de eu lhe ter confidenciado o medo profundo que sentia de que tudo o que eu havia feito fosse nada, algo desprovido de significado. Por enquanto, pensei comigo, não podia haver resposta para aquilo: eu tinha de manter meu curso.

Você quer comer alguma coisa?, North perguntou de repente. Pedimos àquele sujeito de costeletas que nos traga uns canapés?

Confessei estar um pouco faminto.

Ótimo! A lembrança do sanduíche que eu tinha apenas começado a comer no bar do velho Pont Royal, quando o mensageiro do hotel me trouxera os faxes, já me deixou faminto. Eram três mensagens, e eu as abrira em cima da mesa. Uma era de Lydia. Pode parecer estranho a você, mas ainda agora tenho diante dos olhos, bem distinta, a bela caligrafia angulosa e regular e as palavras que li:

> Meus pais voltaram atacar! Minha mãe me telefonou para dizer que eles não conseguiram entender por que não contamos aos dois nossos planos para o fim de semana do Memorial Day. É neste próximo fim de semana, caso você tenha esquecido seu calendário nativo. Estão contando conosco na praia, porque Harriet e bando estão vindo, assim como Ralph e família. Maud não vem. Que desculpa terá dado?
>
> Como você disse que talvez não voltasse, aceitei o convite.
>
> Portanto, meu querido John, você escapou mais uma vez. Fique na sua adorável Paris, mas pense em mim a cada morango silvestre, a cada melão delicioso e, claro, a cada bocadinho de *foie gras* que você comer.

O fax era uma libertação à qual eu só podia agradecer. O sobrenome da família da minha mulher é Frank, e as festas dos Frank — em qualquer uma das residências do senhor e da senhora Frank, e, aliás, também nas do irmão e das irmãs de Lydia — caracterizam-se por uma atmosfera pesada de alegria e auto-satisfação que eu costumava achar insuportavelmente opressiva. Lydia sustentava que a exposição aos Frank em feriados como os de Ação de Graças, Natal e outros despertava o monstro que há em mim. Que tipo de monstro? Enquanto continuassem chamando aquilo de misantropia, eu não me importava que me provocassem. Não me importo que saibam que não morro de amores pelo meu próximo. Mas eu sabia que aquele azedume que sentia por dentro, como o gosto da bile depois que a gente vomita até as tripas, provinha da inveja monstruosa — de todos os meus defeitos, o que mais me enche de vergonha sem par, aquele que eu quis esconder de Lydia. Tive êxito? Impossível dizer. Ela é capaz de perceber tudo e nem sempre diz o que vê ou, assim me parece, admite para si mesma o quanto percebeu. Do contrário, tenho certeza de que ela teria tomado mais cuidado para não permitir que eu pensasse naquela ocasião, e em outras também, que ela estava arranjando as coisas de modo a me excluir, quer estivesse ou não. Reli o fax. A família quase inteira estaria lá, naquela reunião em East Hampton da qual eu estaria ausente. O monstro contorcia-se. Claro, quando telefonasse para ela mais à noite, poderia pedir a Lydia que dissesse a seus pais que eu iria, sim; podia partir para Nova York na manhã seguinte. A verdade, porém, era que nem a percepção da atitude dela como reflexo do seu juízo acerca do meu caráter, nem o juízo da melhor parte de mim, dizendo-me que enfim crescesse e fosse à festa dos Frank com alegria e boa-fé, e nem mesmo a inveja que eu sentia dos que participariam daquela comemoração que, em essência, não me agradava — nada disso era suficiente para alterar o fato de que, bem no fundo, eu queria ficar em Paris. Preferia não passar o fim de semana do 30 de maio naquela reunião dos parentes da minha mulher. Não gostava da figura que eu fazia diante deles e achava possível que Lydia também não gostasse lá muito dela. Então, por que ir a contragosto e arranjar encrenca? Foi o que me perguntei, já me sentindo melhor. Na verdade, não tenho certeza quanto ao juízo que Lydia faz do meu caráter; e nunca sei se interpreto corretamente as motivações e atitudes dela, quando se trata de sua família. Ao ver que os outros faxes eram só do meu agente, enfiei-os no bolso. Podiam muito bem esperar. Terminei meu uísque e o sanduíche.

A propósito, disse North, apontando para meu copo vazio: que tal a gente pedir mais um?

Assenti. Expressando aprovação com um movimento de cabeça, ele retomou sua história.

No táxi, li os faxes do meu agente. Num deles, pedia que eu ficasse de olho numa mensagem que deveria receber depois da meia-noite, horário de Paris, comunicando-me que eu fora agraciado com o maior dos prêmios literários norte-americanos, por meu novo romance. Dava-me os nomes dos outros dois finalistas. Na opinião dele, não havia como eu perder para aqueles dois. No segundo fax, enviava-me a oferta de um grande estúdio cinematográfico para a compra dos direitos de filmagem de *O formigueiro*. A soma me fez engasgar. Na certa, vamos querer levantar algumas questões quando virmos o contrato, ele me avisou, mas o valor é tão generoso que não vamos deixar de fazer o negócio por causa delas. Comemore e sinta-se orgulhoso, ele concluía.

Não havia dúvida de que eu iria comemorar, sobretudo a venda dos direitos e a perspectiva de um grande afluxo de dinheiro vivo. A questão imediata, porém, era se eu devia contar logo a novidade a Lydia ou esperar até o fax decisivo, quando saberia se tinha ou não ganhado o prêmio. Decidi esperar. Se ganhasse de fato, seria uma notícia fantástica para dar a ela; se não ganhasse, a notícia do contrato cinematográfico funcionaria como um antídoto já à mão. Se perdesse e não dissesse nada, ela leria no *Times* o que tinha acontecido, quando divulgassem finalistas e vencedor, sem estar preparada para tanto. Isso era uma desvantagem, mas não havia o que fazer. Durante esse tempo todo, você bem pode imaginar, ganhasse ou não o prêmio, o juízo a que eu havia chegado sobre minha obra tinha de permanecer o mesmo, o que me causava amargura. Mas confesso que me sentia menos deprimido do que ao final da entrevista com a garota, no Flore. O prêmio oferecia uma nova peça processual, suficiente, talvez, para justificar novo julgamento. Agradava-me a idéia de que, ao menos enquanto a notícia do prêmio ainda estivesse fresca em suas mentes, os Frank teriam de me dedicar — a mim e a minha obra — estima um tanto mais elevada. Como você pode ver, eu já tinha praticamente decidido que o júri votaria em mim.

O caminho era interminável. Peguei no sono e só fui acordar, assustado, quando o carro parou no endereço de Pierre, na rue de la Faisanderie. Talvez você conheça essa rua, em Passy. Se ela fosse mais larga e não tão descaradamente residencial, o prédio de apartamentos de Pierre poderia ser confundido com um banco, uma versão em escala menor do edifício do Crédit Lyonnais, no bulevar des Italiens. Com certeza, seria muito conveniente para Pierre morar bem em cima de um banco: a cada vez que ele e Marianne fossem se ausentar de Paris, os dois poderiam tirar os quadros das paredes do salão, das salas de estar e jantar, da biblioteca e levá-los para uma caixa-forte, alguns andares abaixo. Mas, na verdade, o prédio é apenas um reduto discreto da *haute bourgeoisie*, e imagino que Pierre tenha tido de recorrer a todos aqueles aparatos engenhosos que os parisienses usam para proteger casas e apartamentos contra os roubos de que a gente ouve falar toda vez que vai jantar fora. Que eu soubesse, os Lalonde não tinham empregados morando no apartamento, o que tornava o problema mais grave. No máximo, alguma faxineira e cozinheira que, à noite, se recolhia para as dependências dos empregados, logo abaixo do telhado. Contudo, comecei a pensar que podia ter havido alguma mudança. O empregado que me recebeu à porta e me conduziu para o salão não parecia ter sido enviado por algum bufê, menos ainda os canapés que servia. Com rapidez, inventariei outras novidades desde a minha visita anterior. O Cézanne de estranha presciência, exibindo uma clareira na floresta de Chantilly, não estava mais lá, tampouco o retrato de Olga, de Picasso, ou os dois Renoir. Em seu lugar havia um Klimt enorme, retratando uma dançarina oriental, bem como outras obras de expressionistas austríacos e alemães. As idas e vindas daquelas e de outras obras-primas parecia ser o assunto de uma animada conversa entre Pierre, Marianne e um casal americano já perto dos sessenta.

Jim e Edith Cleary, de Oregon, Marianne apresentou.

Pierre me deu um abraço e acrescentou a informação importante que estava faltando. Você está diante de dois eminentes colecionadores, ele disse. Gente de conhecimento e gosto extraordinários! Por enquanto, eles têm se concentrado em obras contemporâneas de pintores americanos. É espantosa a qualidade dos quadros que eles têm em sua coleção: não há uma única pintura que não seja de primeira classe. Agora, sentem-se prontos para partir para os mestres modernos e impressionistas. Jim e Edith já conhecem você, John, pelos romances. Um escritor famoso dispensa apresentações, acrescentou ainda, com aquele tipo de jovialidade irritante que em geral acompanha essa espécie de comentário.

À menção da palavra "colecionadores", percebi que já tinha ouvido falar no casal. Mais de uma vez, meu sogro tinha falado com respeito deles e de sua coleção. O fato de serem do Oregon já haveria de ter sido suficiente para identificá-los. Então, aqueles eram os Cleary de Portland e da fortuna em produtos florestais fundada pelo avô. O filho a aumentara bastante e, até o momento, o neto a mantivera intacta e inteiramente privada. A teoria de Pierre, percebi também, só podia ser a de que eram meus fãs e queriam me conhecer. Por isso ele queria ter certeza absoluta de que eu viria ao jantar e chegaria mais ou menos na hora marcada. Na verdade, eu estava atrasado dez minutos, o que, na França, indica boas maneiras. Dá aos anfitriões uma oportunidade de parar de brigar. Será que Pierre sabia de fato se os dois já tinham ouvido falar no escritor John North? Ou ele tinha dado como certo que, sendo eu famoso, me conheceriam? Sem falsa modéstia, posso garantir que minha fé nessas coisas nunca foi tão cega assim. Estava ainda mais curioso para saber se Pierre tinha anunciado de antemão que eu viria, ou se só o dissera à chegada dos Cleary, da maneira como, num restaurante da moda, o *maître d'hôtel* só anuncia o acompanhamento-surpresa, oferecido pelo chef, ao servi-lo. Pierre quase nunca deixava coisas importantes a cargo do acaso; eu podia apostar que ele tinha me usado para atrair o casal até ali. A resposta a minha pergunta veio de imediato. Pierre sabia, sim, que o casal declarava admirar meus livros. Eu era a isca. Estavam indecisos quanto ao jantar, Edith anunciou, cansados como estavam por causa da diferença de fuso horário, mas quando ficaram sabendo que o autor de *Ilha verde* estaria presente, decidiram que jantar em sua suíte de hotel estava fora de questão. Seria como vir a Paris e não visitar Malmaison! Eu achava *Ilha verde* meu melhor livro?, ela perguntou. *Ilha verde*, a propósito, foi meu primeiro romance, não que isso tenha lá muita importância. Sem pensar, disparei minha resposta-padrão: não falo sobre isso. Depois, como desejava ser gentil, acrescentei que não dava para dizer aquele tipo de coisa de um livro, assim como tampouco de um filho. De um bom pai, prossegui, não se espera que diga qual filho ama mais. De imediato, ela concordou comigo, eles jamais classificariam seus três meninos e as duas meninas por ordem de preferência, adoravam todos eles, e, de qualquer modo, comparações não eram detestáveis? Eu mal podia imaginar, disse-me ela, a alegria que as crianças haviam dado a eles. Ela esperava que meus filhos tivessem dado a mim e a minha mulher a mesma alegria.

Sim, eu podia imaginar. Não me pareceu necessário dizer a Edith que Lydia e eu não tínhamos filhos. Lydia queria, e o assunto surgiu tão logo começamos a conversar a sério sobre casamento. Voltamos a ele diversas vezes. Fui bastante direto e franco ao expressar minha relutância e, no fim, ela disse que entendia minha convicção de que não havia muito lugar para filhos na vida de um escritor. Sabe, disse North, eu dizia a ela que meus livros eram meus filhos verdadeiros, e que meu dever primeiro era para com eles. Todo o tempo e a energia de que eu dispunha deviam ser canalizados para a escrita e a tentativa de ser um bom marido. Se tivéssemos filhos, eu afirmava, aquelas crianças humanas teriam em mim, na melhor das hipóteses, uma espécie de tio ou padrinho benevolente. Eu ficaria feliz em vê-las, contanto que não interferissem no meu trabalho; estaria pronto a aconselhá-las e a lhes dar o dinheiro que tivesse. Mas, à parte isso, eu ponderava monotonamente, ela teria de cuidar das crianças sozinha. Falava também, com inépcia ainda maior, sobre a necessidade do escritor de ter liberdade para viajar, procurar novas experiências e evitar compromissos. Mantive esse discurso com vigor redobrado depois que nos casamos. Lydia sempre ficava muito séria. Era como eu gostava de caracterizar o efeito daqueles meus discursos, embora eu soubesse que, no fundo, a "seriedade" nada mais fazia do que mascarar o arrependimento e a tristeza sem fim que se abatiam sobre ela, quando ouvia minhas declarações. Quanto a mim, fazê-las me deixava muito satisfeito. Eu devia pensar que era inteligente. De início, Lydia costumava responder que podíamos ter filhos, mesmo naquelas condições definidas por mim; ela daria um jeito. Quando ela dizia isso, eu acreditava nela. Meu respeito por sua força e capacidade continuou crescendo. Achava que ela podia enfrentar o que quer que fosse. E uma vez que, graças aos avós e aos pais dela, tínhamos dinheiro de sobra, passei a acreditar que não havia motivo para não nos organizarmos para a empreitada. Você sabe, contratar as babás apropriadas, uma boa cozinheira ou governanta e assim por diante; depois, tomar todo o cuidado para pôr as crianças na escola certa. Mas Lydia pensou melhor, como sempre fez, e um dia — acho que devíamos estar casados fazia três anos, e acredito que ela não estava tomando pílula — disse que, no final das contas, concordava com meu modo de ver as coisas. Não teríamos filhos. A única maneira de fazer aquilo direito nos meus termos seria ela desistir de seus pacientes. Sozinha, ela não podia clinicar, pesquisar e, além disso, ser uma boa mãe. Sozinha não dava. E não era capaz, disse-me, de abrir mão de parte indispensável do seu trabalho. Para ela, o assunto estava encerrado, embora eu soubesse que Lydia dizia aquelas coisas apenas como um sacrifício a mim, ao nosso casamento. Tinha se convencido a acreditar que filhos atrapalhariam nosso relacionamento — o dela com meu egoísmo monumental. Só que ela nem mesmo pensava naquilo como egoísmo; pensava zelosamente no John, no John artista, no John que ela amava. Na verdade, não voltamos ao assunto por muitos anos. Eu não tinha nenhum interesse em voltar a ele. Mas Lydia é mais velha que eu. Quase que exatos cinco anos antes daquele jantar no Pierre, quando ela tinha trinta e nove, estávamos deitados muito quietos e abraçados na cama, depois de fazer amor, quando ela me disse que andava pensando de novo em ter um filho e que aquela era sua última chance; ela faria os ajustes que fossem necessários no tocante a seu trabalho. É difícil fazer um filho a toque de caixa na idade em que ela estava, depois de tantos anos de anticoncepcionais. Nossos primeiros anos de casamento não autorizavam nenhuma esperança de sucesso imediato. Mas derrotamos as probabilidades. Em dois meses, Lydia estava grávida, tinha acontecido naturalmente, sem tratamento nenhum. A felicidade dela era tão completa e sincera que comecei a sentir uma alegria participativa. Então, no sexto mês, ela abortou. A criança — uma menina, para ser exato — nasceu morta. Nem pense em tentar de novo, foi o conselho dos médicos. Como numa tragédia grega, nos vimos num palco vazio, tendo por coro o arrependimento e a autocensura.

Eu tinha me metido em um campo minado, North disse, por falar demais e sem pensar, a culpa era minha e de mais ninguém; assim, dei continuidade àquele teatro literário com os Cleary, repetindo grandes pedaços daquilo que já havia dito à garota durante a tarde. Pareceu-me muito justo, as perguntas eram quase idênticas. Não conheço nenhuma lei contra o autoplágio. Vi Marianne me observando, como se eu fosse um equilibrista numa corda muito alta. Ela entendeu. Por fim, consegui trazer a conversa de volta para os colecionadores de arte, e a baboseira sobre história e mercado da arte começou a fluir sem interrupções, a não ser pelas ponderações cada vez mais angustiadas de Marianne acerca do atraso dos outros dois convidados e sobre se ela não deveria simplesmente desistir deles e mandar servir o jantar. Nesse meio-tempo, enquanto o empregado reabastecia meu copo com agradável assiduidade, meus pensamentos se voltaram para os Frank. Por que eu me sentia tão diminuído diante deles, por que tinha inveja daquela gente? A pergunta e as respostas eram velhas, mas nem por isso paravam de me atormentar. Não havia dúvida de que faziam parte daqueles assuntos que o doutor Czarny, o analista em cujo divã explorei meu submundo muitos anos atrás, identificou como merecedores de tratamento algum dia. Esse dia nunca chegou. Em vez disso, reformei minha vida e me casei com Lydia. À época, meus pais ainda estavam a toda. Quando tinham tempo de conversar comigo sobre meu casamento, o que não era muito freqüente, sempre diziam que Lydia era um presente dos céus para mim. Mas eu sabia que eles eram incapazes de reprimir certa jocosidade bem-educada — jamais revelada a Lydia — diante do fato de eu ter me casado "com uma Frank". Sim, respeitavam o modo como a fortuna imobiliária dos Frank tinha financiado boas obras em cada escola ou faculdade que qualquer pessoa da família já havia freqüentado, bem como obras várias em diversos museus e hospitais de Nova York, nos quais derramaram dinheiro; e respeitavam também a decência, o empenho e a coerência com que os membros do clã conduziam suas vidas e seus negócios. Mas por que, suspiravam meus pais, os Frank têm de exibir tanta auto-satisfação, como se tivessem sido os primeiros a fazer doações generosas a X, Y ou Z ou a comprar antigos e novos mestres para pendurar nas paredes, ou ainda — e esta era a questão central, jamais mencionada: por que tinham de ter tanto dinheiro e nenhuma dívida? Evidentemente, eram muito mais ricos do que meus pais e, o mais importante, tinham mais dinheiro do que qualquer um de nossos distintos ancestrais de nariz comprido e olhos azuis aquosos jamais sonhou acumular, mesmo à época em que na minha família se ganhava dinheiro, em vez de apenas gastá-lo. Mas não era isso que incomodava meus pais. Não era bem isso. Dinheiro significava menos para eles do que para muitas outras pessoas. E é verdade que conversar com os pais de Lydia — com o adorável Bernard, conhecido na família, inclusive por mim, como Bunny, ou com Judy — significava ter de ouvir tudo sobre as conquistas acadêmicas e os êxitos de todos os filhos, netos, sobrinhos e sobrinhas em idade escolar, quer se demonstrasse interesse ou não. Será que isso provocava inveja nos meus pais, considerando-se os desempenhos modestos tanto da minha irmã Ellen como os meus? Não acredito. Autoconfiança não lhes faltava, e estilo, menos ainda. Para eles, assim como para muitos de sua classe e faixa etária, a escola ou universidade que a pessoa freqüentava, os times em que havia jogado e os clubes de que era sócia eram mais importantes do que feitos acadêmicos. Meus pais seguiram, pois, sorrindo diante da espetacular boa forma dos Frank, tão bronzeados e bem conservados, descontando-se uma ou outra substituição das articulações de quadril e joelho. Então, de repente, o horizonte começou a escurecer para aquele casal tão elegante e irônico. Decaíram mais ou menos um atrás do outro, como se tivessem feito um pacto e o sinal combinado tivesse sido dado: de início, os dois começaram a ter momentos cada vez mais freqüentes e longos de confusão; depois, veio uma óbvia falta de percepção de onde estavam ou com quem estavam falando. Em um intervalo de tempo assustadoramente curto, Ellen e eu nos vimos na posição de guardiães de uma mãe e um pai em igual condição de demência, ambos ainda alojados em sua maravilhosa casa em estilo federal, em Georgetown, mas agora sob os cuidados de todo um revezamento de enfermeiras e outros profissionais especializados. Tão logo compreendemos como seriam as coisas dali por diante, vendemos o apartamento em Paris e, depois de uma desavença entre Ellen e eu, também a casa em Aspen, que ela e o marido, esquiadores fanáticos, queriam manter. Insisti em vendê-la porque estava claro para mim que o asilo de luxo para duas pessoas que havíamos montado ia devorar o dinheiro da família. Bom, como você pode ver, não era preciso muita inteligência nem introspecção fora do comum para que eu percebesse que os Frank me julgavam não mais que aceitável. Não esperavam que sua bela filha, uma verdadeira estrela, se casasse com um escrevinhador de um tipo de boa família cujos melhores dias estavam no passado, um sujeito muito decente, mas que não se podia levar a sério em comparação, por exemplo, com os maridos das outras duas irmãs. Um deles era sócio do banco de investimentos do pai em Wall Street, o outro provinha de uma dinastia concorrente, do ramo imobiliário. Na verdade, as relações entre os dois clãs eram bastante amistosas, resultado dos laços do matrimônio e da luta comum travada até o topo. Do contrário, aquele genro poderia ter sido tão bem-vindo na casa dos Frank quanto um Montéquio entre os Capuleto. Fica faltando Ralph, o filho. Bom, esse era o herdeiro, o que já teria bastado, mesmo sem o bom senso rude que o caracterizava, o trabalho duro na empresa da família, a grande habilidade como velejador, jogador de golfe e captador de recursos para a United Jewish Appeal e causas afins. Na verdade, minha bem-educada modéstia à parte, eu achava que a imagem que os Frank tinham de mim não era de todo justa. Ela subestimava o mérito estético do meu não-trabalho — porque, *entre nous*, os Frank valorizavam esse aspecto dele bem mais do que eu — e subestimava também, sobretudo nos últimos tempos, o reconhecimento público. E havia ainda este ativo mais misterioso: minha reputação num mundo que, para eles, contava e não contava. Era como se fossem incapazes de entender a duradoura distinção que marcava minha família, ou de aceitar na minha pessoa o herdeiro de uma tradição americana testada nos campos de batalha, nas duas casas do Congresso e nas finanças, quando os alicerces do poder industrial do nosso país foram lançados. Me perdoe, sei que estou sendo pomposo, mas são sentimentos muito fortes em mim. Não importa. Fosse como fosse, tinham lá sua imagem de mim e me pesaram na balança familiar.

Por fim, a porta que conduzia do salão à sala de estar se abriu para dar passagem ao casal atrasado, um homem que eu não conhecia — francês, podia-se ver, e mais ou menos da minha idade — e, por incrível que pareça, a garota: Léa Morini. Ela me agraciou com um de seus sorrisos e disse a Marianne que já havíamos nos conhecido, naquela mesma tarde. O homem e eu fomos apresentados: Jacques Robineau, o segundo na hierarquia de comando de um banco estatal. O que significava que ele tinha sido um daqueles estudantes que brilham feito um cometa pelo sistema francês de *grandes écoles* e de exames competitivos, daqueles que, aos trinta anos, se tornam altos funcionários governamentais, ascendem pela via de uma série de gabinetes ministeriais e, aos quarenta, são postos por seus superiores — que estudaram nas mesmas escolas — próximo do comando precisamente de um desses bancos ou estabelecimentos industriais de propriedade estatal. Assim sendo, ele tinha acabado de atingir, a tempo, o ponto da carreira que lhe fora destinado. Imaginei que a amizade dele com nossos anfitriões só podia ser recente, senão eu o teria encontrado antes. Como os Cleary não falavam francês, o inglês fluente havia sido a razão provável de o terem convidado — e instado a trazer uma amiga, se tivesse alguma que falasse inglês. Mas talvez Pierre e Marianne conhecessem a garota e soubessem que era ela a amiga que ele iria trazer. Supus óbvia a natureza do relacionamento entre ela e Robineau, mas, de algum modo, preferi tratá-la naquele momento como objeto de investigação futura.

Como eu já esperava, destinaram-me um lugar à mesa entre Marianne e Edith Cleary; planejava, portanto, falar com a garota quando voltássemos à sala de estar para o cafezinho. Na verdade, foi ela quem tomou a iniciativa. Tão logo me acomodei na cadeira Luís XIII para a qual Marianne havia apontado, Léa se sentou no chão, a meu lado. Da maneira como o fez, com o tronco voltado para mim e as pernas jogadas para trás, no chão, eu tinha uma visão completa das pernas dela. Ela vestia um suéter de angora preto e gola rulê. As meias também eram pretas. A saia curta vermelha havia subido até a metade das coxas. Eu podia sentir seu perfume, forte e, assim me pareceu, fora de moda. Os óculos usados no trabalho tinham sumido. Ao que tudo indicava, ela usava lentes de contato quando saía à noite. No Flore, eu tinha avaliado a pele, o nariz e o beicinho que os lábios formavam. Agora, com aquela opulenta cabeleira loira tão próxima do meu rosto, enquanto eu admirava as pernas fabulosas e imaginava a forma e o volume dos seios, fiquei excitado. Não havia dúvida: ela era muito bonita. E bem mais sedutora do que eu tinha imaginado. Que Robineau estava dormindo com ela, não havia muito como questionar — a julgar antes pela cumplicidade que percebi do que por qualquer coisa específica que pudesse ter ouvido à mesa. Enquanto ela falava, comecei a imaginar os gestos, as posições que o corpo assumia e as mãos grandes dele deslizando por ela quando faziam amor. Eu gostaria de estar no lugar dele? Pode apostar que sim. Era impossível eu me concentrar em qualquer outra coisa. Enquanto isso, Léa me dizia que tinha conseguido dedicar duas horas inteiras ao artigo e que esperava ter um rascunho pronto por volta do meio-dia do dia seguinte. Acreditava estar produzindo exatamente o que seu editor queria e esperava que eu também aprovasse a matéria. Se eu dispusesse de tempo para ler, ela me mostraria a matéria completa, e não apenas as citações diretas.

Durante todo esse tempo eu queria ligar para Lydia, mas tinha medo de não conseguir esconder minha ereção, se me levantasse. E o pior é que era improvável que Léa ficasse sentada ali no chão, ao lado de uma cadeira vazia. Eu a perderia pelo restante da noite. Era uma possibilidade que eu não queria arriscar. De todo modo, parecia muito melhor eu telefonar para Lydia do hotel, depois de ter tomado um banho e de o transe ter passado. Se, então, ela já tivesse saído, eu deixaria um recado. Ou mandaria um fax. O fato é que, logo em seguida, o jantar acabou. Os Cleary me disseram que seu carro os estava esperando e me ofereceram uma carona até o hotel. Respondi que nem pensassem naquilo, porque a rue du Bac estava fora do seu caminho. Na verdade, o que me ia pela cabeça era que, se Robineau ouvisse minha recusa, teria de me oferecer carona. Eu estava certo. Ele tinha um carro inglês baixinho. Ao entrar nele, a garota mostrou ainda mais da coxa. Do banco de trás, eu respondia às perguntas que Robineau, agora muito falante, me fazia: primeiro, sobre meu trabalho; depois, sobre peças da Broadway que eu recomendaria para a próxima visita dele a Nova York. O principal assunto das conversas em Paris era a eleição presidencial, os franceses endinheirados vendo com horror a perspectiva de vir a viver sob um regime socialista. A cobertura política da campanha havia mesmo, de certa maneira, atrapalhado o lançamento de *O formigueiro*. Tentei me impor, observando que a França era poderosa e rica o bastante para se permitir um caso com François Mitterrand. Como um verdadeiro membro de sua classe política, Robineau bufou desdenhoso. Inabalável, acrescentei que havia conhecido Mitterrand em Nova York, alguns anos antes, em 1976 ou 77, e que tinha tido a impressão de estar na presença de um grande homem, uma opinião que fez Robineau replicar que era fácil ter aquelas idéias grandiosas quando se tinha a sorte de ser americano. Do banco traseiro, inclinando-me para a frente na direção dos dois, observei que a mão dele subia e descia pela coxa dela — aquela coxa tinha começado a se transformar numa obsessão para mim —, apertando o interior dela uma vez sim, outra não, ao deslizar para baixo. A garota permaneceu em silêncio até chegarmos ao meu hotel. Então, os dois desceram do carro para se despedirem. *À demain*, murmurou ela, oferecendo-me o rosto, em vez da mão, para que eu a beijasse.

Adivinhe o que aconteceu a seguir, North instigou-me, depois de termos preparado e acendido nossos charutos. Os olhos dele brilhavam, e eu senti que ele ansiava por continuar falando. Respondi que fazia uma idéia, mas que, em vez de adivinhar, preferia ouvir a história da boca dele.

Ele concordou, recruzou os calcanhares e foi em frente.

Lydia estava em casa quando liguei, logo depois de ter lido o fax do presidente do júri do prêmio de literatura. Ela não parava de dizer: Está vendo? Eu estava certa, eu estava certa. Tinham de dar o prêmio a você, como é que você pode achar que seus livros não são maravilhosos, se eu vivo lhe dizendo que são? Percebi que ela tinha entendido as dúvidas e preocupações que finalmente haviam transbordado durante aquele noite em Nova York que já descrevi a você, embora, até então, eu nunca tivesse admitido para mim mesmo a força que tinham, e menos ainda as houvesse revelado de forma consciente a Lydia. Pelo menos, não do modo como as havia sentido de verdade, mesmo antes daquela epifania noturna. Quando Lydia era carinhosa daquele jeito, sua voz mudava e ela produzia — involuntariamente, creio — uma espécie de arrulho que me encantava.

Aquilo já havia chamado a minha atenção quando a conheci, num jantar de tipo bufê em Nova York que durou horas, oferecido por uma velha paixão minha que se casara com um primo de Lydia, um sujeito diferente dos outros Frank que conheço e que, à época, trabalhava na equipe de redatores da *The New Yorker*. Essa minha velha paixão é minha amiga desde sempre. Desde sempre mesmo, porque freqüentamos o mesmo jardim-de-infância. Como você vê, meus namoros sempre terminaram no melhor dos climas, e no caso desses dois muitas vezes me transformei — imagino que porque parecesse muito vulnerável até me casar com Lydia — numa espécie de bicho de estimação tanto para o marido como para a mulher. Na verdade, suponho que ter conhecido Lydia na casa deles não tenha sido bem uma coincidência. Ainda me lembro de como os dois cuidaram para que fôssemos apresentados, e de nos vermos sentados na mesma ponta de um sofá, depois da habitual batalha travada nessas festas por um lugar para sentar e comer em que não se fique exposto ao pior inimigo ou a um chato. Vi logo que Lydia era brilhante: uma daquelas médicas cuja conversa é encantadora, mais do que a de outros profissionais, em virtude do interesse particular que sua especialização desperta e do fato de serem capazes de falar sobre ela com tanta clareza que até começamos a achar que entendemos o que eles fazem. Não é incomum que a cultura geral de pessoas assim seja também de alto nível. Lydia é extremamente culta. Não há um único grande museu que ela não tenha visitado, e sua memória visual é tamanha que ela é capaz de falar com precisão surpreendente sobre obras de arte que viu há muitos anos. Seu conhecimento de música também é notável, embora ela tenha parado com as lições de piano quando ainda estava na escola. Além disso, leu e se lembra de todos os romances ingleses ou franceses dignos de leitura, o mesmo acontecendo com um bocado de literatura alemã. Sua avó materna, nascida na Alemanha, falava alemão com os filhos e tentava fazer o mesmo com os netos. Lydia foi a única que quis aprender, imagino que porque venerava a avó. O resultado é que o alemão dela é excelente, assim como o francês.

Conversamos muito, os outros convidados se foram e até nossos anfitriões já tinham ido dormir em silêncio, deixando-nos aos cuidados dos funcionários do bufê, ainda ocupados com a limpeza. Lydia me contou que morava num apartamento pequeno, uma subdivisão de um enorme, na mansarda do edifício Dakota. Tinha uma grande vantagem: todos os cômodos, até a cozinha, davam para o parque. Quando o táxi chegou ao edifício, ela me convidou para subir e tomar um último drinque. Fascinado, aceitei. Ela propôs champanhe. Bebemos em pé, junto de uma janela aberta, olhando para o Central Park como se de uma enorme casa numa árvore. Ela disse que tinha lido todos os meus livros — eram apenas três à época — e me explicou, de forma muito precisa e sem nenhuma pretensão, do que tinha gostado neles. Fiquei aliviado por ela não ser aquele tipo de leitor que se propõe a expor ao autor seus comentários críticos. Não há nada de mais idiota ou enfurecedor na face da Terra. Um novo romance meu estava a caminho naquele momento, em pleno percurso pela máquina editorial. Embora eu, em geral, tenha muita relutância em mostrar obra ainda não publicada a qualquer um que não esteja envolvido profissionalmente no processo editorial, perguntei se ela não queria ver as provas. Adoraria vê-las, Lydia me respondeu. Àquela altura, já amanhecia. Despedimo-nos com um aperto de mão, e acredito que só então me dei conta de fato da grande beleza dela, que tinha traços, tonalidade e uma postura régia que lembravam as ricas sedutoras vienenses de Klimt. Você ri, disse-me North, porque acha impossível que, até aquele momento, eu tivesse prestado tão pouca atenção à aparência de Lydia. Claro, eu tinha notado muito superficialmente que ela era alta, bonita e bastante elegante. Mas aquela foi a primeira vez na minha vida — ou melhor, a única — que ouvi uma mulher com tanta atenção, sem nem sequer pensar em lábios, seios, coxas etc.

Mas isso foi uma digressão, North disse, após um momento de silêncio. Vamos voltar a minha conversa telefônica com Lydia.

E sua preocupação, ela disse, de não estar ganhando o suficiente, você não vê que também era pura tolice? O estúdio vai pagar uma fortuna. Imagine só o que será quando acrescentarem os bônus habituais. Eu não tinha o que dizer acerca do dinheiro, mas defendi minha opinião negativa acerca da minha obra. O prêmio reflete apenas um capricho do júri, ao passo que minhas preocupações são genuínas e muito sérias, eu disse, ao que, então, depois de uma gargalhada, ela disse que podíamos fazer um colóquio sobre John North e a arte da ficção, assim que eu voltasse. Se eu quisesse, e o tempo estivesse bom, podíamos passar o fim de semana em Martha's Vineyard. Seríamos só nos dois, não veríamos mais ninguém e poderíamos passar dois dias inteiros conversando sobre literatura, sem parar. Em seguida, ocorreu a ela que devíamos contar a novidade de imediato para os pais, o irmão e as irmãs dela, além de, é claro, para minha irmã, Ellen. Que tal se ela ligasse para todo mundo? Agradeci, mas, ao mesmo tempo, fiquei desconcertado com aquele ritmo acelerado de Lydia. Será que eu não podia falar ao menos com Ellen, do meu jeito? Foi o que pensei, mas não disse nada, porque não valia a pena correr o risco de parecer ingrato. Lydia estava sempre um ou dois passos à minha frente. Quando achei que já íamos desligar, ela perguntou — talvez quisesse fazê-lo desde o início da conversa — se eu não queria mesmo ir a New Hampton, comemorar com a família inteira. Lembrei-a de como lido mal com cumprimentos e os inevitáveis brindes e provocações. Além disso, disse a ela, era um momento ruim para eu me ausentar de Paris. Tinha começado a trabalhar de fato no livro novo e deveria provavelmente continuar com a tarefa por mais alguns dias, sem interrupção. Queria definir melhor as personagens do marido e da esposa. A verdade, porém, era bem outra. Desde o jantar, eu não tinha conseguido parar de pensar em Léa. Havia decidido que precisava dormir com ela. Aquele, sim, era meu projeto, e não o livro. Enchia-me de vergonha e consternação que Lydia falasse comigo com toda aquela doçura, bom ânimo e clara preocupação com meu bem-estar, enquanto minha mente só tinha lugar para a garota e a ânsia de possuí-la, de fazer com ela o que fosse que Robineau fazia e, se possível, mais ainda. Parecia um crime ainda pior do que um ataque violento e letal contra Lydia. Eu estava violando sua confiança absoluta. A estranha verdade é que eu nunca tinha sido infiel a ela. Você balança a cabeça e fica aí, imaginando como pode ser. Eu não acho tão surpreendente assim. Minha vida, antes de eu me apaixonar por Lydia, já tinha sido turbulenta demais. Até que acontecesse tudo isso que estou lhe contando, eu não havia sentido nenhuma curiosidade premente quanto ao que podia fazer com outra mulher, tampouco me sentira tentado a descobri-lo. Estavam encerradas as viagens exploratórias. Lydia era o porto sereno no qual eu estava satisfeito por ter enfim atracado.

Eu estava mesmo determinado a ter aquela garota, North contou-me após um longo silêncio. E não queria só enchê-la de mim. Na minha imaginação, a cena vivia mudando à medida que eu a repetia, mas sempre acabava num clímax gigantesco, em que eu a fazia literalmente transbordar. Na manhã seguinte, liguei para o número dos Lalonde assim que acordei. Marianne atendeu o telefone. Agradeci pelo jantar e contei a ela a novidade sobre minha boa sorte. Talvez ela não tenha compreendido bem o significado do prêmio, mas, na condição de roteirista muito ocupada e bem-sucedida, sabia mais do que a maioria das pessoas sobre direitos de filmagem, com certeza mais do que eu. Não havia nada que eu pudesse contar a ela sobre as intenções do estúdio, a não ser a cifra que me pagariam — fazia tanto tempo que eu era amigo dela e de Pierre que teria contado a eles mesmo que não tivesse lá muita certeza de que a soma não acabaria indo parar nas páginas da *Variety* ou mesmo sendo objeto de divulgação mais generalizada — e o fato de que o produtor havia deixado claro a meu agente que me queria disponível durante as filmagens, embora a adaptação fosse ficar a cargo de outra pessoa, ainda não revelada. Marianne respondeu que aquilo era bastante incomum, uma vez que produtores em geral faziam qualquer coisa para manter o autor bem longe: pagavam até mais pelos direitos, se necessário. Expliquei que Joe Bain, o produtor, havia sido meu colega de escola e que, ao que parecia, tinha sugerido aquilo por mera amizade. É um sujeito sentimental, eu disse, muito diferente de mim. Ah, nesse caso, acrescentou Marianne, tudo é possível. Contei também que a intenção era filmar *in loco*, sempre que as condições permitissem. Isso significava Paris, onde se passa boa parte da ação de *O formigueiro*. Vai ser como nos velhos tempos!, ela exclamou. Depois, disse que contaria a novidade a Pierre, quando ele ligasse de Genebra. Ele tinha ido até lá com os Cleary, para ver uma coleção particular. Havia duas obras à venda que talvez fossem perfeitas para eles. Marianne achava que eu poderia usar o apartamento da tia de Pierre, Viviane, na avenue Gabriel. Ele perguntaria se a tia se importava. Claro, se eu quisesse ficar na casa deles, era bem-vindo, mas o apartamento de Viviane era o lugar ideal, porque ficava no centro. Pierre vai ficar *fou de joie*! Você terá independência total, mas quem sabe o que a Lydia achará disso! Uma tacada de gênio, respondi, mas a independência não será maior do que num quarto de hotel. Quando terminei de agradecer, repetindo o quanto eu havia gostado do jantar, mencionei Jacques Robineau. É engraçado, disse a ela, não sei se você me ouviu dizer isso, porque estava muito ocupada com Edith Cleary, mas eu tinha passado boa parte da tarde com a outra metade do casal, e justo no Flore, sendo entrevistado por ela para uma matéria da *Vogue*.

Marianne informou que não acreditava que eles formassem mesmo um casal; que, em princípio, Robineau estava com Françoise Lecomte, uma outra jornalista, que estava em Roma a trabalho. Por isso ele tinha trazido Léa.

Ah, respondi, pensei ter detectado certa intimidade entre os dois. No carro, com certeza, quando me levavam para o hotel.

Ela riu. Disse que não tinha pretendido sugerir que Jacques não havia ido para a cama com ela, depois de ter me deixado no hotel: ele já tinha dormido com metade das mulheres de Paris. Na verdade, a *petite Morini* também tem outro, acrescentou. Pierre pode lhe contar tudo a esse respeito.

Mas Marianne tinha acabado de me contar tudo que eu precisava saber. Ainda assim, o que significava, pensei, dizer que Robineau estava, em princípio, "com" outra jornalista, e que a garota "tinha" alguém, se, afinal, Marianne dava como certo muito naturalmente que Robineau estava dormindo com ela? Com certeza, queria dizer que Léa não era de todo fiel a seu *monsieur* principal. Isso favorecia meu propósito, contanto que o fato de ela trepar com Robineau não constituísse um lapso a ser atribuído a qualidades especiais dele — uma grande atração sexual, por exemplo, algo nem sempre evidente a outros homens, mesmo quando atua com grande intensidade sobre as mulheres; ou a reputação dele de garanhão supremo. Intrigavam-me também, como objeto de reflexão futura, as implicações mais gerais desses arranjos e a aceitação natural deles por parte de Marianne.

Acho que North notou a expressão de surpresa que atravessou meu rosto, porque emendou com rapidez: Me perdoe a vulgaridade. "Trepar" é a palavra que eu usava em meus pensamentos sobre Léa, quando parecia apropriado. Eufemismos não chegam a dar a justa medida de como eu pensava nela.

Depois de uma pausa, que talvez pretendesse me dar a oportunidade de protestar, North continuou. Enfim, a disposição de Léa para uma escapada só podia ser vista como encorajadora. Por outro lado, se ela se revelasse verdadeiramente promíscua, será que eu saberia lidar com o problema em questão, e com a devida indiferença? Reza a sabedoria de vestiário que, se uma garota se dispõe a se deitar com o time inteiro, não há necessidade de recorrer às flores. Não é preciso falar de amor ou dizer que se vai morrer se ela não topar. Em vez disso, basta a velha técnica de meter a mão entre as pernas dela e ir enfiando os dedos na xoxota. Essas máximas, aprendidas no meu último ano de escola, estrepitavam na minha cabeça, prontas para o uso, tanto quanto a lembrança infeliz de uma garota do subúrbio elegante de Filadélfia, dois ou três anos mais velha do que as outras da sua classe em Radcliffe, que não me deixava chegar nem perto dela, embora tivesse agraciado com chupadinhas e muito mais quase todo mundo que eu conhecia e tivesse a fama de cheirar tão mal que os caras que tinham faturado a menina tapavam o nariz à simples menção do nome dela. Já nem sei mais, mas acho que o nome dela era Lilly. Lilly Leffingwell? Não me lembro mesmo. Era um daqueles nomes de Filadélfia. Uma vez, criei coragem e perguntei a ela: Por que você topa com os outros, mas comigo não? Sem nem piscar, ela logo respondeu: Me come e pronto. Não me venha com discursos.

Quer ouvir uma coisa engraçada?, North prosseguiu. Decidi aceitar o conselho dela. Disse que conhecia um prado não muito longe da cidade onde podíamos fazer um piquenique. Depois, daríamos uma trepada. Era um dia perfeito de primavera, no período de estudos entre o final das aulas e os exames. Estávamos, acho, a uma semana das provas. Fomos de carro e passeamos um pouco a pé. Ela gostou do lugar, e nós nos sentamos à sombra de uma árvore. Eu passava um braço em torno dela, num prelúdio para enfiar minha mão livre embaixo da saia e em direção ao centro do universo quando ela gritou. O que foi?, perguntei. Horror dos horrores: meu braço tinha roçado no nariz dela. Ela havia feito uma plástica no nariz um mês antes, e o lugar ainda estava muito sensível. Pelo menos, foi o que ela disse. E aquele foi o fim do meu relacionamento com Lilly. Com pensamentos desse tipo, você entende agora por que a perspectiva de uma investida no caso de Léa me apavorava? Porque era possível que Marianne estivesse sugerindo que Léa trepava a torto e a direito. Nesse caso, o cortês senhor North, em seu costumeiro papel de autor ilustre, passando uma cantada numa jovem jornalista — por mais sutil que fosse, em consonância com seus hábitos extremamente educados —, estaria se expondo a hilariantes gargalhadas e, ainda por cima, a ser fritado por aquela mesma jornalista num artigo que ela estava escrevendo para a *Vogue*. Não que ela fosse contar a cantada que eu tinha dado, imaginando-a romântica, quando, na verdade, eu só havia me revelado *un vieux con*, mas existiam muitas outras maneiras, menos cruas mas bastante eficazes, de ela me atingir.

North se metera num tal apuro que tive vontade de rir. Mas ele me entendeu, antes que eu abrisse a boca.

Eu sei, disse ele. Minha preocupação sobre como sairia a entrevista. A total improbabilidade de eu ser tão tímido. Tudo bem. Mas não se esqueça de quantos anos fazia que eu era casado com Lydia. Estava completamente fora de forma nessas coisas. Além disso, estava ocupado demais para pensar com clareza. A nota acerca do prêmio havia sido divulgada. Se eu estivesse em Nova York, ele continuou, meu editor ou um dos assessores de imprensa teriam atendido muitas das chamadas da mídia, solicitando um comentário pelo telefone ou uma entrevista comigo. Sozinho em Paris, e não tendo me ocorrido pedir a Xavier que me ajudasse a evitar ao menos os jornalistas franceses, tive de me virar com os telefonemas, embora, na verdade, estivesse esperando mesmo por um só: o da garota. Imaginei que ela devia ter tentado me ligar, quem sabe mais de uma vez, mas recebido como resposta que minha linha estava ocupada. E estava certo. Um recado chegou afinal ao meu quarto. Ela queria saber se podia vir. A matéria estava pronta. Ah! Se podia vir? Podia, mas só depois que eu conseguisse trocar de hotel. Eu gostava do Pont Royal, onde Xavier sempre me hospedava, e gostava a ponto de usá-lo também quando viajava a Paris com Lydia. Todos os funcionários nos conheciam. Era razão para ficar, mas também para sair, caso fosse fazer alguma coisa sobre a qual eles pudessem fofocar. O dinheiro recebido de Hollywood me deu uma inspiração: um fim de semana prolongado no Ritz. Fiz reserva para aquela mesma tarde. E aproveitei a oportunidade para reservar também uma mesa no restaurante, para o jantar. Como iria explicar aquela mudança a Lydia? Diria que o Pont Royal não tinha vaga para mim durante o fim de semana. Puxa, e você foi para o Ritz sozinho! Com uma voz um pouquinho pesarosa, eu diria: Meu amor, Paris inteira está como o Pont Royal, cheia de turistas. Já foi uma sorte o Ritz ter lugar. Da próxima vez, ficamos lá, nós dois.

Sim, eu agia como um homem se preparando para cometer

um assassinato. Num estado de concentração total, ele junta toda a parafernália de que vai precisar e, com a ajuda de uma lista, verifica se está tudo em ordem. Feito isso, acende um fósforo e põe fogo nela. Luvas de látex, chave mestra, fita adesiva, seringa, um frasco de morfina e um punhal de Solingen, porque o seguro morreu de velho. Estava tudo lá. Na mesma maleta preta barata, ele guarda o passaporte e um envelope cheio de dinheiro. Notas de vinte e de dez; o resto, notas usadas de cinqüenta e de cem. Ele fecha a maleta, verifica o medidor de combustível do carro e se certifica de que está levando consigo o mapa das ruas. Não há meio de voltar atrás. Nada será capaz de detê-lo.

Vai assassinar quem?, um ouvinte menos sutil do que você poderia perguntar, comentou North. Não está mais do que claro? Trata-se do assassinato da minha adorada Lydia.

Como se exausto pela tensão de seu relato, North mergulhou num devaneio. Também eu pensava cá comigo. Era possível que ele tivesse de fato levado tão a sério — *au tragique*, como talvez dissesse — um ato tão miseravelmente banal de infidelidade? Um sujeito que gosta de mulheres, que conheceu muitas delas, está longe de casa numa viagem a trabalho. Uma coisinha muito sensual é plantada em seu caminho. Ela o adula. Há motivo para acreditar que esteja disponível. Se ele tenta a sorte e se dá bem, qual o problema, contanto que continue amando a esposa? Gostaria de ter feito a pergunta a ele, mas decidi não fazer. Era um escritor, podia estar puxando o fio daquilo que escreveria algum dia. Por que eu haveria de interferir? Concluí que o deixaria contar a história da maneira que julgasse melhor.

Convidei-a a almoçar comigo, North retomou o relato, no bar do Pont Royal. Eu sentia um estranho desejo que a divertiu, quando contei a ela: queria um *club sandwich* regado a martíni. Àquela hora, podia conseguir as duas coisas, e de excelente qualidade, no bar do hotel. Durante o almoço, comportei-me com absoluta correção. De início, é fato, me ocupei da leitura da matéria; depois, atendendo a um pedido feito com timidez e modéstia tamanhas que me fizeram derreter, respondi a algumas perguntas que ela havia anotado sobre o prêmio: o que significava, quem eram meus predecessores, e assim por diante. Claro que ela queria saber sobre o filme também. Mais para o final do almoço, ela passou a exibir uma estranha agitação. Disse que, logo depois do almoço, pretendia acrescentar à matéria tudo que eu havia acabado de lhe contar. Será que eu poderia dar uma olhada também nessa versão revista? Ela não queria me importunar, mas seu prazo final era o dia seguinte. Esperava que eu compreendesse como eram rígidos esses prazos no caso das revistas. Eu ri, porque ela tinha acabado de me dar a oportunidade que eu queria. Escute, eu disse, coisas muito boas me aconteceram, e seria errado não comemorar um pouquinho. Ela não aceitaria jantar comigo? Um bom jantar, do tipo pomposo. Jantar sozinho não era lá grande comemoração. Mas claro, ela respondeu, ficaria felicíssima, iria ao meu hotel, levaria a matéria, mas podia ser um pouco mais tarde? Por volta das nove? Pouco a pouco, no curso de almoços e jantares posteriores, eu aprenderia o que significava para Léa aquele "por volta de", fosse por volta das nove ou de qualquer outra hora. Respondi que estava perfeito e que aquilo me deixaria felicíssimo. Informei a ela como chegar ao Ritz, e não ao Pont Royal, e disse-lhe que me procurasse no bar que dava para a rue Cambon. Expliquei a ela a mudança de hotel da mesma forma como havia explicado a Lydia. Não via como lhe dizer a verdade, e imaginei que ela iria me desprezar se eu dissesse que tinha me mudado para um hotel melhor porque tinha ganhado um prêmio e receberia um bom dinheiro.

Tomei posse de minhas acomodações no Ritz depois do almoço e decidi que elas me serviriam, a não ser por um detalhe: não havia flores no quarto. Imaginei que aquilo se devia ao fato de eu nunca ter me hospedado no hotel, embora fosse antigo freqüentador do bar. Bebia ali com grande entusiasmo desde a primeira vez que meu pai me levara com ele e, na verdade, era tratado como amigo pelo augusto barman, a quem, desde que comecei a ser publicado na França, nunca deixei de enviar cópia com dedicatória das traduções francesas dos meus livros. Deparei com nova onda de telefonemas e recados. Estava agitado demais para lidar bem com eles e aproveitei a primeira brecha para correr até o florista mais próximo, na rue Castiglione, e comprar buquês de flores primaveris para a minúscula sala de estar e para o quarto. Este último, eu tivera a felicidade de notar, exibia amplas proporções. Eu bem que podia ter me poupado o trabalho e a despesa. Léa só tinha olhos para flores em seu cenário natural. Nem as notava em hotéis, que ela julgava pela qualidade e quantidade de chocolates providenciados pela gerência: ela consumia enormes quantidades de chocolate no ato e levava o restante para comer em casa. O corpo ágil, de musculatura perfeita, parecia imune ao gigantesco consumo de doces, pão, queijo, massas e vinho de que era capaz. Sabonete, xampu e cremes para a pele também pesavam em seu julgamento. Ela gostava de barras grandes de sabonete e se amuava se eu desembrulhava um sabonete de tamanho maior. É um desperdício, dizia, você não vai passar tempo suficiente aqui para usar nem mesmo uma barrinha minúscula. E, se usar, a camareira trará outro. Tudo que sobrava, Léa guardava em sua bolsa enorme, que, caso ela fosse passar a noite comigo, rumando na manhã seguinte diretamente para a revista, continha, além da agenda, um calendário de mesa de tamanho grande, escova e pente, assim como uma calça jeans e um suéter preto de gola rulê, itens que substituiriam a blusa branca de *crêpe de chine* bem decotada e a minúscula saia de veludo ou seda preta usada no jantar.

Tirei uma soneca naquela tarde. Depois, desci para o bar.

Resisti aos agrados do meu amigo, o barman, e pedi apenas um martíni. Terminado o drinque, solicitei a ele que reservasse uma mesa de canto. Verifiquei a reserva no restaurante também. A mesa era boa: sentaríamos lado a lado na bancada estofada. Em geral, essa disposição não me agrada, porque prefiro olhar de frente para a pessoa com quem estou conversando — ainda que seja uma jovem mulher — a desfrutar de intimidades físicas reais ou imaginadas. Não, porém, naquela noite. Voltei para meu quarto e dediquei um tempo incomum à decisão do que vestir. Aquele seria o que Lydia chamava de um jantar adulto, o que significava que eu não deveria me vestir como um artista. Isso excluía o surrado paletó de tweed que ela já me vira usar três vezes seguidas. Por sorte, eu tinha incluído em minha mala o que a ocasião exigia: um terno de risca de giz. Caía bem em mim e não precisava ser passado. Eu tinha a gravata certa para usar com ele e uma camisa creme que também me servia, imagino que porque datava de época anterior àquela em que comecei, no interesse da economia, a mandar fazer minhas camisas em Hong Kong. Aliás, a primeira geração dessas camisas era boa, eu teria até recomendado a loja a você. Foi só mais tarde, e sem que eu tivesse perdido peso, que elas começaram a pender do meu corpo como se de um espantalho. Veja só esta que estou usando. Fica larga no pescoço e cheia demais no peito. É por isso que enruga desse jeito bizarro. Você poderia me perguntar por que não pedi ao camarada de Hong Kong que ajustasse o modelo. É uma boa pergunta. Acho que prefiro não mexer no que já está bastante ruim. O chinês poderia se vingar, me fazendo camisas apertadas, o que eu detesto, ou de mangas muito curtas. Mangas curtas demais estão próximas de encabeçar a minha lista de *bêtes noires*. O que mais há na lista? Tanta coisa que, se tivesse de enumerar todas elas, eu não teria tempo suficiente para contar minha história.

North riu da própria piada. Consegui esboçar um sorriso.

Voltando a minha história, quando terminei de me arrumar, fui dar uma caminhada em torno da place Vendôme. Os dias já estavam mais longos e ainda não tinha escurecido, mas uma lua crescente espiava por trás das nuvens altas, como uma velha cocote. A preocupação com Lydia, a apreensão que sentia e a impaciência com o tempo — para não falar no dinheiro — que estava desperdiçando naquela tola aventura com a garota tinham começado a me afligir, assim como o pensamento de que, em vez de jantar com ela e me envolver em qualquer prática de mau gosto subseqüente, eu podia ir ver *Berenice* na quase vizinha Comédie Française. Mas, talvez sob o efeito de toda a beleza e grandiosidade que me cercavam, esses pensamentos foram pouco a pouco cedendo terreno à alegria. É só uma travessura, disse a mim mesmo, uma travessura inofensiva, bem o tipo de escapada de que está precisando. Quando você começa a pensar que seus livros são exercícios vãos de certa habilidade que calhou de você possuir, o que está fazendo é permitir que o juízo crítico seja distorcido pelo tédio, pela rançosa rotina burguesa. Acordar às sete e meia porque Lydia tem de ir para o hospital, e é melhor você se sentar à mesa de trabalho e espremer seu pobre cérebro na produção de algumas paginazinhas; depois, almoço no restaurante chinês da rua do escritório ou, se Lydia puder fugir do trabalho por uns quarenta e cinco minutos, na *delicatessen* a duas quadras do hospital; depois do almoço, ler e responder as cartas inadiáveis, ou escrever mais três páginas de texto; na maioria das noites, jantar tarde, com Lydia, em casa, e ir para a cama. Com Lydia. Fazer amor com Lydia. A não ser que aconteça alguma catástrofe no hospital, fim de semana em East Hampton. Sozinho com Lydia. No domingo à noite, a volta para a cidade com Lydia. E, então, *da capo*. O tédio pode estar afetando seu trabalho também. Quando é que você quebra essa rotina? Raras vezes, e quando isso acontece Lydia faz o que pode para estar com você, o que é muito legal, mas impede o acesso ao que quer que exista fora desse mundo feito para dois. Do contato com a garota, talvez resulte o choque de que você precisa para reiniciar o sistema. É verdade que não se pode ir ver *Berenice* toda noite, mas você pode ler Racine amanhã de manhã ou em qualquer outro dia da semana. Você pode comer Léa quando bem entender? Não. É necessário ver *Berenice* encenada? Se você já assistiu à peça pelo menos uma vez, encenada por um elenco decente, não é, e você já viu. Nesse caso, o teatrinho na cabeça pode funcionar muito bem enquanto, sentado numa poltrona, você lê o texto imortal. É necessário trepar com a moça? De novo, a resposta é não, mas, caminhem as coisas como caminharem com a garota, você terá uma lembrança para guardar e revisitar. Quanto tempo faz que você não tem uma lembrança secreta como essa?

A voz da tentação era convincente. Voltei correndo para o hotel, aliviei-me e me pus a inspecionar o quarto. As camareiras tinham providenciado aqueles odiosos chinelos felpudos que suponho constituírem um item monstruoso de conforto voltado para hóspedes japoneses. Por que impingi-lo a todos os demais, não sei. Joguei-os no armário, juntamente com os chocolates mentolados e a previsão do tempo, que haviam depositado sobre os travesseiros. Até o cardápio do café-da-manhã produzia um toque dissonante: indicava um avanço ordenado e nada romântico em direção à cama. Do tipo que um velho casal talvez apreciasse. Ou amantes tão acostumados a seus encontros que pedir o café-da-manhã é a primeira coisa que lhes ocorre ao entrar no quarto. Enfiei o cardápio na gaveta da escrivaninha.

Ela não se atrasou muito naquela noite. Meros quinze minutos. Explicou que tinha corrido para chegar na hora, mas, imaginando que eu quisesse que ela trocasse de roupa para o jantar, tinha ido da revista para casa e depois, claro, não conseguira um táxi, nem mesmo diante da Lipp. Quis saber se eu gostara da roupa que ela tinha posto. Gostei, sim. Era uma saia tão curta e justa como a que ela vestia quando a vira na casa dos Lalonde, só que era preta, a cor que, assim eu decidira, melhor combinava com a pele e os cabelos dela; e uma daquelas blusas de *crêpe de chine* que já mencionei. Um longo colar de contas preenchia o decote. Eu tinha certeza de que os seios eram firmes, mas, ainda assim, ela estava usando um daqueles sutiãs que os deixam empinados. Talvez a intenção fosse cobrir os bicos dos seios, que não fosse isso apareceriam através do tecido, como grandes botões marrons. Ela me deu o novo rascunho e, enquanto se servia de uma taça de champanhe, li a matéria com atenção. Eu havia percebido que ela levava seu texto muito a sério e que era melhor eu fazer comentários precisos. Li devagar, porque ela espiava sobre meu ombro, e eu estava gostando do calor daquele braço contra o meu e do cheiro do perfume, que, estranhamente, não era o mesmo que ela havia usado na noite anterior. Pensei ter reconhecido o aroma de lírios-do-vale. Quando perguntei, só para ver se uma pergunta pessoal a irritaria, ela me respondeu — com um sorriso que julguei encorajador — que variava o perfume de acordo com a ocasião. O outro a fazia sentir-se velha.

Aliviou-me descobrir que a matéria tinha, de fato, ficado muito boa. Foi o que disse a ela, acrescentando que os elogios excessivos a minha obra eram uma questão a ser resolvida entre jornalista e editor. Eu não tinha por que reclamar. Mas a editora é sua maior fã, Léa deixou escapar, e corou. A conversa durante o jantar consolidou a impressão que eu tivera no Flore de que ela era inteligente. Notei, porém, uma coisa curiosa em seu jeito de falar: quando se referia ao seu trabalho como jornalista, era articulada e pronunciava as palavras com clareza. Mas, tão logo começasse a abordar assuntos pessoais — na frase seguinte, por exemplo, quando me contou sobre o ateliê, que eu precisava conhecer, e suas pinturas, acerca das quais ela queria minha opinião —, seu discurso tornava-se quase incoerente. As palavras saíam pela metade, engolidas ou balbuciadas. Várias vezes, eu nem sequer entendia o que ela estava dizendo. Passou-me pela cabeça que ela tivesse, talvez, superado algum defeito da fala, mas apenas em certos contextos — nesse caso, quando falava sobre seu trabalho —, da mesma forma como um gago pode aprender a fazer um brinde sem gaguejar, mas terá problemas quando pedir a alguém que lhe passe o sal. Eu não tinha certeza, e pouco importava. Meu desejo parecia aumentar a cada curiosidade que ia descobrindo.

Ela não era enjoada para comer; na verdade, nós dois achamos o cardápio do restaurante do Ritz um tanto novidadeiro. As sobremesas a consolaram, assim como o vinho, do qual ela bebeu mais do que eu. Ouvi com atenção todo o balbucio acerca das férias e dos irmãos mais velhos dela, todos brilhantes, e falei com grande autoridade sobre Georges Perec, que escreveu um único livro que não detesto. Ao longo de todo esse tempo, preocupava-me com meu próximo lance, que chegaria logo, uma vez que já esperávamos pelo cafezinho. Não ousava dizer nada do tipo: Escute, eu quero você, o que você acha? Vamos para o meu quarto? Por isso, tentei aquele que deve ser o mais antigo dos truques, um daqueles que devem ter mostrado a Lilly Leffingwell que eu era um idiota. No estofado que compartilhávamos, eu mantivera dela uma distância casta e, contrariando meu hábito, gesticulava com a mão direita para enfatizar qualquer declaração estúpida que estivesse fazendo. Enquanto ela respondia, eu pousava a mão pacificamente no espaço que nos separava. Durante um momento de silêncio, senti a mão dela tocar a minha. Não me mexi. Em vez disso, perguntei se ela queria um conhaque. Queria, sim, claro, ela disse, e, como a confirmar o entusiasmo pela decisão que acabara de tomar, consentiu que sua mão cobrisse a minha e a acariciasse. Aquilo clamava por nova iniciativa. Toquei seu joelho com o meu; para me certificar de que ela entenderia que o contato era intencional, pressionei o joelho dela com mais força e, quando notei que ela não recuou, virei meu rosto em sua direção. Ela respondeu com um olhar que interpretei como submisso.

O que se seguiu, depois de mais café e de outro conhaque, não foi o tipo de sedução certinha que eu havia imaginado, com base em minhas antigas explorações, o tipo de coisa que você teria encontrado com muita freqüência em meus romances, se tivesse lido algum deles. A dama, tímida, fica nervosa com a possibilidade de alguém — em especial o porteiro e seus asseclas — vê-la subir na companhia do protagonista. Vencem a perigosa travessia em segurança. No elevador, atentos aos dispositivos de vigilância, ficam lado a lado, mas rijos e não muito próximos. Ele nem sequer segura a mão dela. A porta do elevador se abre. É o andar dele. Alívio imenso! Não há nenhum carrinho com toalhas, lençóis e rolos de papel higiênico a indicar a aparição iminente de uma arrumadeira, tampouco uma camareira ou um mensageiro à vista. Agora, eles se dão as mãos; ainda segurando a mão dela, ele ergue a sua, de modo a sentir o contorno do seio. Chegam ao quarto. Ele toma a bolsa e o tremeluzente xale noturno das mãos trêmulas dela e os deposita numa poltrona. Eles se beijam. Ela entreabre a boca e geme. À medida que os beijos vão se tornando mais apaixonados, ela morde o lábio dele. Com força. Ele não gosta de ser marcado e, por isso, interrompe o beijo e começa a acariciar os seios: de início, com delicadeza, por sobre a seda da blusa, como se apenas a depreender o formato e o porte; depois, tendo-os arrancado do sutiã, quase com brutalidade. A saia justa é um empecilho. Ele se ajoelha. Ela se apóia na poltrona e, com um suspiro, abre as pernas apenas o bastante para que a mão direita dele comece a explorá-la, enquanto a esquerda se ocupa do mamilo direito. Mais um pouco, e ele já puxou a saia para cima dos quadris, onde ela deixa de atrapalhar, calcinha e meias estão no tornozelo, ela joga o púbis na direção dos dedos, dos lábios e da língua dele. Ele a despe. À espera, pressionando o rosto contra os travesseiros, ela se enrola na cama. As nádegas, contrastando com o restante do corpo bronzeado de sol, são uma provocação. Ele se dobra sobre ela e descobre que é bem-vindo. A toda pressa, atira as próprias roupas no chão e volta para junto daquele corpo todo aberto para ele.

Gostou da descrição?, North me pergunta de repente. Gostei, respondi, mas duvido que tanto quanto você.

Ele concorda.

Bom, não foi bem assim com Léa, prosseguiu North. Com ela, entrei no mundo do sexo moderno. Um mundo bom. Talvez os velhos tenham razão quando dizem que a geração deles difere da nossa num grau em que a nossa não difere da de nossos pais. O fato é que, para usar meu vocabulário por vezes antiquado, eu tinha decidido seduzir a moça. Portanto, no que me dizia respeito, eu era o diretor daquela cena de sedução. Ela seria exatamente como descrevi. Mas a verdade é que a garota assumiu o comando. Assim que a porta do elevador se fechou, ela pulou em cima de mim — literalmente, me fazendo inclusive perder o equilíbrio e cambalear em direção à parede. Tomou posse da minha boca e, de imediato, começou a apertar minha braguilha. Os dedos enfiaram-se por entre os botões da calça e, em seguida, pelos da cueca também. A viagem até o terceiro andar não era longa, mas ela trabalhava depressa. Por sorte, minha ereção já era respeitável, e aqueles dedos imperiosos e saqueadores encontraram o que queriam. Eu me atrapalhei com a chave. Ela a tomou de mim e abriu a porta da suíte. As acomodações, a caixa de chocolates e os sabonetes diversos estavam a contento. Com um triunfal *iupi!* — que logo me seria tão familiar quanto o grito de guerra das filhas de Wotan —, ela subiu na cama, me puxou para cima dela, manobrou a bacia de modo a encaixar uma das minhas pernas no meio das dela e começou a se contorcer. Léa, eu disse, quero ver você, quero te tocar, vamos tirar a roupa. Ela balançou a cabeça com veemência. Entendi a mensagem. Ela queria a chamada foda seca. Acho que era assim que se chamava esse tipo de simulação quando eu era calouro na faculdade, e talvez ainda se chame assim, se é que alguém hoje se importa em dar nome à coisa. No meu tempo de faculdade, a questão era que, enquanto o sujeito não tirasse a calça e mantivesse o pinto dentro dela, a garota estava segura. Ele não a engravidaria.

Nós fomos em frente com vigor cada vez maior, as bocas coladas uma à outra, minhas mãos enganchadas nas axilas dela, Léa se esfregando na minha perna, eu me esfregando para cima e para baixo em sua coxa. Ela fez um bocado de barulho, o que às vezes parecia significar que estava gozando. Mais tarde, depois de conhecê-la melhor, aprendi que não podia confiar naqueles gritinhos. Tinha de esperar pelo silêncio súbito, seguido de uma espécie de ganido e de um espasmo que não havia como fingir — não que ela alguma vez fingisse o que quer que fosse. Em muito pouco tempo, já não me importava em que estágio ela estava a caminho do orgasmo. Eu perdia o controle e gozava feito uma fonte. Esse, aliás, costumava ser o benefício adicional da foda seca, do ponto de vista da garota: o sujeito ejaculava sem que ela tivesse de bater uma punheta para ele, o que algumas daquelas *demi-vierges* afirmavam ser revoltante. Senti a mancha esparramando-se por dentro da calça. Não podia nem fingir que não tinha acontecido. Estava mais do que evidente.

Imaginei que ela fosse dizer algo para me consolar e reconhecer que tínhamos ficado excitados demais com as preliminares, mas me enganei. Ela se levantou da cama sem dizer nada, alisou as roupas, tirou uma escova da bolsa gigantesca e desapareceu no banheiro. Enquanto isso, inspecionei o estrago. A mancha podia ser removida com lavagem a seco, e era melhor eu cuidar disso enquanto ainda estava num bom hotel, embora alguns digam que o aconselhável é lavar logo com água gelada. A última coisa de que eu precisava era que nossa empregada visse aquilo quando eu chegasse em casa. Ela era capaz de cheirar a mancha para confirmar sua suspeita. Ali, no hotel, eu podia solicitar o serviço de lavagem a seco, deixar a calça em cima da cama e sair. Me pouparia o embaraço de ter de observar o camareiro examinando o problema e tirando suas próprias conclusões. Dano maior, notei então, havia sido causado ao paletó do meu terno: durante as nossas contorções, o botão do meio tinha sido arrancado, e pela raiz, por assim dizer. No lugar dele, havia um buraquinho no tecido que exibia a crina bege empregada pelos alfaiates para enrijecer a frente do paletó e as lapelas. Encontrei o botão no chão e praguejei. Não por causa do buraco — eu tinha quase certeza de que a costura não demandaria nenhuma mágica: com um pouco de cuidado, a camareira poderia esconder o buraco ao pregar de volta o botão —, mas porque, não mais sentindo desejo sexual ou os efeitos do vinho, vi no dano a minhas roupas uma demonstração crua, mas adequada, da minha estupidez. Aquela jovem jornalista tinha produzido uma matéria sobre o meu livro e sobre mim que era a melhor que eu poderia desejar e teria se tornado uma útil aliada. E eu transformara nossa reunião numa espécie de luta livre com um sátiro incontinente. Ela se lembraria de mim com desdém e, no futuro, eu seria obrigado a evitá-la. E como saber se ela não daria com a língua nos dentes? Afinal, ela podia contar sobre aquela nossa noite ao amigo Robineau, que, por sua vez, faria algum comentário sobre "esses americanos" a Pierre ou Marianne. Apenas o suficiente para que compreendessem a mensagem. Aos olhos deles, isso rebaixaria Lydia à categoria das esposas enganadas pelo marido. Claro que eu percebia que infidelidade de marido ou esposa não era coisa que impressionasse os Lalonde, nem mesmo como tópico divertido de fofoca, mas era questão importante para Lydia. Isso eles entendiam. Portanto, decerto entendiam que, caso descobrisse não apenas o que se passara, mas também que eles tinham conhecimento do fato, ela se sentiria duplamente humilhada: por minha infidelidade e pela perda de dignidade. Lydia sempre tratara os Lalonde com confiança e afeto, e não porque fossem seu tipo, mas porque eram velhos amigos meus. Ela nunca mais ia querer vê-los, mesmo que não me abandonasse. E minha infantilidade não parava por aí. De repente, enojavam-me a insensibilidade e a frivolidade com que eu a havia privado de uma coisa boa, de um prazer que ela evidentemente merecia: a diversão de ver o estardalhaço que a mídia, Xavier, meu agente e nossos amigos fariam em torno do livro e do prêmio, caso eu tivesse, como era meu dever, pegado o primeiro avião de volta para Nova York, a fim de receber os aplausos de todos eles. Eu a privara também do prazer que ela sentiria em me exibir à família em geral condescendente. O interesse num prêmio literário tem vida curta; o autor precisa estar lá para pegar a onda e se deixar levar por ela. Virar as costas para o oba-oba poderia não ter sido um problema, se eu tivesse feito isso por modéstia ou orgulho. Mas eu agira dessa forma em prol de uma aventura escandalosa. Também eu havia sido humilhado pela garota, mas a punição era insuficiente.

Para alguém que eu supunha estar escovando o cabelo e refazendo a maquiagem antes de sair correndo daquele quarto, Léa me parecia estar demorando um bocado no banheiro. Mas talvez estivesse atendendo a outros chamados da natureza. Não fazia diferença. Fui para a sala de estar, contemplei meu buquê de flores primaveris sobre a mesinha de centro — mais grandioso e mais absurdo a cada minuto que passava — e acendi um cigarro. Já era noite escura. Abri a janela e olhei para a grande praça lá embaixo, tão vazia àquela hora, desejando que a "cena com a garota" — que era como eu começara a pensar em tudo aquilo — tivesse terminado. Assim que ela saísse, eu tomaria um daqueles comprimidos para dormir que um médico israelense, amigo de Lydia, me dera, do tipo que derruba qualquer um feito uma paulada na cabeça. Foi, portanto, com um sentimento de alívio que a ouvi bater na porta que separava o quarto da sala de estar e que eu, na verdade, deixara aberta. Voltei-me na direção da porta. *Coucou*, ela chamou: Está surpreso? Eu estava, e muito. Léa estava nua, se chacoalhando toda de tanto rir. Vamos lá, ela disse, não me faça essa cara soturna. Eu quero você, por isso resolvi te dar outra chance.

Antes que você tire a conclusão precipitada de que ela era misericordiosa nessas coisas, confesso que, durante nossas cópulas posteriores — muitas vezes precedidas por rodadas de preliminares que me enlouqueciam, tanto por sua duração como pelas maravilhas do corpo de Léa e por sua criatividade —, ela jamais deixou passar uma única dessas ocasiões (demasiado freqüentes, infelizmente) em que não consegui me agüentar até o fim. Passou a me chamar pelas iniciais E. P. (nesse caso em particular, ela usava termo e pronúncia inglesas), mandou que eu praticasse e comparava minha falta de autocontrole com o poder de outros amigos dela, capazes de prosseguir indefinidamente. Que aqueles super-homens existiam, sem complicações ulteriores de libido ou desempenho, cheguei a duvidar, mas era difícil desconsiderar o testemunho de Léa. Ela era uma observadora objetiva e com certeza conhecia o assunto.

No decorrer daquela noite, eu aprenderia que, além da ousadia e da perícia de uma puta de alta classe, Léa tinha também um talento de puta para fazer um homem sentir que cada estocada, cada rendição daquele corpo a uma nova demanda representava o sacrifício voluntário de uma bela virgem recém-amadurecida, uma parte de mistérios que se imaginaria terem acontecido num templo da Ásia grega. Isto aqui é só para você, ela costumava murmurar. Ao que eu murmurava: Por quê? Por que para mim? Para mostrar que sou tua, era a resposta invariável, igualmente murmurada. E aquele corpo complacente dela era ainda mais bonito do que eu imaginara: ela era uma donzela espartana pintada por Renoir com base num mural de Puvis de Chavannes. As pequenas imperfeições me extasiavam. Os pés, por exemplo, só um pouco gordinhos, com os dedos pequenos e rechonchudos, os longos pêlos escuros ao redor das auréolas dos mamilos, as orelhas protuberantes. Às vezes, ela pedia que eu parasse de me mexer. Está doendo, ela dizia. Ou: Quero pensar em como foi, para me lembrar depois, quando você começar de novo. Ou: Agora vou dormir, me come enquanto estou dormindo. E caía num sono profundo, mas, se eu a penetrava, ela ou acordava de imediato ou, comandada por alguma zona de uma consciência diversa que eu era incapaz de definir, entregava-se ainda mais completamente. Eu não podia negar que tinha me apaixonado.

Mas e quanto a Lydia e ao meu remorso? Tinha sido apenas um movimento ditado pelo ressentimento e pelo amor-próprio ferido? Não acredito. Deitado ao lado de Léa e observando o céu noturno tornar-se rosa e depois retornar ao cinza — eu abrira as cortinas para deixar entrar mais ar —, pareceu-me, enquanto pensava em Lydia, que tinham me dividido em dois. Uma metade era o marido de Lydia, para quem o amor ilimitado e irrestrito por ela era como um órgão vital do corpo. A outra era um homem frívolo, aturdido pelo corpo daquela garota, pelo que ela estava disposta a fazer com esse corpo e, para ser justo, pelo charme surpreendente dela. Perguntei-me por que aqueles dois homens não podiam coexistir, contanto que eu os mantivesse apartados, contanto que Lydia jamais descobrisse sobre Léa e que eu conseguisse protegê-la até mesmo da humilhação abstrata de outros virem a saber. Na verdade, coexistir por um tempo era o que eu tinha em mente, porque estava claro para mim que, por mais irresistível que Léa fosse, nosso caso — e que outro nome poderia dar àquilo? — só podia ter duração curta e importância limitada. Havia aqueles outros homens, sobre os quais eu ainda não perguntara; havia a idade dela, que tornava ter filhos seu objetivo natural e um eventual casamento comigo, mesmo que eu fosse livre, duvidoso; e havia ainda minha própria natureza egoísta, que sempre me fizera fugir de complicações desnecessárias, que demandassem demais do meu tempo. Eu tinha certeza de que já esse último fator me impediria de desperdiçar o tempo de que necessitava para meu trabalho ou mesmo de dividir o pouco que sobrava entre uma esposa, a quem eu não privaria do tempo que lhe era devido, e uma amante. Sempre admirei o Príncipe de A *taça de ouro*, de Henry James; por um bom período de tempo, ele foi capaz de manter duas mulheres bastante satisfeitas. Mas o esquema desmoronou quando ele permitiu que a amante o levasse a uma indiscrição que humilhou a esposa. Eu não deixaria aquilo acontecer comigo.

Ela foi embora às sete, com a boca cheia de chocolates e os dentes escovados com minha escova. Iria a pé até seu ateliê, disse-me, para se vestir para o trabalho antes de ir para o escritório. De pé, à janela, eu a vi atravessar a passos largos a place Vendôme na direção das Tulherias. Talvez eu devesse ter ido com ela, cruzado o jardim com a areia ainda molhada da chuva leve que caíra durante a noite, atravessado a passerelle de Solférino e avançado pela rue Jacob até Léa chegar a Saint-Germain-des-Prés. Ela já tinha tomado um banho no meu banheiro. Levaria não mais do que cinco minutos para trocar de roupa antes de disparar pelo boulevard Saint Germain até a place du Palais Bourbon. A não ser, é claro, que tivesse telefonemas a fazer de casa: para seu verdadeiro *monsieur*, para Robineau, ou para seus irmãos, que eu soubera serem dois, ambos oriundos da Polytechnique. O mais velho andara trabalhando no gabinete do primeiro-ministro, o mais novo, no gabinete do ministro da Indústria. Não se sabia ainda quais seriam suas funções no novo regime. E esses três irmãos deviam ter pais também, levando uma existência burguesa muito correta em algum lugar, mas Léa não os mencionara. Como parecia misteriosa a vida dela! Por um instante, pensei comigo que não tinha sequer o seu telefone. Então me lembrei de que o número constava do cartão que ela me dera no Flore. Só podia estar no bolso do meu paletó de tweed.

Logo mais à noite, nos encontraríamos para jantar no Balzar. Ela me disse que gostava mais de comida de bistrô do que da dos grandes restaurantes que propus, mas rejeitou minha sugestão de irmos ao Lipp, porque, segundo me disse, todo mundo que ela conhecia estava sempre lá, de olho em quem entrava com quem. E se recusou a almoçar comigo. A explicação que me deu foi que teríamos de comer perto do escritório — Léa disse que tinha muito trabalho a fazer — e, aonde quer que fôssemos na vizinhança, toparíamos com colegas dela. Não queria que fizessem fofoca sobre ela e um americano casado. Evidentemente, eu era um verdadeiro troféu para uma jovem jornalista que tentava se especializar em jornalismo cultural e na crítica de livros. Que ela não quisesse me exibir por aí era um excelente sinal. Por mais paradoxal que pareça, tranqüilizou-me também a identidade de seu *monsieur* principal, que ela me revelara na cama, durante uma pausa. Se um sujeito na posição dele confiava na capacidade dela de manter segredo, por que eu não haveria de confiar? Não me ocorreu que aquela mesma quebra de confiança podia ser um aviso, e tampouco me perguntei quantas outras já teria havido. A revelação acontecera de forma indireta. Contei a Léa que Marianne havia me falado de outro amante, além de Robineau, alguém cujo nome ela não sabia, mas que era do conhecimento de Pierre.

De jeito nenhum, protestou Léa. O máximo que ele sabe é que tem alguém na minha vida que é mais importante do que Jacques. O próprio Jacques deve ter contado a ele, porque não consegue manter a boca fechada. Deixo que ele me coma uma vez ou outra, quando Françoise está viajando, mas isso é tudo. Talvez não devesse, porque ele é — ela hesitou antes de empregar a expressão em inglês — um filho-da-puta. É assim que vocês dizem? Um *salaud* é o que quero dizer. Não dá para acreditar. No ano passado, ele ficou um tempão atrás de mim, porque queria que eu convencesse meu irmão mais velho a falar com Raymond Barre para fazer dele, Jacques, o número um no banco. Senão, ele pararia de dormir comigo. Claro que eu não ia fazer aquilo, e, de qualquer modo, meu irmão nem teria me dado ouvidos, ou teria me explicado que, depois de um pedido como aquele, o primeiro-ministro na certa lhe mostraria o caminho da rua. Só que, ao mesmo tempo, esse *salaud* diz por aí que sou a melhor trepada de Paris! Você acha que ele tem razão?

Não sei, respondi, ainda não fiz minha pesquisa pela cidade. Para mim, está bom demais.

Olhe, eu só durmo com Jacques porque, como você, meu grande amor é um homem casado, e a gente não pode se encontrar com muita freqüência.

E quem é esse seu grande amor?, perguntei.

Ela fez uma careta e disse que não podia me contar. Depois, mudou de idéia. Como tinha sido eu quem tinha perguntado, ela iria me contar — como tudo aquilo que estávamos fazendo, ela disse, seria mais um sinal de que ela era minha.

Mas e ele, esse seu grande amor?, perguntei, ainda sem saber quem era. Não é dele que você é?

Sou, sim, mas tem uma diferença, ela respondeu: a Léa que estou dando a você não é a mesma que é só dele.

Vi que ela corroborava minha teoria do ser dividido, e que a tinha desenvolvido consideravelmente. Não me ocorrera que eu podia oferecer meu corpo — ainda meu, mas muito casto — a Lydia.

Ele é um acadêmico francês, Léa me informou, pronunciando o nome de um celebrado ganhador do prêmio Nobel de Física. Nunca vai deixar a esposa. Nem eu gostaria que ele se separasse, porque é velho demais para se casar comigo.

E quanto a mim?, perguntei. Que planos você tem para mim?

Poderia ser meu grande amor, disse ela, mas conheci você tarde demais. Não acredito que algum dia você vá deixar sua Lydia. Mas pode ser meu amante, meu melhor amigo e dançar comigo no meu casamento.

Ao notar que eu balançava a cabeça ao ouvir a narrativa, North parou. Olhou para mim, pensativo, e disse: Pelo menos, você não está rindo da minha cara. Tem todo o direito de fazer isso. Foi tudo uma grande tolice, mas, naquele momento, acreditei, e, na verdade, continuei acreditando por mais tempo do que seria possível. Enfim, deixe-me voltar ao restante da minha estada em Paris. Como disse, iríamos nos encontrar no Balzar. Às nove e meia, ela marcou. Talvez eu deva explicar que, durante o tempo em que estivemos juntos, passamos a nos encontrar cada vez mais tarde. Ela culpava os prazos da revista e também as festas, as peças ou os espetáculos de ópera a que tinha de assistir. Nove e meia estava bom para mim, dez da noite também estaria. Gosto de jantar tarde. Eu ficava feliz de poder preencher uma ou duas horas a mais com trabalho ou com uma bebida na companhia de Pierre, e me dizia que os hábitos de Léa combinavam muito bem com os meus. Os de Lydia também, aliás: não há horário de almoço ou jantar que seja tarde demais para ela; uma vida inteira de emergências hospitalares a tornou muito compreensiva em relação àqueles momentos em que um livro vai mal e eu prefiro ficar em casa, me debatendo com o problema, a ir ao cinema; ou àqueles em que, ao contrário, o livro caminha tão bem que não quero parar de escrever. Mas o Balzar! Naquela noite em particular Léa chegou com quarenta e cinco minutos de atraso, às dez e quinze. Àquela altura, eu já tinha tomado dois uísques e meio, em vez da dose única antes do jantar, e me amaldiçoara por não ter levado um livro para ler. Ainda que, para um estudioso de fisiognomonia, a clientela do Balzar seja menos aborrecida do que a da maioria dos restaurantes, era tempo demais para dedicar ao rosto dos demais fregueses e, além disso, tempo para eu remoer minha conversa com Lydia. Eu havia ligado para East Hampton e, como supunha, a apanhara quando ela estava chegando de Nova York. Inventar o que tinha feito na noite anterior e o que faria naquela que tinha pela frente foi uma brincadeira de criança. Quanto à noite anterior, disse a ela que tinha conseguido comprar um ingresso para o Racine. O fato de eu não ter visto a peça não interferiu no relato que fiz. E quanto à noite em curso, informei que jantaria com Xavier. Eu o escolhi porque era muito pequeno o risco de o assunto algum dia vir à tona, mesmo que Lydia e eu, juntos, encontrássemos Xavier em nossa próxima viagem a Paris. Claro, estava trabalhando no meu livro, mas esperava ir ao Louvre. Talvez até ao Musée Guimet. Não foram as mentiras, inconseqüentes em si, que me partiram o coração, mas o contraste entre meu comportamento vergonhoso e a invariável bondade de Lydia.

Você acha que estou sucumbindo a um sentimentalismo vitoriano?, North me perguntou de repente.

Fiz que não com a cabeça.

Aparentemente, ele não ficou satisfeito. Olhou-me com toda a seriedade e disse: Tenha cuidado, meu caro. Estamos todos correndo o risco de sucumbir a um excesso de sofisticação. Bondade de caráter e probidade de conduta são coisas preciosas e raras. Há gente demais — tanto escritores como cidadãos honrados, como você — evitando chamá-las pelo nome, só para não dar a impressão de ingenuidade. Não deveríamos agir assim: bondade e probidade merecem ser proclamadas do alto dos telhados. Lydia, veja só, tinha coisas a me dizer que eram sobre mim e mais ninguém, e estava muito ansiosa para dizê-las: falou-me das matérias a respeito do prêmio e da venda dos direitos para o cinema que tinha recortado dos jornais de Nova York, de outros recortes que meu agente e a editora haviam mandado, das pessoas que tinham ligado para dar os parabéns, do que minha irmã e cada membro da família dela, Lydia, haviam dito, de como o pai dela tinha mandado ampliar e enquadrar a matéria do *New York Times*, que pretendia exibir no almoço do Memorial Day, quando brindariam a mim com champanhe Krug, e de como ela estava orgulhosa de mim. Foi só no final da conversa que consegui arrancar de Lydia, com perguntas diretas, que algo muito mais importante tinha acontecido em sua carreira. O estudo com o grupo de controle tinha terminado, comprovando sem sombra de dúvida a validade do tratamento em que ela fora pioneira, para crianças com menos de dezoito meses de idade. A *New England Journal of Medicine* ia publicar o artigo dela. Mas Lydia minimizou seu sucesso, dizendo que se devia à mera aplicação correta do poder do raciocínio indutivo, testado pelos procedimentos científicos mais corriqueiros. Não era nenhuma prova da sua criatividade, disse-me ela. Eu me detenho nessa amostra de modéstia não apenas por sua beleza em si, mas para mostrar a você como meus êxitos e minha felicidade a absorviam. É a única pessoa que conheci de cujo querer bem — sempre — nunca pensei em duvidar. Mas, tão logo Léa apareceu na porta do Balzar, meu remorso recuou. Para onde? Para aquela parte do meu cérebro — imagino que seria mais poético dizer "do meu coração" — onde armazeno minha vergonha e todas aquelas outras coisas que, na minha lengalenga a Léa, eu tinha dito que compunham a matéria dos meus livros. E como poderia ser de outra forma? Ela era tremendamente desejável, e eu sabia que, depois das duas horas, no máximo, que levaria para jantarmos e irmos embora do restaurante, seu corpo nu e obediente estaria nas minhas mãos. Vamos dormir em casa, ela disse. Quero lhe mostrar minha casa e quero que você veja meu trabalho. Sou pintora, lembra? Não sou só sua puta. Ela falava sem parar. Sobre a revista — todos tinham adorado a matéria a meu respeito, cortariam uma coisinha ou outra e nada mais —, sobre sua melhor amiga, a quem ela me descrevera como seu novo amante e possível candidato a novo grande amor, sobre seu *monsieur*, que não tinha gostado muito da minha entrada em cena, mas azar dele, que não podia esperar outra coisa, se só podia vê-la uma vez por semana, e sobre a ópera que estrearia na semana seguinte. Era *Pelléas et Mélisande*. Tinha dois ingressos, será que eu podia ficar até terça e ir com ela? Lembrei a Léa que ia para Nova York e me abstive de confessar que não gostava daquela ópera. Então, pensando talvez na fidelidade sublime dos amantes incestuosos, ela disse que continuaria dormindo com o grande físico, mas abriria mão de Robineau, a quem achava cada vez mais repugnante, *puant*. E eu, ela quis saber, tinha mais alguém em Nova York? Ou em outro lugar? Lembrei-a do que já havia dito: ela era minha única aventura, e eu não pretendia ter nenhuma outra. Léa concordou em que eu já havia dito aquilo, mas o que estava perguntando era como eu faria enquanto não a visse, quando não estivesse em Paris. Pareceu-me absurdo ter de explicar aquilo, mas expliquei: Durmo com Lydia, eu disse. Gosto de dormir com minha mulher. Léa ponderou aquela informação e respondeu: Meu grande amor não dorme com a mulher dele. Verdade?, comentei, mesmo eles não sendo tão velhos assim? Bom, talvez eu esteja enganada, disse ela; depois, reafirmou: Trepam uma vez por ano, talvez, no aniversário dela! E com você?, perguntei, uma vez por semana está bom para ele? Léa me disse que sim, que o grande homem não tinha um apetite sexual tão grande como o dela. Então, perguntou-me com que freqüência eu dormia com Lydia. Quando eu disse que, em geral, toda noite, ela pareceu perturbar-se. No momento seguinte, afirmou que era uma pena, porque aquilo tornava impossível eu vir a ser seu grande amor, ainda que ela deixasse o físico.

Não tem importância nenhuma, eu disse. Você precisa se casar com alguém que ame e viver com ele. Ter filhos, se puder. Não preciso me casar para ter filhos, ela me corrigiu. Meu primeiro poderia ser seu. Pense nisso.

O ateliê dava para a rua, voltado para o norte. O quarto era nos fundos, com um pequeno terraço. Fizemos amor de imediato; primeiro, em pé, Léa de costas para mim, apoiada numa cômoda. Então, ela me perguntou se eu queria dar uma olhada em algumas de suas pinturas. Depois de eu dizer que sim e começar a vestir a calça, ela sussurrou: Não, fique do jeito que você está, e caminhamos nus para o ateliê propriamente dito. Ela só queria me mostrar seu novo trabalho, óleos sobre tela. As pinturas ficavam guardadas num baú. Léa deu início à conhecida rotina das visitas a ateliês: retirar as telas do baú, pô-las em cavaletes para que possam ser vistas numa altura adequada, enfileirar outras pinturas junto da parede, e assim por diante. Acho que a combinação da luz intensa que iluminava o ateliê com nossa nudez — sobretudo a dela, enquanto ela desempenhava tarefas normalmente associadas a homens atarracados vestindo guarda-pó, a garota nua se agachando, erguendo coisas e mostrando a força dos braços, das costas, das nádegas e das coxas — aumentou a inquietude que o trabalho dela me causou. Imagino que poderia ter tido aquela mesma sensação se, de repente, me visse no *set* de um filme pornográfico. Os quadros eram bem grandes, todos medindo dois metros por um e cinqüenta, horizontais na maioria e, para minha surpresa — porque, sem ter nenhuma razão particular para tanto, supus que ela fosse uma pintora abstrata —, figurativos e realistas. Eram paisagens — diversas vistas do que me pareceu com certeza ser um mesmo jardim — com figuras masculinas e femininas cujo porte rijo me fez pensar nos Amish, todas parcamente vestidas com roupas antiquadas. Algumas exibiam os órgãos sexuais. Não de forma ostensiva ou agressiva. Os órgãos apenas estavam lá, reproduzidos com grande precisão. Não havia contato entre as figuras. Os olhos não se dirigiam nem para o observador nem para as demais figuras. Se não eram cegas, estavam olhando para alguma coisa longe de mim e da cena retratada. A vegetação era dócil, plantas e flores do tipo que encontramos em qualquer jardim suburbano de Paris ou mesmo de Nova York. Entre as plantas, porém, havia grandes insetos de uma espécie que me era desconhecida, pintados com grande meticulosidade. Davam a impressão de estar nos encarando.

Sem dúvida, você há de concluir que minha amiguinha Léa andara estudando Balthus, e tem razão. Mas suas pinturas me pareceram menos planas e, de algum modo, a despeito do isolamento e da rigidez das figuras humanas, mais exuberantes. Se ela não tivesse me dito que tinham sido pintadas por ela, eu poderia ter imaginado que eram trabalhos não apenas de uma outra época, mas também de um outro continente. Embora a vegetação, como disse, parecesse européia e bastante banal, e as figuras exibissem pele clara, a impressão geral era de um excesso tropical. Algo que eu teria achado menos perturbador na pintura, digamos, de uma artista latino-americana. Eu sabia que tinha de dizer alguma coisa, que ela esperava que eu falasse, mas estava atônito. Nunca se deve soar como um crítico de arte quando um artista nos convida para visitar seu ateliê e nos mostra seu trabalho, e claro que eu tinha de tomar cuidado especial com Léa. Por isso, permaneci calado até ela me perguntar o que eu tinha achado.

Seu trabalho é muito forte, disse a ela, subjuga. Você tem talento e técnica também. É tudo uma surpresa maravilhosa. Sobretudo essa sua técnica.

Ela fez uma careta e me disse que eu devia ter ficado surpreso porque pensava que ela só era boa na cama — e, talvez, para escrever matérias elogiosas sobre mim. Então, de súbito, apagou as luzes e me puxou para o quarto.

Na manhã seguinte, tomamos café-da-manhã no terraço e depois voltamos para o ateliê. Olhei as pinturas de novo, em parte para agradá-la, mas em parte para entendê-las melhor. Você devia comprar uma, ela disse. Cobro metade do preço de galeria e ainda dou um desconto especial. Sabe por que você deveria ter um quadro meu? Para ter um motivo para me convidar para jantar no seu apartamento quando eu for a Nova York. Aí você dirá a Lydia que quero ver onde você o pendurou. Em seguida, Léa deu o seu gritinho: *iupi!* Claro que, quando ela se ofereceu para me vender um de seus quadros, a única resposta que eu podia dar era que ficaria feliz em ter um, em especial algum que ela escolhesse para mim. Léa, então, apontou para uma pintura com três figuras femininas. Um dos rostos, pareceu-me, talvez lembrasse o dela. O púbis, visível através de uma abertura na saia comprida, com certeza estava depilado como o de Léa, a lâmina tendo poupado apenas uma estreita faixa vertical de pêlos, como aquela escovinha em pé que às vezes a gente vê na cabeça de um guerreiro índio numa pintura da chamada Western School. As outras duas figuras não se expunham da mesma forma.

É perfeita, eu disse. É esta mesmo que eu teria escolhido. Avisei que pagaria em dinheiro. Noto agora que, inconscientemente, já estava agindo de acordo com a regra que empregaria um pouco mais tarde: a de nunca deixar que Léa tivesse qualquer coisa minha por escrito, a não ser que se tratasse de um comunicado profissional, como uma nota agradecendo-lhe a matéria na

Vogue. Um cheque, nada mais do que um meio de pagamento numa transação comercial, não constituiria infração da regra. Mas não pensei nisso, e, no fim, provavelmente fiz bem em pagar em dinheiro. Descontar um cheque de um banco americano na França leva todo o tempo do mundo. E dinheiro vivo era decerto mais conveniente, caso ela não pretendesse declarar o valor ao imposto de renda, o que é o *modus operandi* normal no país.

Concluída com êxito a venda do quadro, Léa disse que precisava ir ao *vernissage* de um amigo escultor naquela noite. Não me convidava para ir junto porque tanto seu *monsieur* físico como Jacques Robineau estariam lá, além de *le tout Paris* — em outras palavras, muita gente que ela comia estaria reunida num espaço bastante pequeno. Vamos jantar tarde, ela disse, no seu quarto. Eu convidaria você para jantar aqui, mas tenho de ir ao escritório à tarde e depois tem o *vernissage*, e eu não vou ter tempo de cozinhar. Por favor, peça alguma comida boa. Vou estar morta de fome.

Foi outro dia bonito. Caminhei do ateliê até o hotel e trabalhei no meu livro até o meio-dia. Depois, almocei no balcão do café na calçada do Maxim's na rue Royale, sempre cheia de turistas — hoje em dia, mais japoneses do que americanos. Servem um fabuloso sanduíche de presunto com queijo gruyère numa baguete amanteigada. Tomei um cafezinho e fui fazer compras para Lydia e para Léa. Comprar um presente para Lydia era fácil, em teoria. Conheço tão bem o gosto e o manequim dela que quase nunca preciso pedir a alguma vendedora de compleição parecida que experimente o vestido, casaco ou blusa que me chamou a atenção. Mas, como todo cavaleiro andante em apuro moral, demorei-me, levei um tempão indo e voltando das três lojas que mais gosto da rue du Faubourg Saint Honoré, até encontrar o que queria para ela. Era uma blusa de *crêpe de chine*, de corte idêntico à que Léa vestia em nossa primeira noite, mas em marfim, em vez de branco. Achei que combinava melhor com a pele de Lydia, tão branca quanto pó-de-arroz. Uma imagem me veio à mente: assim que ela vestisse a blusa — o que faria tão logo abrisse o pacote —, eu enfiaria minha mão no decote. Faríamos amor no ato, sem esperar que eu desfizesse as malas, me barbeasse ou mesmo tomasse um banho. Ela ficaria agradecida por minha impetuosidade, mais do que pelo presente. Eu estava certo de que compartilharíamos um clímax triunfal. Pensar em Lydia daquele jeito me excitou um bocado, ainda que, se tivessem me perguntado antes de eu comprar aquela peça de roupa, com certeza teria dito que a noite com Léa havia me saciado por completo. Agora, ao contrário, o desejo me atormentava. Queria trepar. Olhava para as balconistas com olhos e instintos de macho em busca da presa, avaliando seios e bocas, pernas e nádegas, perguntando-me como essa ou aquela responderia a uma proposta. Por exemplo: Sim, vou levar este *chemisier* e o outro também, com as cores que combinam mais com você do que as do que vou comprar para minha mulher. Embrulhe os dois para presente, separados. É que o segundo é para você. Tome, aqui está meu cartão. Quarto 307 do Ritz. A partir das seis. É lá que vou lhe dar o presente. Por favor, não me faça esperar.

Quais as chances de sucesso? Mais de cinqüenta por cento, eu diria. Sou um homem razoavelmente atraente, e já vi mulheres se entregarem a essa mesma mistura de surpresa e desrespeito. O que poderia ser mais excitante do que conseguir que uma daquelas vendedoras de alto estilo fosse a meu quarto, rindo para ocultar a própria perplexidade, aceitando a taça de champanhe que eu lhe serviria e o convite para experimentar a roupa, que eu já teria desembrulhado e arranjado sobre o encosto de uma poltrona?

Na maioria das vezes, as pessoas estão enganadas quanto a essa história de sexo. Como você provavelmente já adivinhou, abri esse parêntese, que vou fechar rapidinho, com o intuito de demonstrar que, ao contrário do que crê o preconceito ignorante de classe média, que sustenta que os homens se "exaurem" sexualmente, fazer amor de forma intensa e criativa com qualquer mulher que seja uma boa trepada — para tomar emprestado o *mot juste* de Robineau para a garota que nós dois estávamos comendo — redunda em benefício sexual da esposa. O interesse do marido nas mulheres, e no prazer imbatível da fornicação, sobe aos céus. À noite, quando ele pensa no que fez com a mulher com quem teve um encontro ilícito no meio da tarde, quer fazer ainda melhor ou, no mínimo, igual com a esposa. Pressupondo-se, é claro, que ame a esposa ou, pelo menos, tenha boa vontade para com ela. Eu amava Lydia. Não, o dano causado à esposa é profundo, mas de outra natureza, bem diferente.

Desvencilhei-me do meu devaneio erótico e, levando o presente de Lydia embaixo do braço, concentrei-me no que compraria para Léa. Minha disposição não era a de lhe dar algo para vestir. Na verdade, a blusa de *crêpe de chine* era sua única peça de roupa cuja elegância eu compreendia de fato, e que sabia onde encontrar. As demais roupas de que eu gostava nela pareciam extrair sua elegância do modo como ela combinava os elementos que vestia. Calça jeans, cinto e botas, por exemplo. Individualmente, não seriam o que eu escolheria. O mesmo se podia dizer da bolsa, por exemplo, que lembrava uma sacola de quem vai dormir fora, e com freqüência servia a esse propósito. O estilo de Léa, assim eu pensava, era peculiar apenas às jovens mulheres da sua geração e do seu meio, de tal modo que, mesmo que eu encontrasse, na melhor e mais cara das lojas, um acessório que acreditasse corresponder a algo que a vira usando, provavelmente estaria cometendo uma gafe ao comprá-lo, porque, na verdade, aquele que ela possuía e de que outros gostam só podia ser encontrado por iniciados, depois de horas de pesquisa, numa lojinha dos arredores do boulevard Richard Lenoir cuja existência eu jamais teria notado por muitas razões, entre as quais o fato de eu nunca me aventurar por aquela região de Paris. Dando seqüência a minha busca, vi, na vitrine de um antiquário da rue Saint Honoré, um broche de ouro e esmalte em formato de lírio que reconheci como uma boa peça da virada do século, ideal para Lydia. Quanto a dá-lo a Léa, eu a entendia bem o suficiente para saber que ela me agradeceria com um grande beijo, porque compreenderia tratar-se de um presente valioso e de muito bom gosto, mas o enfiaria numa gaveta e jamais o usaria — a não ser que a moda que ela seguia viesse a sofrer uma mudança radical. Por outro lado, o tipo de ornamento em prata, pesado, que eu a via usar, que podia ser comprado na Hermès ou onde quer que falsos Hermès fossem vendidos, era tão evidentemente contrário ao meu gosto que, vindo de mim, seria um presente absurdo. Além disso, como eu faria para escolher o certo em meio a desajeitados relógios de pulso, braceletes e anéis que mais pareciam um soco-inglês de bronze? O antiquário também vendia molduras para fotos, e eu encontrei uma moldura vienense, feita de prata como os ornamentos da Hermès. Incrustado nela, havia um rosto feminino à maneira de uma esfinge, esculpido no marfim que a art nouveau tanto apreciava. Os quadros de Léa me levaram a pensar que ela podia gostar daquilo. O preço era mais alto do que o que eu pretendia gastar, mas eu estava comemorando a venda dos direitos de filmagem, assim como o prêmio literário. Disse ao antiquário que levaria. Um murmúrio de protesto, vindo de alguma parte das profundezas da psique, deu-me a entender que Lydia tinha direito a uma compensação, pela via de extravagância igual ou maior. Comprei para ela o broche de lírio.

Tinha ficado combinado que eu passaria na galeria de Pierre para tomarmos um café. Mas uma idéia que vinha germinando desde a manhã, quando dei por terminado meu trabalho e guardei o manuscrito do novo livro, parecia estar dando novos brotos. Eu estava naquela fase inicial do romance ao qual acabei dando o título de *Perda*, uma fase em que é preciso prestar a máxima e a mais cuidadosa atenção a cada idéia que surge. Se não a examinamos de imediato, se não a transformamos em palavras e pomos logo no papel, é grande o perigo de, no dia seguinte, ela ter desaparecido ou se tornado irreconhecível e inútil. Do antiquário, telefonei para Pierre e perguntei se, em vez do café, não podíamos tomar alguma coisa à noite; depois, corri de volta ao hotel. Já era tarde demais. Reli o que tinha escrito pela manhã — duas páginas em espaço duplo, uma produção decente para o estágio inicial de um romance —, fiz as correções necessárias, mas não consegui ir adiante. Infelizmente, não havia motivo para modificar o veredicto a que tinha chegado sobre minha obra. Estava descrevendo uma cena de amor entre um casal no começo da meia-idade: a esposa e o marido, de quem ela está se separando. Por quê? Ela acha que ele não foi longe o suficiente nem na carreira nem no desenvolvimento pessoal, tendo, pois, frustrado as expectativas legítimas dela; acha que ele não tem noção exata de quem é e do que lhe cabe, que a degrada e a descaracteriza por ceder aos caprichos dela própria. Em certa medida, eu pretendia que isso tudo soasse como pura loucura. Alguém poderia olhar o caso dos dois e concluir, de forma razoável, que, se no passado ela o achava algo divertido, agora ele a entediava. As pessoas mudam. Ela conheceu um homem que parece mais impetuoso e é um filho-da-puta na medida certa. Então, em nome do passado, deixa que o marido faça com ela o que costumava fazer antes e, de quebra, aplica ainda o que aprendeu com o filho-da-puta. Os orgasmos dela são raros, de maneira que o fato de ela não ter gozado dessa vez não significa grande coisa; a prática é agradável e, de todo modo, satisfaz a necessidade que ela tem de se sentir generosa. Paradoxalmente, porém, o marido, que tinha implorado para dormir com ela, está arrasado. Os gestos, o tesão crescente, a ejaculação — tudo sem o menor sentido. Porque ele não conseguira o que sabia ter grande probabilidade de não conseguir. Enquanto eu corrigia aquelas páginas, não podia negar que tinha acertado no tom. Você encontra coisa bem pior em praticamente qualquer livro de um de meus colegas, ou — suponho, se existe tal coisa — numa antologia da melhor prosa norte-americana. E, no entanto, aquelas páginas me deixavam indiferente. Tinham algum valor, se esse era o efeito que produziam em mim? Sinceramente, eu não sabia dizer. Ao mesmo tempo, tendo acabado de escrever um pouco, tinha de admitir que aquela atividade me dava mais prazer do que qualquer outra. À exceção da fornicação, em certos casos.

E então, o que você acha disso?, North me perguntou à queima-roupa, encarando-me com um olhar ameaçador.

Dei de ombros.

Esse é um modo pavoroso e vulgar de responder a uma pergunta, disse ele. Fico surpreso de ver você recorrer a ele. Só pode significar, suponho, que você não tem uma opinião que queira dar. Que pena! Pois eu lhe digo que, quando a cena que descrevi se formou na minha cabeça e quando a escrevi, estava pensando na visita de despedida — a única visita, na verdade — que madame Arnoux faz a Frederico, na *Educação sentimental*, de Flaubert, o maior romance de todos os tempos, na opinião de Franz Kafka e na minha também. As duas cenas não têm nada em comum. Frederico nunca tinha dormido com madame Arnoux, a quem amava até o limite de suas forças, e tampouco dorme com ela dessa vez, embora ela praticamente se ofereça a ele. O motivo, à parte o fato de ele ter o temperamento de uma folha murcha de alface, é que ele teme a decepção. Ela envelheceu, ele também. O que encontrará quando ela se despir? Não é melhor viver com velhas decepções do que adquirir novas? Assim sendo, eles se separam: ela, entregando-se à tola ilusão de que ele não a quis por generosidade e refinamento de caráter; ele, cheio de uma amargura que abarca toda a sua vida desperdiçada. Por que pensava em Frederico e madame Arnoux ao descrever meu desafortunado casal? Há vários paralelos; a tristeza corrosiva das oportunidades que não voltam, o fracasso dos sentidos. Você espera um jorro de prazer que o leve como o rebentar de um vagalhão imenso — mas nada acontece. A ligação mais importante, porém, sou eu. Percebi que os acontecimentos que estava descrevendo me tocavam do mesmo modo como minha lembrança daquele último encontro entre Frederico e Marta — que é o primeiro nome de madame Arnoux, aquele pelo qual ela permite, tarde demais, que ele a chame. Você poderia dizer que eu estava dedicando aquelas páginas a Flaubert, uma homenagem que ele teria desdenhado. Mas estávamos falando de prazer. Como você já deve ter adivinhado, não levei a cabo meu plano brilhante de convidar uma daquelas damas da rue du Faubourg Saint Honoré a me fazer uma visita no hotel. Depois das compras, estava cansado, e mais cansado ainda depois de reescrever as tais páginas. É um trabalho exaustivo. Faltavam muitas horas para meu encontro com Léa, e eu não precisava me apressar, porque encontraria Pierre no bar do próprio Ritz. Tirei a roupa, me enfiei na cama e me masturbei, pensando em Léa e Lydia. Masturbar-se diante de uma televisão que mostra um gorila sem pêlos sodomizando uma putinha de pele ruim, batendo o falo na cara dela até, por fim, ejacular e molhá-la com sêmen, nunca foi meu caminho rumo à paz celestial. Eu me sinto explorado. As imagens que vejo de olhos fechados têm mais classe, são mais eficazes e não custam nada. Tenho um estoque delas para a vida inteira. E assim fiz dessa vez também. Teria sido difícil dizer qual dessas duas mulheres centrais tinha mais poder sobre mim.

North interrompeu-se e sorriu. Imagino que choquei você, disse

De forma alguma, respondi. Continue, por favor.

De certo modo, acho que choquei, sim, North insistiu. Mas, nesse caso, prefiro estar errado e continuar com minha história. Enquanto tomávamos nossos drinques, Pierre me contou que achava que Marianne estava saindo com alguém. Não tinha certeza, mas notara que ela o estava tratando com uma espécie de estranha indiferença, o que era novidade no relacionamento dos dois. Além disso, tinha anunciado que, em junho, passaria uma semana em Londres, sozinha, para assistir às novas peças de teatro. Era verdade, Pierre me disse, que ele não gostava tanto assim de teatro, menos ainda em inglês, que nem sempre consegue entender, ao passo que ela era apaixonada por teatro, de tal modo que, em princípio, não era ilógico que ela fosse a Londres sem ele. Só que nunca tinha feito aquilo. Ele não podia deixar de associar aquela viagem a Londres à nova atitude dela. Por outro lado, se ela estava saindo com alguém, não havia por que deixar a cidade com aquele mesmo intuito. Ela e Pierre tinham horários de trabalho tão imprevisíveis que Marianne podia marcar qualquer tipo de encontro em Paris mesmo, sem necessidade de inventar mentiras ou pretextos. Mas nesses romances das cinco às sete, disse-me ele, sempre chega uma hora em que uma das partes começa a reclamar que os dois nunca passam a noite juntos. Isso podia explicar a ida a Londres, porque, em Paris, não voltar para dormir em casa seria o mesmo que declarar que ela estava tendo um caso e que pouco se importava se ele, Mélanie e a irmã dela ficassem sabendo.

O que me deixou mais triste foi que Mélanie estivesse correndo o risco de se magoar. Você sabe, disse North, na condição de padrinho da menina, quase sempre penso em algum presente para dar a ela quando estou em Paris, alguma coisa que possamos fazer juntos. Dessa vez, eu não tinha feito isso. Perguntei a Pierre como ela estava. Lamentava, ele me contou, não ter estado em casa na noite em que eu fora jantar lá, mas tinha prometido a sua melhor amiga atual, cujos pais tinham viajado, que iria dormir no apartamento dela. E Pierre me disse ainda que Mélanie estava muito orgulhosa do padrinho. Continuava indo bem na escola e estava começando a sair com meninos. O que era outro problema, acrescentou Pierre. Marianne e ele tinham precisado impor regras sobre com quem ela podia sair, aonde podia ir, toques de recolher e assim por diante. E nada disso ficaria mais fácil se Marianne estivesse com a cabeça em outras coisas, ou se desse um mau exemplo com sua própria conduta.

Percebi que Pierre estava mais perturbado do que demonstrava, o que me perturbou também. Ele se casou com Marianne dois anos antes de eu me casar com Lydia; fui testemunha no casamento, celebrado na propriedade dos avós dele, perto de Bordeaux. Os dois já viviam juntos fazia dois ou três anos. Eu gostava da companhia deles. Mas, quando a data foi marcada, não pude deixar de pensar no que o casamento com Pierre podia acarretar para Marianne em termos dos sacrifícios que ela teria de fazer. Pierre, você há de entender, tinha uma idéia muito precisa do que era uma casa burguesa e de como administrá-la, bem à maneira dos avós e dos pais dele. Não estava claro para mim de que forma Marianne, a produtora de televisão hiperativa, ia combinar suas ambições profissionais com os deveres inerentes à condição de madame Lalonde. Contudo, observando o casamento deles, percebi que ela conseguia conciliar as duas coisas sem nenhum tropeço. Na verdade, aquele exemplo me animou, quando comecei a pensar em me casar com minha doutora hiperativa e de talento sem par. Não que minhas idéias de como devíamos viver fossem tão elevadas quanto as de Pierre! Toda a nossa existência muito *comme il faut* foi herança do lado Frank da família. Portanto, como você bem pode imaginar, e independentemente dos meus sentimentos em relação àqueles dois, que eram profundos, a possibilidade de Marianne ter se cansado de Pierre — que estava mais bonito e efervescente do que nunca, tendo se transformado de um especialista em mobiliário do século XVIII sem dinheiro ou ajuda em um próspero e importante marchand de arte moderna — poderia ter impacto significativo sobre o modo como eu via as personagens do meu novo romance. Impacto que, aliás, a própria transformação de Marianne numa roteirista muito cotada também podia exercer. Ela tinha ido mais longe do que era de se esperar.

Perguntei a Pierre se o casamento ainda era satisfatório para ele. Perfeitamente, ele me respondeu. Você sabe que não sou santo, não me tornei um pudico como você. Dei minhas escapadas, todas sem nenhuma importância. Coisas como almoçar com uma garota num restaurante de hotel e, depois, subir para o quarto reservado de antemão. Ou como convidar alguma franguinha a me acompanhar numa viagem de negócios a Genebra. Aquela tal Morini, por exemplo, que foi ao jantar outro dia. É coisa que aconteceu e logo foi esquecida. Às vezes, quando a vejo, não tenho muita certeza, de início, de que dormi mesmo com ela, embora saiba muito bem que dormi, sim. Neste exato momento, não tenho ninguém. Na verdade, não tenho nem tempo de pensar nisso atualmente.

Eu disse a Pierre que esperava que ele estivesse errado quanto a Marianne e que telefonaria para seu escritório assim que chegasse a Nova York, para saber como estavam as coisas. Por sorte, iríamos nos ver muito mais quando eu viesse a Paris para trabalhar nas filmagens de *O formigueiro*. Ah, é verdade, disse ele, isso me lembra do apartamento na avenue Gabriel. É seu, se você quiser. Minha tia Viviane adora os seus livros e ficará encantada de ter o autor sob seu teto.

Aquela era uma boa notícia, imaginei. Quanto ao restante, se Léa estava dormindo agora com o físico, com Robineau e com outros de quem eu ainda não sabia, que importância tinha o fato de já ter dormido com Pierre? Pouco me importava, a não ser pelo fato de, depois da primeira noite com ela, eu ter acreditado que me apaixonara. Tinha dito isso a ela? Achava que não, mas não estava bem certo. Se tinha, talvez declarações desse tipo fossem tão rotineiras para ela que Léa nem havia prestado atenção. Ou talvez não fossem. Nesse caso, ela devia me achar um tolo. Não o primeiro, é claro, a se apaixonar pela amante promíscua. De todo modo, o significado de ter me apaixonado por ela precisaria ser revisto, disse a mim mesmo. Enquanto isso, só podia rezar para que tivesse confundido um encantamento passageiro com amor. Decidi não perguntar nada a Pierre sobre sua "escapada" com Léa. Em vez disso, disse casualmente que, depois da entrevista, ela havia me contado que , além de jornalista, também era pintora. Ele conhecia as pinturas dela? Eram boas?

Pierre respondeu que tinha visto os quadros; eram incomuns no tema e na técnica que ela utilizava para obter uma superfície lisa, quase lustrosa. Bem à moda das superfícies de Ingres. Sim, ele achava que eram bons, o que não significava que alguém os comprava. Ele havia dito a ela que não poderia ajudá-la. Nunca tinha trabalhado com arte contemporânea, e seu grande desejo era manter distância desse tipo de arte.

Pierre precisava sair para se encontrar com Marianne num concerto. Despedimo-nos com um abraço, e eu voltei para meu quarto. De manhã, Léa dissera que estaria no hotel às nove e meia, no máximo. Minha interpretação foi que ela chegaria às dez, e eu pedi ao serviço de quarto que me mandasse canapés às dez da noite. Pedi também um prato frio para as dez e meia, um frango assado com salada russa, queijo e frutas, e uma garrafa de vinho tinto respeitável, mas não muito cara. Esperava que ela achasse aquilo suficiente. O custo do longo fim de semana comemorativo estava começando a me dar nos nervos. Depois, tomei um banho, me barbeei pela segunda vez, vesti uma calça de flanela e um suéter e, ao contrário do que era meu hábito, uma vez que quase nunca escrevo à noite, voltei-me para o meu texto. De novo, revisei o que havia escrito e escrevi mais uma página. E, de novo, estava exausto. A diferença foi que, dessa vez, não me deitei na cama nem me masturbei. Peguei no sono com a cabeça apoiada no manuscrito.

O garçom me acordou ao trazer *hors-d'oeuvres* e uma garrafa de champanhe no gelo. Eram dez e cinco. Em geral, não me incomodo de esperar. Mas, a não ser que eu tenha um bom livro para ler — não um dos meus! —, o melhor é esperar em algum lugar público, onde se pode observar as pessoas que vão e vêm, estudar seus rostos, escutar um pouquinho da conversa alheia. Infelizmente, quando estou trabalhando num romance, e sobretudo se ele ainda não avançou muito, o que era o caso, preciso evitar romances escritos por outros. Não quero ouvir a voz de outro escritor nos meus ouvidos, e o risco de isso acontecer é grande, quando lemos bons escritores. Claro, em vez de ler, pode-se deixar sua mente vagar por aí. Foi assim que obtive algumas das minhas melhores idéias. Mas teria sido inútil devanear naquele momento. Em vez disso, lavei o rosto com água gelada e, *faute de mieux*, apanhei uma *Time* da mesa-de-cabeceira. Como você pode imaginar, não sou grande leitor de revistas. Precisamente às dez e meia, o mesmo garçom entrou com a mesinha contendo nossa pequena e refinada refeição. Pedi a ele que abrisse o vinho e me servisse uma taça. Era melhor do que eu havia esperado, uma nova confirmação de que comprar vinho caro só é necessário quando se quer causar o tipo de impressão que nunca me interessa causar, mas me fez perceber de imediato que o que eu queria mesmo era um belo copo de vodca de batata e que eu estava faminto. O garçom partiu em busca da vodca, enquanto eu reavaliava a situação. Obviamente, eu não estava irritado o suficiente para comunicar à portaria que iria dormir e não desejava ser incomodado por nenhuma visita. Na verdade, quanto mais esperava, mais eu queria Léa no meu quarto e na minha cama. Não iria comer o frango assado na ausência dela, a não ser que ela se atrasasse mais de uma hora — um limite que seria atingido em vinte e cinco minutos. Contudo, não havia motivo para eu não comer os canapés, todos eles, se quisesse. Léa tinha perdido todo e qualquer direito a champanhe ou *hors-d'oeuvres*, pelos quais, num cálculo rápido, eu pagaria o equivalente a mais da metade do preço total do jantar. *Toc, toc*. Não era a jovem donzela, mas o fiel garçom com a vodca, tão gelada que a taça exibia uma espessa camada branca, e uma garrafa com mais vodca num baldezinho de gelo. Abençoei o homem e dei-lhe uma gorda gorjeta, da qual ele merecera cada centavo. Terminados os canapés e bebida toda a vodca, meu humor tornou-se mais leve. Nem notei a chegada da hora mágica, onze da noite, que também foi-se embora. *Toc, toc*, de novo. De acordo com o relógio no consolo da lareira, eram onze e quinze. Abri a porta. Ah, mademoiselle Léa, num vestido branco de seda com bolas pretas do tamanho de uma laranja, de corte largo, de maneira que só pensei no livre acesso a ela que ele oferecia.

Tinha sido obrigada a ir ao jantar que se seguira ao vernissage, explicou ela, e nem tocara na comida. Vamos comer? Ou é melhor fazermos amor antes? Antes mesmo que eu pudesse pronunciar o "vamos fazer amor", ela disse que não, que nem tinha lá muita certeza de que iríamos mesmo fazer amor e que, por isso, era melhor a gente comer. Muito bem, disse eu, então vamos comer e beber. Acredito, de fato, que ela tenha dito a verdade sobre não ter tocado na comida no restaurante, porque devorou sua metade do frango em menos tempo do que eu tinha levado para comer os canapés; depois, comeu o queijo e acabou com o que restava do vinho. Chamei o garçom, que devia estar esperando do lado de fora da porta, de tão rápido que chegou, e pedi que tirasse a mesa e abrisse o champanhe. Pedir para abrir o champanhe era uma espécie de ataque preventivo que valia a pena tentar, embora eu com certeza não fosse beber. Pensar naquelas bolinhas todas já me enjoava. Temi que, se tivesse uma chance, ela pediria mais uma garrafa do vinho tinto: era evidente que tinha gostado dele. Mas levaria algum tempo até que trouxessem outra garrafa — não era vinho cuja venda o hotel estivesse forçando —, e eu queria que nossa pequena ceia da meia-noite acabasse logo, para que a festinha pudesse prosseguir no quarto, no sofá ou mesmo no chão. O ritmo de ingestão de Léa, no entanto, estava se desacelerando para um *andante ma non troppo*. Ela começou a me contar sobre as esculturas, sobre como eu iria gostar das peças do amigo dela e do artista em si; disse-me que, na verdade, tinha combinado que nos encontraríamos na galeria no dia seguinte, antes do almoço, para que eu pudesse ver a obra na presença do escultor, a quem, em seguida, talvez pudéssemos convidar para o almoço. O jantar também tinha sido fabuloso. Eu teria gostado do restaurante e da decoração — cafeteiras de todos os tipos, pinturas e desenhos de cafeteiras, além de um *patron* muito simpático. Ao que, então, Léa fez um biquinho, enrugando o nariz de um modo que achei irresistível, e disse que eu não ia gostar do que ela ia me dizer agora: o verdadeiro motivo de ela ter se atrasado tanto tinha sido a insistência de Robineau em dormir com ela — só uma trepadinha, ele tinha dito; não estava pedindo que ela passasse a noite com ele —, de modo que haviam ido até o apartamento dele, que fica lá do outro lado do Luxembourg, e, depois, ela precisara encontrar um táxi, porque não queria pedir a ele que a levasse à place Vendôme, o que naturalmente teria dado margem a que ele fizesse todo tipo de perguntas. Era por isso, concluiu ela, que não sabia direito se ia dormir comigo.

Você pode se lavar primeiro, sugeri. Ela ficou vermelha, e eu já contava que ela fosse me jogar um prato ou me acertar com a garrafa de vinho. Em vez disso, ela me disse: Você também é um *salaud*, tanto quanto ele, mas eu mereço o que você disse. É que não sei se posso dormir com você esta noite ou — o pensamento a animou — se podemos fazer amor. Podemos dormir na mesma cama, como irmãos, porque você é quase meu grande amor. Nesse ponto, eu já não sabia o que preferir: se levá-la para a cama e tratá-la como a putinha que ela estava mostrando ser ou mandá-la de volta para casa com um envelope cheio de dinheiro. Não pelos serviços prestados, mas pelo quadro que eu comprara, uma vez que, com certeza, eu não ia renunciar à compra. Ela resolveu a questão por mim, dizendo que eu estava certo, que ela ia tomar um banho quente. Talvez eu pudesse me juntar a ela na banheira enorme, antes de irmos para a cama.

Diversas vezes naquela noite ela insistiu para que fizéssemos amor com toda a simplicidade, como um velho casal, mas fui tão duro com ela quanto pretendera ser no auge do meu aborrecimento, demandando todos os serviços que oferecera da primeira vez e mais, e respondendo a cada: Por favor, hoje não... com um: Então se vista e caia fora daqui. Ela ficou, e imagino que tenha se divertido, porque, antes de finalmente pararmos, e enquanto eu me encontrava em algum ponto entre o sono e a vigília, ela sussurrou em meu ouvido que eu a tinha feito feliz e que, outra vez, ela desejava que eu pudesse ser seu grande amor. Dormimos tarde. Uma das grandes vantagens de estar na Europa é não ser acordado nem pela família nem pelo seu agente, a não ser que você ainda esteja dormindo às três da tarde. Algum despertador deve ter disparado na cabeça de Léa, lembrando-a do encontro na galeria, porque ela começou a me cutucar para que eu abrisse os olhos e desse início ao dia que passaríamos juntos, começando por chegar à rue de Seine bem antes de o escultor ter motivo para reclamar da nossa impontualidade. Tomamos o café-da-manhã na cama. Pedi que ela tirasse o penhoar que vestira para aguardar a chegada do garçom, para que eu pudesse olhar seus seios e brincar com eles enquanto ela comia. Julguei que meus sentimentos por ela, não importa como eu os caracterizasse, não tinham diminuído. O mais provável era que consistissem sobretudo num intenso desejo, que, uma vez satisfeito, estava a caminho de transformar-se em ternura. Achava também que ela me divertia, que era uma pessoa original. Esse ponto de vista, você verá, estava fadado a mudar. Sem dúvida, o que havíamos feito durante a noite, e a promessa que me fiz do que ainda poderíamos fazer antes de sair ou depois do almoço, me pôs num estado de considerável alegria. Eu estava de volta à idéia de que minha relação com Léa podia ser boa para mim e para meu trabalho, e de que essa relação não tinha de causar nenhum mal a ninguém.

Ela acabara com o conteúdo da cesta de croissants e brioches e dedicava-se à das frutas quando perguntei por que tinha ido para a cama comigo da primeira vez, duas noites antes; por que continuava dormindo comigo, por que tinha ido trepar com Robineau no trajeto para me encontrar, o que era que a atraía a sair com tantos homens mais ou menos ao mesmo tempo — e disse que pressentia que eram muitos — e o que tudo aquilo tinha a ver com o *monsieur* físico, seu grande amor. Era uma pergunta e tanto, como ela bem notou, mas consegui fazê-la de um jeito polido e muito simpático. De todo modo, ela não ficou brava: respondeu. Amava o físico, disse-me, por sua inteligência e por algo que ela só podia chamar de nobreza de alma. Além disso, embora ele fosse velho — quinze anos mais velho do que eu, a quem ela julgava adequado no tocante ao quesito idade, porque gostava de homens mais velhos que ela —, era muito sensual. E bom de cama. Tão bom quanto Robineau? Não, Robineau trepa como ninguém, ela respondeu, antes de acrescentar, por gentileza: A não ser por você, quando você não goza muito rápido. Foi por isso que fui com ele ontem à noite: ele me disse que, se eu não fosse, nunca mais dormiria comigo. E os outros? Ela não tinha encontrado ninguém que quisesse casar com ela, e queria casar e ter filhos. Portanto, estava ainda à procura de alguém. E como encontraria alguém, a não ser indo para a cama com os homens que a atraíam? Além disso, acrescentou, você sabe que eu gosto de trepar e sei muito bem o que fazer na cama.

Pensei na resposta naquele momento e mais tarde também, voltando a ela com freqüência ao longo do dia, enquanto seguíamos juntos nosso estranho caminho. Eu sabia que muitos homens, inclusive eu, antes de me casar com Lydia, faziam qualquer coisa para dormir com cada mulher atraente que encontravam. Isso era assim, acreditava eu, porque o desejo masculino pelas mulheres se situa bem aqui — North tocou a braguilha com os dedos médio e indicador, imagino que para se certificar de que eu entenderia o argumento —, e, para eles, o grande enigma existencial se resume ao seguinte: por que o pênis às vezes se transforma num verdadeiro cacete, quando não é desejável nem necessário que seja assim, e por que, o que é ainda mais perverso, ele com freqüência murcha, se esconde e se recusa a comparecer quando nosso desejo depara com seu objeto? Sei que existem respostas para essas perguntas, mas não precisamos nos aprofundar nelas agora, disse North, erguendo o tom de voz. Deve ter pensado que eu iria contestá-lo ou acrescentar alguma pitada da minha própria teoria.

Mas, para as mulheres, assim acreditava eu à época, prosseguiu ele, o desejo é menos específico. Precisa vir acompanhado de carinho pelo homem, de uma sensação de que as condições para a satisfação do desejo estão certas; com certeza, o desejo não pode ser puramente carnal, senão por que outro motivo a atração por homens repulsivos pareceria tão genuína em algumas mulheres? Você não há de ter visto o contrário acontecer alguma vez, ou seja, um homem aparvalhado por uma mulher de feiúra monstruosa. E note que sempre evitei livros sobre sexologia, estudos de gênero e que tais, de Simone de Beauvoir a Betty Friedan, de forma que essa teoria é baseada na minha própria pesquisa de campo e observação, à qual nunca me dediquei em tempo integral. A conseqüência necessária disso é que minha teoria é limitada em sua autoridade. Mas tenho me perguntado se a grande literatura, essa fonte mais elevada e confiável de aprendizado acerca da natureza humana, não contradiz a tese da "mulher acima da mera carne". Pegue dois exemplos ilustres: Anna Karênina e Emma Bovary. É possível explicar Rodolfo e aquelas outras aberrações a quem Emma vende sua alma senão com base no desejo cru e irresistível de que eles todos enfiem o falo na vagina dela? Não responda agora. Pense no assunto. Por favor. E Vronsky? Por que Anna abandona tudo por ele?

Enquanto isso, disse North, prossigo com minha história. O dia foi passando de forma agradável. Nem tentei evitar o convite ao escultor para o almoço. Boa educação ou sorte minha? Ele teve de ir embora antes do cafezinho, precisava voltar para a galeria. Durante o conhaque — já havíamos combinado que tiraríamos uma soneca depois do almoço —, Léa voltou a falar de seu quadro. Ela providenciaria o envio, a menos que eu tivesse outra idéia. Não tinha. Então ela despacharia o quadro o mais rápido possível, porque era importante para ela regularizar a situação no tocante a Lydia, de modo que nós três pudéssemos ser amigos. Quando o quadro chegar, você com certeza vai poder me convidar para jantar na sua casa, disse-me ela. A propósito, Jacques Robineau me convidou para ir com ele a Nova York em julho, e portanto vou estar lá. Quero conhecer Lydia e ver o apartamento de vocês. Mas não creio que vamos pendurar o quadro no apartamento, eu disse a ela: Eu o comprei para o escritório. Veja, eu acho o quadro magnífico, mas Lydia vai achar que não combina com as outras pinturas que temos. Ela precisa de um longo tempo para aceitar coisas novas. Ou então vai dizer que é grande demais, que teríamos de mudar tudo de lugar para acomodá-lo. E outra coisa: não vamos estar na cidade em julho. Como você pode imaginar, não achei necessário expressar minha opinião sobre a ida dela a Nova York com Robineau e sobre um eventual plano de levá-lo com ela na tal visita. Léa respondeu que, se íamos estar nos Hamptons — eu havia dito a ela que era lá que tínhamos nossa casa de campo —, talvez nos encontrássemos de todo modo. Jacques tinha amigos por lá que pretendia visitar no fim de semana. Ela mencionou o nome de um banqueiro de investimentos. Ou, se não desse certo, ela estaria em Nova York de novo em setembro. Você vai ter de encontrar uma maneira de me apresentar a Lydia, ela disse muito claramente. Sei que você vai dar um jeito.

E eu conhecia o nome do amigo de Robineau nos Hamptons: um venezuelano de origem francesa, um sujeito quase na casa dos quarenta, imaginei, que trabalhava para um dos grandes bancos de investimentos de Wall Street, disse North. Ele e a mulher possuíam à época uma casa em East Hampton, em Lily Pond Lane, e freqüentavam círculos bastante elegantes. Até os pais de Lydia às vezes os convidavam para seus grandes coquetéis.

Lily Pond Lane, murmurei.

Conhece?, perguntou North. Então você sabe que, numa linha reta pelo Hook Pond, não é tão longe assim dos redutos da família Frank, na Further Lane. O problema era que, de fato, estaríamos lá no fim de semana do 4 de Julho — os pais de Lydia são de uma seriedade cômica quando se trata de feriados nacionais —, e eu não me via pedindo a ela, sem motivo nenhum, que fôssemos embora de East Hampton naquele feriado específico, se, afinal, faz anos que passamos boa parte de julho lá. E embora a gente quase nunca vá a coquetéis no campo — eles comem uma parte do dia de trabalho, de modo que Lydia vai sozinha, quando vai —, recebemos convites para festas no 4 de Julho que não podemos recusar de jeito nenhum, porque vêm de velhos amigos. De repente, me ocorreu que os venezuelanos, com seus convidados a reboque, o tal Jacques e Léa, podiam até aparecer na festança anual dos Frank, ou dos McEwen, ou dos Sartor, gente que conhecemos a vida toda. Eu, claro, cumprimentaria Léa. Cumprimentaria Robineau também. E se Lydia estivesse por perto, eu a apresentaria a eles. Não havia nada de mais banal: a jornalista que me entrevistou para a matéria da *Vogue* francesa de que Lydia gostara — sim, porque a edição com a matéria já teria saído então, e Léa teria me mandado uma cópia que eu, por minha vez, teria mostrado a Lydia —, e este é o amigo dela com quem jantei nos Lalonde. Depois, será que Léa acharia um truque — ou eu daria um jeito — para escapar de fininho da multidão, para que eu pudesse mostrar a ela a vista do deque acima da duna, ou mesmo para descer com ela alguns degraus em mau estado em direção à praia? Era provável, pensei. Ela passaria em revista as atividades programadas pelos venezuelanos para o fim de semana e descobriria uma manhã livre, em que Jacques e os venezuelanos, marido e mulher, iriam jogar golfe, um jogo que Léa nunca aprendera. Nesse caso, será que ela proporia um encontro num dos motéis da estrada 27? Também isso parecia provável. Se haveria vaga num dos motéis num fim de semana tão superlotado, isso eram outros quinhentos. O que estava muito claro era que tourear Léa e mantê-la afastada de Lydia eram atividades que demandariam mentiras e ocupariam boa parte do meu tempo.

North parou de falar, como se para recuperar o fôlego. Não restava muito uísque na garrafa. Ele a esvaziou em nossos copos, servindo-o com todo o cuidado para que cada um recebesse a mesma quantidade, acrescentou os cubos de gelo, misturou o conteúdo com o indicador e pediu outra garrafa. Eles guardam o uísque para nós, ele disse: Não acredito que vamos beber a garrafa inteira. A propósito, North acrescentou, ajuda bastante você ser um bom ouvinte. Me dá vontade de continuar.

Identificado o perigo, ele prosseguiu, decidi que precisava estabelecer algumas regras de conduta para Léa, de maneira que ela soubesse o que eu esperava dela — e, quanto à discrição, acreditei que me dava algum motivo para ter esperanças a suscetibilidade dela a ser vista comigo em restaurantes, eventos como o tal vernissage, e assim por diante. Disse a ela que podia me ligar no escritório quando quisesse. Se estivesse escrevendo, não atenderia. Mas, se ela deixasse recado, ligaria de volta assim que possível. O fato é que tenho uma segunda linha que sempre atendo, não importa o que esteja fazendo. É para Lydia e para minha irmã, Ellen; para o bando que cuida dos corpos que antigamente pertenciam a nossa mãe e ao nosso pai; e para ninguém mais. Claro que não revelei a Léa a existência desse telefone. Mas vou escrever, ela me disse. Respondi que ela podia enviar cartas para o endereço do meu escritório, mas que não esperasse nenhuma carta minha. Disse a verdade: escrever cartas toma um tempo e um esforço de que não disponho. Nem mesmo para a correspondência comercial. Quem toma conta disso para mim é meu agente ou meu contador. Desencorajo quem quer que seja a me escrever cartas pessoais. Mas claro que nem sempre com êxito.

Ela pensou um pouco e disse que compreendia. O que você quer é me comer quando estiver a fim, tiver um tempinho e achar que Lydia não vai descobrir. O resto do tempo, é melhor eu não atrapalhar.

Eu ri e disse que aquela era uma maneira rude de descrever os bons momentos que estávamos vivendo. Léa concordou que estávamos nos divertindo. Então não vamos estragar tudo, emendei. Apenas para constar, acrescento que lembrei a ela que, no meu sistema solar, Lydia era o sol, e tudo girava em torno dela. Nunca vou me perdoar, disse, se o que estamos fazendo vier a magoá-la. Se isso acontecer por culpa sua, se acontecer porque você disse alguma coisa, acredite, eu mato você.

Devo ter feito uma expressão feroz — o que, com certeza, foi minha intenção —, porque, após um momento de silêncio, ela comentou: É, acho que você faria isso, mesmo. Melhor pararmos agora com o que estamos fazendo, ela completou ainda. E caiu no choro.

Claro que não paramos. Nenhum de nós queria. Demos uma cochilada depois do almoço, o que significa que, primeiro, trepamos e, depois, dormimos; ela foi para casa, para trocar de roupa, e jantamos juntos; Léa dormiu e ficou comigo durante boa parte do dia seguinte, até a hora de ir a um tal jantar em família, com os irmãos e os pais — os pais, fiquei sabendo, moravam num daqueles edifícios magníficos no quai Anatole France, aqueles que dão para o Sena, as Tulherias e a place de la Concorde. O que era coerente com a teoria, amplamente defendida, de que as famílias burguesas do sétimo arrondissement têm maior probabilidade do que as outras de mandar os filhos para estudar na Polytechnique e na École des Mines, esta última constituindo o toque final na educação dos *polytechniciens* mais brilhantes. Notei que Léa não sugeriu que eu conhecesse seus pais e irmãos e, talvez, fosse jantar com eles. Entendi aquilo como nova demonstração de reserva e discrição, um bom sinal. Talvez conseguíssemos manter nossas vidas separadas, a não ser quando unidos na cama. Ela me ligou depois do jantar, quando estava saindo do quai Anatole France. Fui encontrá-la na metade do caminho, na esquina da rue de Rivoli com a rue Saint Florentin. Caminhamos juntos de volta para o hotel, e logo nos uníamos daquela forma que acabo de mencionar.

Na manhã seguinte, nos despedimos no hotel, antes de eu

sair para o aeroporto. De início ela chorou, mas depois se animou, dizendo que era besteira ficar naquele estado. Tínhamos sido felizes e estaríamos juntos de novo muito em breve. De algum modo, eu faria com que aquilo acontecesse. É paradoxal, levando-se em conta o medo que eu tinha de magoar Lydia, mas o fato é que eu também acreditava que conseguiria promover aquele reencontro. A transformação do apetite sexual em ternura, que já descrevi a você, seguia seu curso. Se eu não podia dizer que amava Léa, era certo que sentia por ela alguma coisa virtualmente indistinguível do amor — a única diferença sendo aquela inexorável, imposta por meu casamento. Que algum dia eu fosse deixar Lydia estava fora de cogitação: não havia ninguém com quem eu tivesse entendimento tão perfeito. Tudo isso soa muito corriqueiro, mas garanto a você que era, ou pelo menos parecia ser, muitíssimo real. Léa? Talvez fosse uma ninfomaníaca, se essas criaturas míticas existem de fato. Mas qual era o mal do que ela estava fazendo? Naquele momento, eu não conseguia encontrá-lo. Pelo contrário: achava que o amor pelo próprio corpo e pelo corpo de outra pessoa — o que, afinal, constituía a essência da proeza dela — era uma coisa boa, e não má. Pela mesma razão, parecia-me que o que ela e eu fazíamos não podia ser alvo de condenação *en bloc*, a não ser que eu não conseguisse proteger Lydia de toda e qualquer mágoa ou humilhação. Devo lhe dizer que mesmo então, no auge da minha exaltação por Léa, eu não nutria nenhuma ilusão de que Lydia pudesse aceitar o fato de eu ter uma amante em Paris ou me permitir viver ao mesmo tempo duas vidas sexuais felizes e excitantes. Estava não apenas convencido de que ela me mandaria arrumar as malas ao menor indício de coisa semelhante como me dava conta também de que qualquer consentimento da parte dela nesse sentido me seria repugnante. Seria o fim do nosso casamento, como nós o entendíamos. Caso eu lhe desse uma oportunidade de falar, você não gostaria de saber que entendimento era esse?

Bem, o de que éramos unidos e confiávamos um no outro em qualquer circunstância. Nada do que fosse dito ou não dito haveria de nos separar. Vejo que agora você começa a se levantar dessa sua cadeira confortável, balançando os braços como se caçasse uma vespa — cuidado, não me vá derrubar uísque na camisa —, porque não compreende como é que eu posso conciliar essa elevada noção de casamento com a postura de que o adultério só é errado se descoberto. Vil hipocrisia? É. Mas achei que essa era a maneira de causar menos danos.

Você deve estar lembrado de que Lydia havia sugerido que passássemos em nossa casa, em Martha's Vineyard, o fim de semana seguinte ao meu retorno de Paris, North disse. Foi o que fizemos. Como ela conseguiu que o senhor e a senhora Frank, bem como os irmãos, nos liberassem dos planos relativos a East Hampton que haviam feito, isso nunca vou saber. Ela não me contou, eu não perguntei. Mas me senti agradecido e feliz como um garotinho que vê realizado seu desejo mais caro.

A casa de East Hampton, na Further Lane, que Bunny e Judy deram a Lydia como nosso presente de casamento, é uma beleza. Aliás, como foi que os Frank não mandaram rebatizar a rua para Frank Lane ou Frank Keep, já que todos eles têm casas lá, é um daqueles mistérios do folclore dos magnatas — mas, tudo bem, vamos deixar isso para lá por enquanto. Imagine uma casa aparentemente simples, um único pavimento de madeira com uma quantidade enorme de quartos, construída nos anos 50 por um arquiteto sensato e desconhecido, que compreendeu que uma casa na praia precisa ser leve e arejada. Rosas silvestres guardam os acessos. E, como todas as casas dos Frank, é protegida por uma duna, de tal maneira que o vento não destrói o jardim propriamente dito, que fica do lado contrário ao do mar; do mar, temos vista livre do nosso terraço. Não há vista nem praia melhor no mundo, à exceção de uma, em Martha's Vineyard, mas dessa falarei depois. De certo modo, a casa que possuo em Martha's Vineyard é o oposto perfeito da casa na Further Lane. A casa em Vineyard fica escondida no bosque de Chilmark, e a única vista que se tem é a do jardim, belíssimo, mas que adquiriu uma exuberância excessiva sob meus cuidados. Deixei crescer demais. Herdei a casa de um tio solteiro, que a projetou e plantou o jardim; quando morreu, deixou seu dinheiro — que não era muito — para Ellen e para mim; da casa, porém, e de seu barco, fui o único herdeiro. Quando eu era garoto, passava semanas com ele no verão, velejando, nadando e cozinhando. Ele era grande cozinheiro e velejador, e acreditava que as refeições no mar deviam ser tão boas quanto em casa, embora o menu pudesse variar. A casa dele tornou-se valiosa por causa da área total da propriedade, mas não tinha tanto valor à época; por sorte, o barco, que provavelmente significava ainda mais para mim do que a casa, não valia nada. Não se encontra por aí tanta gente disposta a pagar nem sequer algo próximo do valor de reposição por uma chalupa de madeira de doze metros, absurdamente estreita, ainda que de uma beleza extraordinária. E tão bem equipada: meu tio tinha instalado todo tipo de aparelho já inventado para possibilitar que um homem sozinho velejasse nela com razoável conforto. Não achei justo dividir o dinheiro com Ellen e ficar com a casa só para mim, ainda que tivesse sido essa a intenção do meu tio; mas, como ela não tinha interesse na propriedade de parte da casa, abri mão do dinheiro que o testamento me reservava e acrescentei mais algum, de forma que herdássemos exatamente a mesma quantia, tomando por base o que a propriedade valia à época. Foi uma extravagância e tanto da minha parte, sobretudo considerando-se que Ellen e eu ainda vamos herdar o pouco dinheiro que sobrar das enfermeiras devoradoras, quando nossos pais estiverem mortos, e que eu já tinha percebido que Lydia e eu não faríamos lá muito uso da casa ou do barco, já que a propriedade em East

Hampton era muito mais próxima de Nova York e bem mais acessível a nós. E foi uma extravagância ainda maior, se você levar em conta o custo de manutenção do barco. Meu tio deu a ele o nome de *Cassandra*, em homenagem a sua personagem favorita de Homero. No fim das contas, mesmo depois do pagamento adicional a Ellen, a casa foi o melhor investimento que já fiz, porque os preços em Vineyard foram parar na lua, desde que o lugar se tornou chique. Na verdade, se eu considerasse quanto dinheiro ganharia só com o terreno, se loteado, poderia começar a me ver como um homem rico, mas, enquanto eu puder evitar, ninguém vai mexer nele. De todo modo, o casamento com Lydia fez picadinho das minhas preocupações financeiras. Ainda conto meus centavos, mas é só um velho hábito. Ela não precisa do meu dinheiro. Pouco importa para ela quanto ganho ou deixo de ganhar como escritor, quanto custa manter o templo ao doutor Alzheimer em Washington e o que vai sobrar para Ellen e para mim, se é que vai sobrar alguma coisa. Quanto vou deixar de herança é coisa na qual ela não tem o menor interesse. Lydia não conta moedinhas, mas tampouco esbanja dinheiro. Ou seja, é tão sensata nesse quesito quanto em tudo o mais. Mas, tenho de admitir: nisso, ajuda um bocado ser parte do inexpugnável e imbatível império dos Frank.

Você está à procura de sinais do monstro da inveja no que falo? Está? Então deve tê-lo visto entrar na caverna, erguendo suas orelhas odiosas. Acontece sempre que falo dos Frank. Às vezes, para enganar minha consciência, digo que a culpa é deles, que sempre me tratam como um excluído, ao passo que os cônjuges e filhos dos irmãos de Lydia estão incluídos no círculo mágico. Talvez fosse diferente se Lydia e eu tivéssemos tido filhos. O fato de os Frank terem dado a casa na Further Lane só para a filha, e não para nós dois, como casal, foi, na realidade, o que primeiro me pôs no caminho dessa teoria da exclusão. O curioso é que essa transação, ou seus ecos, pode ter sido o que me fez tomar o caminho errado naquela encruzilhada em que Lydia e eu discutimos pela primeira vez o assunto filhos. Ela ter dito para mim — com absoluta boa-fé e de forma muito serena — que criaria o filho sozinha, caso eu achasse que não poderia ajudar, teve em mim, num nível vergonhoso e vil, o efeito de uma provocação. Opa, espere aí!, disse a mim mesmo. Não faço nenhuma falta. Um neto dos Frank não precisa de mais ninguém além dos Frank! Bom, se é assim, quem sou eu para reclamar? Pois que Lydia fique à vontade e faça como quiser. Foi uma pena, de verdade. Embora meus repetidos discursos sobre as necessidades de um escritor e suas limitações como pai tenham sido proferidos com total boa-fé e expressassem crença sincera, eles não precisariam ter sido minha última palavra no assunto. Crianças são sedutoras, e eu poderia ter sucumbido a seu charme. Mas o monstro me fez fincar pé e resistir. Um escritor nem sempre escolhe o que é melhor para ele, como escritor; ou, se o faz, suas ações nem sempre são coerentes com essa escolha, o que pode não ser uma coisa ruim. Além disso, quem pode dizer que não ter filhos, ou tê-los e ser indiferente a eles, é bom para um escritor? Isso não o aparta da própria vida? A questão é discutível. Durante anos, citei por aí, como desculpa para as besteiras que fiz, os versos de Yeats sobre o intelecto humano, como ele é "obrigado a escolher entre a perfeição da vida e a da obra e, se escolhe a segunda, é forçado a recusar uma mansão celeste, enfurecendo-se em segredo". Infelizmente é verdade que, a não ser na minha escrita, nunca dediquei tempo ou esforço a fazer o melhor que podia, que dirá a buscar a perfeição. Não acredito que isso um dia vá mudar. O certo é que nunca me iludi, sempre soube muito bem que escolher a obra em vez da vida era uma coisa para Yeats — não que ele próprio tenha sido absolutista nessa sua escolha: era esperto demais para isso —, mas outra, bem diferente, no caso deste vosso humilde servo. Como você agora bem sabe, não estou nem um pouco convencido de que tenha construído uma obra mais duradoura que o bronze.

Me perdoe. Acabei me desviando um pouco. Desviei-me da lembrança da serenidade absoluta daquele fim de semana e da minha felicidade, mas acho que preciso lhe confessar uma coisa, embora você provavelmente já tenha adivinhado o que eu ia dizer. Os Frank são como outras grandes famílias para as quais tudo deu certo. Gostam mais de outros Frank do que de qualquer outra pessoa e esperam que quem entra para o clã pela via do casamento se adapte. Se eu tivesse caminhado nessa direção, teriam me tratado com carinho, com ou sem filhos. Mas meu jeito de agir não é esse; não sou bom em me juntar a grupos e tenho grande orgulho da minha misantropia. Portanto, os Frank foram corteses e gentis, além de muito pacientes. Mas isso não foi o bastante para satisfazer o monstro. Quanto a filhos, a culpa é toda minha. Não admira que Lydia tenha perdido a coragem, porque foi isso que aconteceu, na minha opinião. Ela ficou com medo de que eu me tornasse um pai não apenas ausente mas ressentido também, e de que seu amor por nossos filhos viesse a atrapalhar nosso relacionamento.

Mas chega de autoflagelação. Minha felicidade e minha satisfação consistiam no seguinte: Lydia e eu estávamos na casa em Martha's Vineyard e estávamos ali sozinhos. Se o mais temível dos juízes tivesse me perguntado se eu tinha algum outro desejo, e se eu tivesse aberto meu coração como estou fazendo agora, a resposta teria sido: não, nada mais. Tinha tudo o que queria e necessitava. Você deve estar se perguntando sobre sexo, se eu estava satisfeito nesse terreno também, se não sentia falta dos serviços e sujeições de Léa. Você não há de se espantar se eu não fizer um relato explícito da minha atividade amorosa com Lydia. Talvez até se ofendesse se eu me pusesse a fazê-lo. Mas posso lhe dizer, sem nenhuma hesitação, que, na cama com Lydia, nunca senti falta do que havia feito ou podia estar fazendo com Léa, e que nunca pedi a Lydia nada parecido. Pensamentos, imagens de Léa — estava tudo armazenado em algum lugar, no meio de muitas outras lembranças do mesmo tipo. De vez em quando, passo em revista essas lembranças, com graus variados de interesse e prazer; nas raras ocasiões em que me masturbo, por exemplo. Elas não se intrometem na minha vida cotidiana, e menos ainda quando estou na cama com Lydia. Estou convencido de que não teria lamentado se Léa tivesse desaparecido da minha vida: não teria feito coisa alguma para vê-la de novo, se ela não tivesse vindo atrás de mim, se não tivesse vindo a Nova York, ou se eu não tivesse sido obrigado a ir a Paris, para as filmagens do meu livro. Uma pergunta para você: Será que eu tinha mesmo "obrigação" de ir a Paris? Meu velho colega de escola Joe Bain não me dispensaria? Teria bastado ligar para ele. Ah, sim, você gostaria de perguntar o que aconteceu, afinal, porque sente que alguma coisa deu errado. E tem razão: basta olhar os fatos. Sem que tivesse havido uma decisão consciente de minha parte, Léa havia sido deslocada para algum subúrbio esquecido e distante do meu afeto. Não era bairro que eu visitasse. Ainda assim, fui para Paris, embora pudesse ter dado um jeito de ficar em Nova York com Lydia. É possível justificar meu comportamento, mas há uma explicação também. Eu não disse a você que acabei por amar Léa? Se não era amor que se encaixasse na melhor definição que você ou eu podemos dar ao termo, não era, por outro lado, uma paixão intensa a ponto de se tornar quase indistinguível de amor?

Não fomos andar de barco. Lydia não tem nenhum apreço especial por velejar. Além disso, tenho de admitir que o *Cassandra* não é lá muito confortável, mesmo para um barco de corrida. Você tem de amá-lo primeiro, para poder desfrutar do prazer de velejar nele. Assim sendo, fui sozinho dar uma volta além do porto, com um bom vento soprando, e aquele foi o único momento em que pensei em Léa espontaneamente. Ela havia me contado que era boa marinheira, e eu podia imaginar a bela visão que ela, ao leme, proporcionaria. O mar, claro, estava gelado demais para nadar, até mesmo na baía. Mas Lydia e eu adoramos caminhar na praia, e era o que fazíamos, de manhã e à tarde, porque não fiz menção de trabalhar durante aqueles dias. Ela me perguntou sobre Paris; estava surpresa de eu ter circulado tão pouco por lá. Minha resposta pareceu satisfazê-la: disse que tinha visto os Lalonde, jantado com os dois uma vez e, depois, tomado um drinque só com Pierre, e que havia tido de passar mais tempo do que o previsto ao telefone com jornalistas. Contei também que andara tentando escrever *Perda*, ainda que não de corpo e alma, por causa do modo como estava me sentindo em relação aos meus livros. Ela repetiu inúmeras vezes a única coisa útil que se pode dizer a um escritor nessa situação: que minha obra não era uma chatice (o que ela sabia ser o pior dos meus medos), que meus romances haviam sido elogiados por críticos muito inteligentes e que, o que quer que se pensasse, o julgamento da história no tocante a romances e reputações literárias era imprevisível. Tudo que importava de fato, disse-me ela, era se eu acreditava ter escrito de forma honesta e tentado fazer o melhor que podia. Como a resposta era sim, Lydia me disse que meu dever era continuar escrevendo e tentando fazer o melhor. Contei a ela que precisaria passar um bom tempo em Paris durante a produção de *O formigueiro*, e também sobre o apartamento que Pierre me oferecera. Combinamos que tentaríamos nos ver pelo menos uma vez a cada quinze dias. Ou ela iria a Paris passar o fim de semana ou eu viajaria para Nova York.

As pessoas que conhecemos em Martha's Vineyard pertencem a duas categorias: gente da Nova Inglaterra que conheço desde a infância e nossos amigos nova-iorquinos que porventura tenham casa lá. Os primeiros integram uma espécie de sociedade bacana e malvestida que mais diverte do que atrai Lydia. Eu às vezes os procuro nas visitas que faço sozinho à casa e ao *Cassandra*. Quanto ao segundo grupo, nas raras ocasiões em que Lydia ou eu dissemos: Vamos convidar o Jojo ou o Bubbles para jantar ou almoçar?, a resposta do outro foi: Por quê? Já não está de bom tamanho encontrá-los em Nova York? Permanecemos, pois, em solitária bem-aventurança.

No fim de semana do 4 de Julho estávamos em East Hampton, na nossa casa da Further Lane, participantes com direito pleno ao circo dos Frank ou na condição de artistas convidados dos circos de diversos outros ricaços. Como você sabe, uma fartura de figuras literárias de todos os tipos pode ser encontrada em South Hampton e East Hampton, bem como nas localidades ao longo da estrada 27 e mais ao norte, entre aqueles dois pólos da elegância. Escritores com reputação de verdade e que seguem escrevendo, destroços de escritores dessa espécie, consumidos pela idade, pela doença e pela bebida; aqueles chamados escritores *cult*, cujos únicos leitores são os membros de sua seita específica e colegas igualmente em busca de público; editores, agentes, jornalistas com pretensões intelectuais — enfim, toda uma fauna redutível a um denominador comum: pessoas com dinheiro suficiente para ter ou alugar uma casa ali e, ainda, com alguma sobra para comprar a comida necessária à suplementação do que elas consomem em festivais literários. Nas festas patrocinadas por membros da classe senatorial americana, como é o caso dos Frank e dos Sartor, escritores (o que me inclui) figuram como artistas de variedades ou, se você preferir, como equivalentes modernos dos escravos gregos. Anos de prática me ensinaram a partir do princípio de que anfitrião e anfitriã — bem como os convidados que eles pretendem impressionar com minha presença — vão me tratar como uma estrela entre os escravos gregos, embora a idéia de que efetivamente extraiam algum prazer de minha companhia e de minha conversa ainda me faça rir. O casamento com Lydia Frank melhorou meu status: tornei-me uma anomalia, o animador alçado à condição de membro temporário da classe integrada pelo clã dos Frank. O recente prêmio literário e a notícia de que Robert Redford estrelaria *O formigueiro* produziram efeito semelhante. Em resumo, Lydia e eu formávamos um casal muito requisitado durante aquela temporada.

Ainda em junho fiquei sabendo pela primeira página do *New York Times* que o destino tinha me salvado da ameaça representada pela eventual aparição de Léa em East Hampton. O amigo venezuelano de Jacques Robineau foi indiciado por haver saqueado contas que ele gerenciava para as firmas de seus clientes. Estava solto, em isolamento, porque pagara fiança. O *Times* não dizia onde. Mais ou menos uma semana depois, veio a notícia de que a mulher e os filhos dele tinham voltado para a Venezuela. Por essa mesma época, Léa deixou um recado na minha secretária eletrônica, dizendo que ela e Robineau ainda iriam a Nova York, mas, como não podiam ficar na casa do banqueiro e futuro presidiário, Robineau tinha adiado a viagem para a segunda quinzena de julho. Ela me ligaria quando chegasse. Sou muito sensível à voz das pessoas. Ouvir Léa dizer aquelas palavras a fez muito presente para mim, resgatando-a de sua masmorra e me fazendo querê-la de novo. Ao mesmo tempo, deixou-me em pânico. Havia o perigo de que ela tornasse a insistir em conhecer Lydia. Léa me atormentaria se eu não desse um jeito de aquilo acontecer. E, fosse como fosse, eu terminaria dormindo com ela. Onde e quando, não sabia, mas estava claro que, à noite, eu talvez tivesse de mentir a Lydia sobre o que tinha feito durante o dia. Abominava a perspectiva de precisar fazê-lo. A única saída que me ocorria era dizer a Léa, quando ela ligasse de novo, que era melhor ela não contar com a possibilidade de me ver. Os planos de Lydia e os meus para a segunda quinzena de julho não estavam definidos, disse a ela, eu não sabia onde iria estar. A resposta ficou gravada no dia seguinte: Espero que você esteja em Nova York, não me decepcione.

Na verdade, era certo que ficaríamos em Nova York, porque o projeto que Lydia dirigia continuava avançando. Ela queria estar lá para supervisionar tudo, e concordamos em que ela não devia tirar mais do que duas semanas de férias. Seguindo nosso cronograma habitual de verão, partíamos para East Hampton às sextas-feiras no final da tarde e voltávamos para Nova York na noite de domingo ou na segunda de manhãzinha, dependendo do trabalho de Lydia. Quanto ao restante da semana, duvido que você seja capaz de imaginar a monotonia da vida de escritor — claro, me refiro a um escritor como eu, que constrói seus romances a partir do material já estocado dentro de si, como descrevi a Léa no Flore. Ao contrário da maioria dos meus colegas americanos, não leciono redação criativa e, portanto, não tenho alunas cheias de tesão ou venenosas discussões departamentais para me distrair. A vida deve ser muito diferente para escritores que colhem material para livros de viagem ou para escrever sobre crime organizado, sacerdotisas lésbicas, ação afirmativa e sei lá que outros assuntos palpitantes. No meu caso, sou só eu, a maior parte do tempo. Começo a trabalhar bem cedo e escrevo o máximo que posso até antes do almoço. Depois, volto à máquina de escrever e continuo até sentir que não sobrou mais nada em mim. Não pense você que escrevo durante todo esse tempo. Isso só acontece quando o trabalho vai bem. Do contrário, sou capaz de ficar sentado à mesa sem conseguir escrever uma única frase coerente até que uma dor de cabeça, combinada à sensação de não ter nada, absolutamente nada na cabeça, me leva a procurar refúgio. Nesses casos, vou a um museu, pego um cineminha à tarde, se bem que a cinema é muito raro eu ir, porque tenho medo de ser tomado por um daqueles sujeitos que vão sozinhos ao cinema principalmente para roçar o cotovelo na mulher do assento ao lado. Em princípio, pratico *squash* três vezes por semana, mesmo no verão, mas isso também é uma chatice, porque, não tendo amigos com quem jogar, jogo com os profissionais. Nos dias em que jogo *squash*, quero começar cedo, e por isso caminho com Lydia até o hospital para, de lá, pegar um táxi para o escritório. Esse escritório, tenho desde sempre, desde antes de me casar com Lydia, uma sala grande e escura num prédio da rua 48, entre a Quinta Avenida e a Madison, que com certeza logo será demolido para abrir espaço para uma dessas torres finas. Por enquanto, abriga firmas de advocacia, como a que me subloca a sala, e um ou outro consultório médico dedicado a alguma especialidade peculiar. Temos um dermatologista e um oftalmologista. Por que eles têm consultório nesse endereço, é um mistério. Nos velhos tempos, se suspeitaria de clínicas clandestinas de aborto. Completam a lista de inquilinos uma agência de viagens, duas ou três firmas de importação e exportação e um contador. Meu escritório dá para um corredor que parece saído de *O falcão maltês*. A porta tem um painel de vidro fosco, mas meu nome não está escrito nele. Dentro, nada foi alterado desde que me mudei, a não ser pelo acréscimo de uma luminária de mesa e de um sofá-cama, que Lydia me deu de presente de aniversário. O sofá-cama substituiu um velho sofá Chesterfield, que andava exalando um cheiro cada vez mais forte de mofo. Houve uma outra mudança, é claro, a mais recente, que foi o quadro de Léa: eu o pendurei acima do sofá-cama, bem no centro. A firma de advocacia da qual alugo a sala tem uma recepção algumas portas adiante, no corredor; não faço uso dela, mas, quando não estou na cidade, minha correspondência é entregue à recepcionista, que decide se deve encaminhá-la a mim ou guardá-la. É um arranjo entre vizinhos; algumas vezes por ano, levo chocolates e coisas assim para a recepcionista e para as secretárias. Minha própria secretária não trabalha em tempo integral. Vai ao escritório ou a nosso apartamento conforme a minha necessidade durante a semana, para cuidar das contas de casa, redatilografar minhas correções aos manuscritos e datilografar as cartas que não tenho como não escrever. Cuida das contas e da correspondência no apartamento, num quarto que remodelamos para ela usar; o trabalho com os manuscritos, faz na casa dela mesmo.

Após o trabalho, vou a pé para casa. Se não está chovendo, atravesso o Central Park. Depois, leio. Lydia fica até tarde no hospital; é raro ela chegar em casa antes das sete e meia. Normalmente, comemos em casa, a não ser que tenhamos aceitado algum convite para jantar, o que relutamos em fazer, porque Lydia chega cansada depois de um dia inteiro no hospital. Jantamos tarde, para que ela tenha oportunidade de ler alguma coisa além das publicações científicas. Nenhum de nós tem qualquer objeção ao fato de o outro ficar lendo enquanto tomamos nossos drinques. Em geral, nossa governanta é quem faz as compras, lava as verduras, essas coisas. Sou um bom cozinheiro, mas de repertório limitado; na maioria das vezes, preparo o jantar e ponho na mesa. A pobre da Lydia nunca foi de muita ajuda na cozinha. Sou eu também quem passa uma água nos pratos e os põe na lavadora. Panelas, frigideiras e talheres, deixo para a governanta.

Desde julho, nossa governanta estava viajando, tinha ido visitar a mãe em Trinidad. Com o calor e minha falta de entusiasmo para ir às compras, além de cozinhar e lavar a louça, saíamos todas as noites para jantar num dos três bistrôs da vizinhança, incluindo-se aí aquele que mencionei, quando contei sobre o início do meu pânico literário. De vez em quando, encontrávamos amigos no restaurante. Sempre o mesmo casal, na maioria das vezes — a mulher é uma romancista que não tem escrito nada já faz algum tempo. Formamos casais simétricos: o marido é cirurgião torácico. Gosto de ouvir as histórias dele sobre serrar e quebrar ossos ao "entrar". Ela quase nunca fala, mas sei que é a mulher mais inteligente de Nova York, depois de Lydia. Durante esse tempo todo, eu escrevia *Perda*, mas o trabalho estava indo devagar. Cada palavra parecia pesar uma tonelada.

Os olhos de North brilharam. Ele sorriu para mim, ergueu as mãos, como se solicitasse atenção, e começou a cantar "I get a kick out of you", de Cole Porter. Não pude evitar certo estremecimento, de tão desafinado que ele cantava. North percebeu e parou de imediato; depois, tornou a erguer as mãos, dessa vez para sinalizar sua capitulação, e disse que, sim, aquela incapacidade de cantar uma canção era um eterno desgosto. É uma tremenda injustiça! Sei que tenho um grande tenor encarcerado em mim — um Caruso a quem o destino malevolente privou da voz já ao nascer. Você já ouviu Ethel Merman cantando essa música? Ah, não ouviu? Que pena. Ela deu uma interpretação que nunca será igualada, mas, ainda assim, você achou essa minha versão altamente ofensiva. Não tem importância. Eu só queria comunicar um sentimento de surpresa, assombrosa e bem-aventurada. Merman, uma daquelas garotas festeiras, *blasée* até não poder mais, que eram a especialidade de Cole Porter, está numa calma noitada, lutando em vão contra o velho tédio, e pimba! — aparentemente já incapaz de se conter, North entoa: "Suddenly I turn and see your fabulous face". Que coisa maravilhosa! Então, de volta a seu tom normal, ele me diz que preciso, mesmo, ouvir a gravação de Ethel Merman.

A razão desse meu comportamento, ele prosseguiu, é a lembrança, ainda muito vívida, do solavanco que me tirou dessa pasmaceira, que pareceu me devolver à vida. Só que não foi um rosto, e sim, mais uma vez, a voz de Léa. Eu estava em meu escritório, corrigindo as provas de uma resenha que tinha escrito para o *Washington Post*. A secretária eletrônica estava ligada. O telefone tocou, e me ouvi dizer: Se você reconheceu minha voz, é porque ligou para o número certo. Se acha que precisa, por favor, deixe seu recado. Em algum momento, devo ter achado engraçada aquela mensagem e nunca me dignei a modificá-la. A voz era de Léa: *Coucou, c'est moi*. Sem pensar, atendi. Ela e Robineau tinham chegado a Nova York na noite anterior. Ele passaria o dia em Washington. Ela deveria ter ido com ele, mas tinha se queixado de uma dor de estômago só para poder ficar na cidade e me ver. Será que eu podia ir voando para o hotel? O St. Regis. Ah, eu nem quis resistir.

Bastava uma curta caminhada, curta demais para que eu tivesse tempo de clarear os pensamentos, e, quando vi, já estava lá. Peguei o telefone do hotel e pedi o quarto do senhor Robineau. Léa me deu o número do quarto e desligou. Encontrei a porta no quinto andar. Ela estava usando uma minissaia jeans e uma camisetinha preta, sem manga. Pernas nuas. E sandálias vermelhas de salto alto que a deixavam quase da minha altura. Cambaleamos até a peça mais próxima de mobília estofada — um sofá só para dois, acredite se quiser. Logo ela estava nua, a não ser pelas sandálias e pela minissaia, levantada até a cintura. Era um daqueles quartos de hotel dominados por uma cama imensa. Ela apontou para a cama. Mas como? É a cama dele, eu disse. A resposta de Léa foi: Mas você é tão bobo. Depois, mando arrumar a cama de novo. Fizemos como ela havia sugerido. Mais tarde, quando já tínhamos terminado e ela dormia com a cabeça no meu colo, eu me sentei na cama e olhei em torno. As coisas dela estavam esparramadas por cadeiras e mesas, algumas me eram familiares desde as noites passadas no hotel ou no ateliê — eu havia começado a encará-las como a bagunça permanente de Léa. Inventariei sua agenda-calendário encadernada em couro, grossa como uma pequena lista telefônica, duas escovas de cabelo, esmalte, acetona e bolas de algodão, uma echarpe Lanvin rosa-shocking e um suéter de algodão. Misturados aos pertences dela, havia traços de Robineau: a julgar pela maleta preta embaixo da penteadeira, concluí que ele devia ter outra, talvez menor ou ainda maior, que levara consigo para Washington; havia também pastas de diferentes cores empilhadas ordenadamente no chão. Cada pilha estava amarrada com um cinto de tecido preso com fivela, versões em miniatura daqueles cintos listrados ou de madras que estavam na moda quando você e eu íamos à escola. Na mesa-de-cabeceira do meu lado, vi um despertador portátil em couro marrom que nunca tinha visto no ateliê de Léa. Era provável que fosse dele, o tipo de objeto feio que as empresas dão a clientes importantes. Meu Deus, pensei comigo, o que estou fazendo na cama desse sujeito, neste quarto caro de hotel, comendo a garota que ele trouxe para Nova York para comer? Devo estar louco.

Passava um pouco da uma hora. Levantei-me, me lavei e enxuguei-me com uma toalha de rosto, para preservar ao máximo a perfeita ordem que reinava no banheiro. Enquanto me vestia, me vi no espelho. Tinha o aspecto que imaginava que teria: dissoluto, como alguém saído de uma orgia. De uma forma não muito gentil, sacudi Léa, avisando que era hora do almoço. Ela não queria se levantar e tampouco queria sair. Em vez disso, ficou repetindo: Vamos ficar aqui, por que você está todo vestido?, volte para a cama, está tão bom, vamos trepar. Ela acabou cedendo, mas só depois de eu ameaçar ir embora. Tomou um banho e, de novo de minissaia, camiseta e sandálias — os cabelos ainda úmidos, o rosto limpo e resplandecente —, me pediu vinte dólares. Eram para a camareira, para que ela arrumasse o quarto uma segunda vez e trocasse a roupa de cama.

Levei-a a um restaurante francês nas redondezas, onde às vezes almoço com um amigo ou janto com Lydia, quando não queremos ir a um dos três bistrôs perto de casa que têm acesso direto a minha carteira. Nem pensei em escolher outro lugar, onde fosse menor a probabilidade de encontrar gente conhecida ou onde os garçons não estivessem habituados a me ver com Lydia.

Se tivesse refletido um pouco, talvez fosse àquele restaurante francês de qualquer maneira, e por uma razão muito prática e simples: sou um freguês tão antigo que, na verdade, nem preciso fazer reserva. Empurrei Léa pela porta e em direção à mesa que o proprietário indicava. O que não foi coisa simples, porque ele não parava de se desculpar por não poder me acomodar na mesa de sempre, e tive ainda de dar a mão ao maître e a diversos garçons. Por fim, conseguimos nos sentar. Uma olhadela para a esquerda revelou-me que eu havia sido reconhecido por um dos editores da minha editora americana, embora não se tratasse do meu próprio editor. Ele estava almoçando com um sujeito vestido de forma tão esquisita que só podia ser um de seus autores. Um gesto amigável de mão na direção dele foi suficiente. Um problema mais sério foi uma senhora de cabelo ruivo encaracolado, sentada bem no meio do restaurante com um grupo de velhotas tagarelas e exageradas no vestir. Era a mulher do irmão de Lydia, Ralph. Ela não me vira, mas eu teria de falar com ela a caminho da porta, a não ser que ela notasse antes a minha presença e nos entreolhássemos. Antes ainda de tê-la visto ali, já era minha intenção fazer logo o pedido para Léa, a fim de que ela não se demorasse com o cardápio e pudéssemos comer depressa e ir embora o mais rápido possível. Mas eu não tinha levado em conta o proprietário e os garçons, os quais já havia cumprimentado. Eles voltaram, aparentemente com o único propósito de perguntar se madame — ou seja, Lydia — iria se juntar a nós e se deveriam acrescentar à mesa mais um conjunto de pratos e talheres. Não, ela está no hospital, trabalhando. Um a um, todos manifestaram o desejo de me rever em breve, em companhia de madame. Podíamos ter ido direto ao refeitório do hospital da sua mulher, comentou Léa, e tinha razão. No meio do almoço, ela disse: Vamos esquecer a sobremesa e voltar para o hotel. Eu respondi que não podia. Léa não discutiu, e seguimos mastigando em silêncio. Pouco depois, porém, ela disse: Está bem, você me magoou. Em vez de voltar para o hotel, quero ver seu escritório e meu quadro. Nem tente me dizer não.

Tendo examinado as instalações, das quais, segundo ela, eu havia dado uma boa descrição, o que não era surpreendente, considerando-se minha profissão, Léa sugeriu um spot para iluminar a pintura. Respondi que ela tinha razão; talvez o eletricista do prédio onde moro pudesse fazer o serviço. Depois, ela apontou para o sofá-cama e perguntou se eu tirava uns cochilos ali. Com freqüência, eu disse. Quando as palavras me somem, você sabe, quando perco o pique. Vamos tirar um cochilo juntos, ela emendou: Está esperando o quê? Me come logo.

Não tenho um banheiro anexo ao escritório. Quando terminamos, tive de levá-la ao toalete no final do corredor. Ao voltar, ela me disse que em Nova York eu parecia outro homem; ela não tinha certeza se gostava da nova personagem. Era mais brutal ao fazer amor e não tão agradável quanto o homem que ela conhecera em Paris, mesmo quando não estávamos fazendo amor. Disse a ela que estava certa. Que não havia um momento em que eu não pensasse na minha esposa e que aquilo me modificava. A conclusão a que havia chegado, disse-lhe, era que não devíamos nos ver em Nova York. Eu ficava nervoso demais. Léa pensou por um instante e respondeu que aquilo era um problema. Ela precisava me ver e, sendo assim, como iríamos fazer? Robineau voltaria aos Estados Unidos no começo de setembro, ela me contou, para a reunião do Fundo Monetário Internacional em Washington, mas eles passariam por Nova York antes e depois da reunião. Talvez ela nem fosse a Washington, ficasse em Nova York. E ela não queria ficar ali sem me ver. De todo modo, estava procurando uma galeria que a agenciasse em Nova York e pretendia conseguir que a *Vogue* francesa a enviasse aos Estados Unidos para um trabalho. O editor dela pedira que ela sugerisse uma pauta apropriada. E a razão principal para tudo aquilo era ficar perto de mim, concluiu.

Fiz o tipo de discurso que se poderia esperar, lembrando a ela o que sempre havia dito: O que quer que fizéssemos juntos — por mais que eu gostasse e quisesse —, não podia mexer com Lydia; vê-la em Nova York, como tínhamos acabado de descobrir, mudava radicalmente a natureza do nosso relacionamento; além do mais, eu logo estaria em Paris por um bom tempo, e talvez pudéssemos nos encontrar em outros lugares também. Mas não em Nova York, onde tanta gente me conhecia e, cedo ou tarde, eu seria obrigado a mentir para Lydia. Como não queria insultá-la, não admiti que não desejava vê-la num lugar em que eu seria forçado a ir da cama dela — ou dela e de Robineau — para a de Lydia. E disse uma mentira também. Disse que não estaria na cidade na primeira quinzena de setembro, que iria com Lydia para Martha's Vineyard. Na verdade, iria sozinho, para velejar, mas fiquei com medo de que, se Léa soubesse disso, acabasse dando um jeito de aparecer por lá.

Naquela noite, contei a Lydia que a jornalista da *Vogue* que escrevera o artigo sobre mim em Paris tinha me ligado do nada, para me dizer que estava em Nova York, e que eu tinha ido almoçar com ela. Lydia me disse que já sabia; ou, pelo menos, que já sabia que eu tinha almoçado com uma mulher bonita com jeito de européia. Corinne, minha cunhada, havia ligado e contado a ela que tinha me visto. Depois, Lydia disse que eu talvez devesse ter convidado a moça para jantar. Respondi que, se ela achava conveniente, eu a convidaria da próxima vez, quando tivéssemos alguém parar servir a mesa, sobretudo porque o quadro que eu comprara em Paris e pendurara no escritório era de autoria dela: Léa Morini. Tinha ficado claro para mim que ignorar completamente a existência de Léa em nossas conversas seria difícil. Ao mesmo tempo, eu estava descobrindo em Léa traços de persistência, imodéstia e — sou obrigado a dizer — uma insensibilidade desconcertante. Será que essa percepção me veio enquanto fazia mos amor no quarto de Robineau, durante o almoço, quando ela sugeriu que voltássemos para o hotel, ou no meu escritório, quando ela me expôs seu plano para ficar perto de mim? Não tenho certeza. Fiz ainda uma outra descoberta: a tagarelice de Léa, tantas vezes incompreensível, mas que me atraíra em Paris, não produzia o mesmo efeito em Nova York. Ao contrário: eu estava em vias de achá-la irritante e, pior ainda do meu ponto de vista, chata. Como alguns outros produtos franceses finos, o charme de Léa não resistia à longa viagem intercontinental. Você já deve ter adivinhado isso, mas, apenas para lhe dar uma visão equilibrada da questão, admito que me chateio com a maioria das pessoas com quem sou obrigado a conversar. Por outro lado, tolero bastante bem aqueles com quem não preciso trocar mais do que poucas palavras em determinadas ocasiões. Às vezes, até me alegra a perspectiva de revê-los. A única exceção a essa regra do não fale comigo é Lydia. Dela, eu me apego a cada palavra. Portanto, como você pode bem inferir, o fato de eu achar que Léa me aborrecia resultava em grande medida da dissipação da necessidade absoluta de tê-la em minha cama, assim como da persistência do meu sentimento de culpa e do meu medo em relação a Lydia e a nosso casamento. Tudo isso me fazia querer evitar Léa.

Consegui driblar a visita de Léa e Robineau em setembro. Mas, muito antes disso, os telefonemas dela para meu escritório se transformaram num dilúvio de recados. Eu respondia a todos assim que podia, o que nem sempre era fácil quando Lydia e eu começamos a passar longos fins de semana em East Hampton, mas me esforçava bastante, dada a minha sensação crescente de que precisava atender ao menos em parte à demanda de Léa por atenção — e mesmo por minha presença —, antes que ela começasse a pensar que eu a estava abandonando. Por que essa possibilidade me perturbava? Não sabia ao certo. Minha resposta provisória era que eu não queria que ela explodisse. O que isso podia significar permanecia sem uma formulação mais precisa. E assim foi que, quando Léa voltou a Nova York, quase em seguida, para visitar um amigo e ex-grande amor, e sugeriu que, uma vez que esse grande amor ficava fora o dia inteiro, podíamos nos encontrar no apartamento dele, respondi que preferia passar um dia e uma noite com ela em Boston. Foi o que fizemos. Eu disse a Lydia que precisava visitar um de meus ex-professores de Cambridge, David Leach, para perguntar o que ele achava de certos temas recorrentes em George Eliot que pareciam ter ligação com meu novo romance. Isso, a propósito, era pura verdade, de forma que, de fato, me encontrei com David e não fui obrigado a contar a Lydia uma mentira completa. Claro, ela é tão discreta que nem me perguntou por que a visita exigia que eu passasse a noite lá. Fazer sexo com Léa em Boston foi tão bom como sempre. Mas a conversa não foi. Fiquei imaginando como seria em Paris. Começaria a trabalhar lá em outubro, a data ainda não estava definida.

Aqui, North fez uma pausa e perguntou: Você está acordado? Garanti a ele que estava, e interessadíssimo em todo aquele suspense. Muito lisonjeiro, ele respondeu. Só uma pequena pausa, então, e continuo com meu relato.

Você há de se lembrar, prosseguiu ele, que eu tinha mentido a Léa. Havia dito a ela que iria para Martha's Vineyard com Lydia no começo de setembro. Como disse, meu plano era ir para lá sozinho, para velejar. O que você acha que acabou acontecendo? Pois escute só. Para meu grande espanto — bom, e satisfação também, porque, para variar, eu estava mesmo feliz em abrir mão da solidão no barco e do silêncio absoluto na casa, enquanto eu trabalhava —, os dois filhos do meu cunhado, Ralph, pediram para ir comigo. Era possível ainda encaixar a viagem antes do começo do ano letivo e das aulas em Andover, porque eu estava indo para Martha's Vineyard na sexta-feira do fim de semana do Dia do Trabalho, na primeira segunda-feira de setembro. Não havia, é claro, nenhum lugar nos vôos diretos de Nova York, por isso pegamos o ônibus para Boston e, de lá, consegui fretar um Cessna bimotor. Um cético como você deve estar supondo que a coisa acabou mal, como em geral acontece com essas empreitadas bem-intencionadas. Mas não: as crianças são uns amores, e é possível que eu tivesse mudado um pouco, por ter sido obrigado a me olhar tão de perto enquanto escrevia *Perda*. Talvez tenha havido outras razões também. Não fiz meu número de capitão Queeg a bordo do *Cassandra*, nem o de *Diary of a Mad Housewife* em terra firme. Nós três lemos bons livros: Rob leu *Os irmãos Karamázov*, suponho que para compreender melhor o pai; Jenny, por razões que desconheço, leu *Notas do subsolo*, talvez para poder me entender melhor; e eu selecionei para ler passagens das *Confissões* de santo Agostinho, com o intuito de obter maior clareza quanto a minha posição em relação ao maniqueísmo. Passados ótimos dez dias, voamos de volta para Boston e, de lá, levei as crianças de carro até Andover, acreditando que tínhamos nos saído bem e que nos divertiríamos ainda mais no futuro, repetindo a aventura.

Muito bom, você não acha? Mas, infelizmente, o que acabo de lhe contar é história da carochinha. Agora vou contar a verdade. Achando que eu devia pôr um fim naquele beco sem saída das minhas relações com a família Frank, e acreditando que minha reputação de bicho-papão que odiava crianças era injustificada, convidei as duas crianças a me acompanharem no breve feriado náutico. A iniciativa, como você pode imaginar, demandou coragem e determinação da minha parte. Elas recusaram o convite. Adivinhe por quê. Bom, garanto que não foi porque queriam passar o pouco tempo que restava até o início das aulas trabalhando para a Liga Antidifamação, para alguma clínica de controle da natalidade ou para qualquer outra causa suprema, considerada digna de apoio pelo patriarca, Bunny Frank. O convite havia sido feito tão logo eles retornaram a East Hampton, de volta de seu *rafting* em águas turbulentas e do acampamento para observação de pássaros, respectivamente, e eles me disseram que iam pensar no assunto. Depois, disseram não. E como culpá-los por isso? Os dois me viam, eu me disse, como aquele sujeito muito estranho casado com sua tia Lydia. Podia apostar o que fosse que nem eles nem seus primos jamais haviam se referido a mim, ou pensado em mim, como tio. Mas não era só isso. Quando eu disse a minha sobrinha pequena, Jenny, que era uma pena, ela foi logo dizendo que era uma pena mesmo. A avó havia dito a eles que não fossem comigo. Jenny deixou escapar que a avó não confiava em mim. E eu perdi a paciência ou externei comentários ácidos e frios na presença de Lydia, na privacidade de nosso *ménage*? Não, senhor, não fiz isso. Sem ter sido solicitado a fazê-lo, mantive em segredo a indiscrição de Jenny. Fui sozinho para Martha's Vineyard e folgo em dizer que me diverti um bocado em minha casa maravilhosa, sem fazer a barba, mijando sempre ao ar livre, à exceção do dia em que choveu à beça, indo uma ou duas vezes tomar uma bebida com meus amigos antigos e velejando sozinho em meu barco maravilhoso.

Já mencionei minha escapada com Léa em Boston. De lá, voltamos para Nova York no mesmo avião. Eu a vi ainda uma vez durante a estada dela na cidade. Uma tarde, ela bateu na porta do meu escritório e me acordou do cochilo que eu estava tirando, depois de terminada uma página difícil de *Perda*. Contou-me que tinha ido à Brooks Bros. para comprar as camisas preferidas do *monsieur* físico, em tecido oxford azul e com botões no colarinho, bem como cuecas samba-canção do mesmo material. Comprinha estranha de se delegar a uma jovem amante, você há de pensar, mas já conheci outros franceses, perfeitamente racionais, com verdadeira paixão por esses mesmos itens de vestuário. Como ela estava nas proximidades, tinha pensado em mim e notado que estava na hora do chá. Por isso, comprara um bolo inglês, de frutas. Será que eu podia fazer um chá?, ela perguntou. Na verdade, eu podia, sim. Tomamos nosso chá pacificamente, e cada um comeu um pedaço de bolo. Ela embrulhou o que sobrou para levar para casa, para seu velho grande amor. Justo quando achei que ela estava indo embora, Léa me disse que gostaria de ficar ali, quietinha no sofá-cama, enquanto eu trabalhava. Disse a verdade a ela: que era impossível, que a única pessoa em cuja presença eu conseguia escrever era Lydia. Se é assim, vou-me embora, disse ela, mas fique sabendo que você me magoou. Pensei que você ia gostar da minha presença aqui, depois de momentos tão agradáveis. Ocorreu-me, mais tarde, que eu havia cometido um erro; melhor teria sido concordar com ela, ainda que isso implicasse precisar fingir que estava revisando algum texto. Mas, na hora, pensei que, se ela ficasse, acabaríamos fazendo amor, o que eu não queria, e, além disso, que a estaria encorajando a tomar outras iniciativas daquele tipo. Não queria mimá-la, por assim dizer.

À exceção dos cartões que ela me enviava com regularidade, decorando-os com figurinhas grotescas, muitas vezes obscenas, e versinhos burlescos, não tornei a ter notícia dela por uma semana ou talvez mais, até que, numa manhã, ela me ligou e deixou um recado. Tinha algo urgente a me dizer. Gelei. Ela não usava diafragma; na verdade, alegava nem ter um e insistia para que eu não usasse camisinha, porque ela tomava pílula. Eu atendia ao pedido com todo o prazer, embora não acreditasse muito nela. O assunto urgente só podia ser que ela estava grávida. Não era. Ela me contou uma história complicada, acerca de um jantar em que os convidados eram na maioria jornalistas ou gente do ramo editorial. Mencionou alguns nomes, mas não reconheci nenhum. Na altura do cafezinho, o assunto da conversa passara a ser escritores americanos, e um jornalista do *L'Express*, que andara pesquisando para escrever uma matéria sobre cursos de redação criativa em universidades dos Estados Unidos, havia dito que era voz corrente nos círculos literários nova-iorquinos que eu sofria de leucemia aguda. Léa jurou que não tinha dormido a noite inteira, que estava muito chateada, mas que não acreditava que eu não tivesse contado a ela que estava com uma doença grave. Além disso, eu parecia muito bem da última vez que ela me vira, o que ela logo dissera aos demais, para provar que a notícia só podia ser falsa. Mas o jornalista respondera que, muitas vezes, as pessoas que tinham câncer não queriam que os outros soubessem e, na verdade, faziam de tudo para ocultar sua doença. Garanti a ela que minha saúde estava perfeita. Alguns dias depois, Léa me deixou outro recado urgente na secretária eletrônica. Quando consegui falar com ela, me disse que tinha ido a um jantarzinho no apartamento de Robineau — apenas como convidada, porque o grande amor dele, Françoise, estava de volta de um trabalho em Moscou. De novo, falaram de escritores americanos, e ela mencionou como tinha gostado de me entrevistar. Ao que, então, um dos amigos de Robineau, um editor que havia trabalhado para minha editora francesa e que, por isso, eu conhecia de nome, havia dito que era voz corrente em Nova York que eu dizia às pessoas ter leucemia só para explicar meus sumiços freqüentes. O terrível era que meus episódios maníaco-depressivos tinham se tornado tão graves que Lydia, com freqüência crescente, tinha de me obrigar a me internar numa clínica psiquiátrica. Quatro semanas a cada vez! Ela não se lembrava do nome do hospital, mas achava que era algo parecido com o daquela famosa loja de departamentos. Bloomingdale, sugeri, em Westchester. Era isso mesmo, era esse o nome que o editor tinha dito. Claro, ela o havia contestado, dizendo que tinha contato comigo e que eu estava perfeitamente bem. Um outro convidado, então, interviera, afirmando que, quando North não precisava ser trancafiado, era porque o medicamento estava fazendo efeito. O caso dele é igualzinho ao de Lowell, o sujeito concluíra. Além da psicose, North está bebendo até morrer, já está com cirrose hepática em estágio avançado. O bronzeado constante é para ocultar a icterícia. Tem algo de verdade nisso tudo?, Léa me perguntou. Disse a ela que se acalmasse, que estava me sentindo bem e, que eu soubesse, não tinha histórico de doença mental. Quanto a meu alcoolismo, ela decerto havia notado que eu bebia menos do que a maioria dos seus amigos parisienses. Devo tê-la convencido, porque ela sorriu e disse que eu era *un amour*.

De modo geral, não dou atenção a fofocas a meu respeito. Faz parte, pode-se dizer, como todo escritor que já publicou um ou dois livros de sucesso. No tocante aos "círculos literários nova-iorquinos", estou disposto a liderar uma expedição antropológica de busca a esses tais círculos — em qualquer lugar fora das mentes dos colunistas sociais e dos correspondentes estrangeiros que escrevem sobre o estado da cultura americana. Mas aquela tagarelice de Léa me preocupou, sim, porque me revelou que ela circulava por Paris falando de mim. Por um lado, não tinha importância. Ela havia feito uma entrevista comigo que fora alvo de um bocado de atenção. Assim sendo, por que não haveria de usar o que quer que soubesse a meu respeito para brilhar à mesa? Por outro, porém, tinha importância, porque Léa dispunha agora de muita informação sobre mim que não podia ter sido adquirida durante um cafezinho no Flore. Mais cedo ou mais tarde, integrantes do universo fofoqueiro parisiense, que gosta de visitar Nova York, somariam dois e dois e começariam a falar de *la petite* Morini, tão íntima de John North. Meu humor andava enegrecendo com minhas auto-acusações. E, naquele momento, eu era de novo assaltado — não, a palavra não é demasiado forte — por minha ansiedade quanto a *O formigueiro*, o que só gerava mais apreensões no tocante a *Perda*. E, claro, uma coisa sempre leva à outra, aquela ansiedade dizia respeito também a toda a minha obra anterior. A questão era de uma simplicidade brutal e de terrível consideração: se meus livros não valem nada, se são desnecessários, então minha própria vida, dedicada em grande parte a escrevê-los, havia sido um desperdício.

O que deflagrou essa crise não foi nada que tivesse a ver diretamente com *Perda*; o livro avançava devagar, mas eu seguia adiante e, de tempos em tempos, quando relia ou corrigia o texto, ele até me divertia e surpreendia. Eu nem podia imaginar de onde tinha tirado algumas das coisas que havia escrito, mas estava feliz por vê-las ali. A adaptação de *O formigueiro* para o cinema tinha sido a causa imediata. Recebi do produtor um texto que ele descreveu como a versão quase final do roteiro. De acordo com o contrato, eu tinha o direito de revisá-lo e submeter sugestões, correções etc. à consideração dele e de seus colegas. Nada além disso. A qualidade dramática do roteiro me pareceu bastante boa. Na certa, não ia fazer o público dormir. Mas me afligiu o sentimentalismo da história e das personagens centrais. Com certeza, aquela não tinha sido minha intenção, não era o que eu lembrava de ter escrito, e não se trata, deixei muito claro, de um defeito do romance, que reli com muito cuidado. Mas não era possível que o roteirista — eu o conhecia e sabia que não era nenhum bobo — tivesse identificado alguma falha no cerne do meu livro? Algo de que eu não tinha consciência, mas que ele havia trazido à superfície? E havia ainda um toque de vulgaridade no roteiro. Tinha sido provocado por meu livro? Ou, o que era igualmente triste, será que havia um abismo tão gigantesco e insuspeito a me separar da maioria dos meus leitores? Pedi a opinião de Lydia. Ela me tranqüilizou: defeito e abismo não estavam lá. Nesse caso, ela era a única leitora que me entendia? Parti do princípio de que ela me dera uma resposta sincera e afastei o melhor que pude aquelas dúvidas todas, pondo-me a restituir ao roteiro a forma que julgava correta, mas trabalhando com pouca velocidade e satisfação. A pressão foi amenizada por um acidente esdrúxulo, um exemplo, suponho, de como a providência socorre escritores com prazos apertados. A atriz principal de *O formigueiro*, o filme, tendo acabado de concluir outra filmagem no oeste da Austrália, decidiu se dar de presente um fim de semana de esqui aquático. De algum modo, tinha sofrido um acidente sério o bastante para adiar nosso cronograma de filmagem em cerca de duas semanas. Ainda assim, fui para Paris conforme o planejado. Como boa parte da ação era ambientada lá, diretamente ou em *flashbacks*, o diretor achou melhor começar por Paris e me disse que era lá que eu poderia ser de maior ajuda.

Pierre já havia me ligado para confirmar o empréstimo do apartamento da tia, na avenue Gabriel. Não há rua parisiense que seja mais teatral, com sua fileira de prédios brancos engomados que parecem exibir-se ao sol outonal, dando para os fundos do jardim onde, quando criança, o narrador de Proust, com o coração na boca, aguardava pela aparição da pequena Gilberte Swann, em seu casaco cinza de inverno com colarinho de pele e na companhia de sua formidável governanta. Pierre foi me encontrar no apartamento e me apresentou a madame Marie, que era quem cuidava da casa. Depois de me mostrarem o apartamento e depositarem minhas malas no quarto — eu ficaria naquele que havia sido do finado tio de Pierre, e não no da tia —, sentamo-nos para o almoço preparado e servido por madame Marie. Pierre parecia bem, mantinha ainda o bronzeado das férias de verão e estava em melhor forma do que aparentara poucos meses antes, quando julguei que ele já não poderia esconder uma nascente barriguinha de meia-idade. Cumprimentei-o pela aparência. Durante as férias com Marianne e as meninas na Córsega, andara fazendo esforço sério, disse-me, para nadar todo dia e jogar tênis, apesar do calor. A menção a férias familiares foi tranqüilizadora. Senti-me mais à vontade para perguntar como estavam as coisas entre ele e Marianne. Pierre respondeu que não sabia bem. Não havia dúvida de que ela tinha ido a Londres com alguém. Na verdade, logo após a viagem, ele descobrira com quem. Conhecia o sujeito: o diretor financeiro de uma das grandes grifes de moda, divorciado, dois filhos, a mulher se casara de novo. Marianne, no entanto, não havia dito nada sobre ele ou sobre o caso que estava tendo, e, a não ser pelas viagens que, em teoria, fazia sozinha, não tinha havido nenhuma mudança no comportamento dela. Ela e Pierre dormiam juntos com menos freqüência, mas, de modo geral, tudo transcorria de forma agradável e polida, ainda que com certa frieza. Pierre achava que as meninas também percebiam o que estava acontecendo, mas não diziam nada. Assim sendo, não sabia ao certo o que fazer. Falar com Marianne? Esperar que aquilo passasse? Aquela talvez fosse uma experiência de que ela, de algum modo, necessitava, depois de toda uma vida de tanta sensatez e tanto trabalho duro. Pierre sabia que Marianne costumava me confidenciar coisas, porque éramos colegas na escrita, e tinha pensado em me pedir que a convidasse para almoçar, só para ver se ela comentaria comigo aquela situação, mas, no fim, acreditava que devia ficar na sua, tanto quanto ela, e esperar. Vi que lágrimas se formavam nos olhos dele e, por isso, me concentrei por um momento nos espinhos do peixe em meu prato e disse-lhe que achava que ele tinha razão. Era óbvio que ele não queria que ela se fosse. E como nem Marianne nem o tal homem pareciam dispostos a encarar o que fosse que estivessem fazendo como algo que precisava ser admitido e discutido, não havia curso melhor a seguir do que dar àquele relacionamento uma chance de terminar por si só. Eu imaginava, disse a Pierre, que algum dia ele e Marianne tivessem de conversar sobre o assunto, mas não havia pressa. Pierre concordou. Eu só tinha dito o que ele queria ouvir, mas, no fundo, acredito ter lhe dado um bom conselho. Marianne estava com Pierre, as meninas não pareciam mais desorientadas do que as outras garotas da idade delas, e acho que tanto elas como Marianne agradeciam a ele pela paciência e discrição. O tal sujeito não fazia parte desse quadro.

Pierre me perguntou se Lydia viria me visitar em breve. Contei a ele que tínhamos precisado improvisar. Lydia desenvolvera um tratamento experimental muito promissor para a esclerose dos glomérulos — vasos capilares do rim, pequenos, mas fundamentais —, uma doença terrível que pode afetar os bebês e, se não contida, conduz à insuficiência renal. Um grande avanço podia acontecer muito em breve. Sua presença no hospital era necessária, e mesmo pequenas ausências já a deixavam nervosa. O mais provável era que eu fosse vê-la em Nova York com maior freqüência do que ela visitaria Paris. Talvez para desanuviar um pouco o clima, Pierre me assegurou que, no tocante a minhas eventuais atividades de homem solteiro, a barra estava limpa. Os quartos de madame Marie e da faxineira ficavam no último andar do edifício, e as duas tinham visões bastante liberais quanto ao tipo de vida que os homens estavam autorizados a levar — contanto que madame Marie não se apaixonasse por Lydia de imediato, como todo mundo que travava contato com ela. Nesse caso, ela podia desenvolver um senso de lealdade para com Lydia e, no mínimo dos mínimos, iria emburrar e me fuzilar com olhares de gelar o sangue se encontrasse qualquer mocinha tomando o café-da-manhã comigo na cama. Aquela não era uma boa notícia. Se Lydia conseguisse escapar de Nova York, eu tinha esperança de que ela se hospedasse naquele apartamento cheio de sol, mais bonito do que qualquer quarto de hotel que eu pudesse imaginar. No apartamento magnífico que a tia de Pierre mantinha para suas visitas a Paris, nas raras ocasiões em que saía de Buenos Aires, eu imaginara que haveria algum tipo onipresente de faxineira portuguesa clássica, mas, imbecil que sou, não me ocorrera que poderia encontrar ali alguém como madame Marie, uma antiga empregada que servia a família desde quando a tia ainda era mocinha e que levava muito a sério sua posição de autoridade moral da casa. A faxineira era, de fato, portuguesa, mas também ela trabalhava para a tia de Pierre fazia muitos anos. Como conciliar as visitas de Lydia com as de Léa era assunto que demandaria alguma reflexão. Enquanto eu assim pensava, Pierre seguira desenvolvendo sua própria linha de pensamento. Contou-me que tinha topado com a *petite* Morini em jantares, aqui e ali. Além disso, ela estava fazendo uma matéria sobre os marchands da *rive droite* e tinha ido à galeria conversar com ele e com seus funcionários, e ele a havia levado para almoçar do outro lado da rua. Ela fala de você, Pierre me disse. Da sua obra — ela parece ter se tornado uma especialista nos seus romances —, da filmagem de *O formigueiro*, da matéria que pretende escrever sobre isso, do quadro que você comprou dela, de como ele ficou bem no seu escritório, em Nova York, da pesquisa revolucionária de Lydia e da esperança que tem de vir a conhecê-la. A moça é legal e muito talentosa, mas livrar-se dela pode ser tão difícil quanto acabar com piolho, se ela achar que agarrou alguma coisa. Sempre caíra bem em Pierre o nariz comprido, com o qual ele gostava de produzir fungadinhas enquanto, curioso, olhava ao redor. Interpretei como uma pergunta o silêncio que se seguiu. Gosto dela, eu disse, e também acho que ela tem talento. Tive de pendurar o quadro no escritório, porque imaginei que Lydia não suportaria a pintura em casa. Foi uma decepção para Léa. Acho que ela esperava encontrar sua obra em cima da lareira da minha sala de estar.

Pierre assentiu. A experiência mostra, disse-me ele, que é melhor trazer logo a *petite* Morini de volta à Terra do que deixar para mais tarde. Ela contou a metade de Paris sobre seu grande amor, mencionando explicitamente o ganhador do prêmio Nobel. Não faz diferença, porque a mulher dele não se importa.

Ou talvez pense que uma vigorosa sessão semanal com Léa faz bem ao coração do velho, para não falar no outro órgão. O velhote na certa não se importa que fiquem sabendo da sua capacidade ainda incólume de desempenho. Mas suponha que a mulher se importe. O dinheiro do prêmio é legal, mas, no mundo atual, não é grande coisa; ser membro da Académie Française é muito legal também, assim como as aulas no Collège de France, mas isso não dá dinheiro, e é a mulher a dona do apartamento no Palais Royal, do *château* na Normandia e da *villa* em Cap Ferrat. Isso sem falar na renda mensal, que é o que toca o barco.

Foi minha vez de concordar. Então, Léa tinha contado a Pierre. Por que não haveria de contar? Eu logo descobriria a quem mais ela havia contado tudo e onde tinha dado dicas nada difíceis de interpretar. Não estava convencido da sabedoria de tentar trazê-la de volta à Terra. A manobra podia funcionar para um francês e em Paris, porque estava em concordância com a doutrina local acerca das relações entre os sexos. A maneira como Léa falava das pessoas evidenciava um juízo sagaz. Se dissesse a ela que devíamos agradecer pelos bons momentos que havíamos tido, mas que, doravante, seríamos apenas bons amigos, tinha medo de que ela percebesse de imediato que eu estava representando um papel e não me desse crédito. Ela podia até mesmo pensar que quem estava me instruindo era Pierre. De todo modo, não teria a menor dúvida sobre minha vulnerabilidade e covardia quando se tratava de Lydia. Eu não podia prever o que Léa faria, concluí, se se sentisse desprezada. Era possível que se vingasse.

Jantei com ela no Balzar naquela primeira noite, depois de, à pergunta de madame Marie, ter respondido que iria sair e que não seria necessário preparar nada para mim. A propósito, foi uma surpresa agradável notar que madame Marie não pretendia me tratar como uma espécie de inquilino temporário — a tia de Pierre recusara categoricamente minha oferta de aluguel, concordando apenas em que eu podia pagar os salários dos empregados, as despesas de condomínio e, claro, o que comesse e bebesse —, mas como alguém que morava ali de fato e de cujas necessidades ela cuidaria, de tal modo que, toda manhã, ela me perguntava se eu almoçaria e jantaria em casa e quantos convidados eu esperava receber, para, então, propor um cardápio para cada refeição. A surpresa que tive no Balzar não foi tão bem-vinda. Léa tinha convidado uma jovem colega da *Vogue* francesa, editora da seção que contava aos leitores quem tinha sido visto onde e com quem; convidara ainda o namorado americano da moça, advogado de uma firma de Nova York que tinha um escritório na place de la Concorde; e, por fim, um francês com cara de bebê, que supus ser advogado também, até perceber que seu ramo de atuação tinha algo a ver com finanças internacionais e que ele era cliente do advogado americano. Eu estava ali na condição de guloseima especial, uma espécie de *petit gâteau* humano, mas ninguém esperou até a hora da sobremesa. Em vez disso, fui passado de mão em mão e servido tão logo nos sentamos. Em princípio, você sabe, não me importo com imposições dessa natureza: sei que, como todo escritor com um ou dois livros bem conhecidos, vou ser usado para entreter amigos de amigos. Além disso, experiências recentes em East Hampton e Nova York tinham revelado uma alta no valor da minha conversa, por causa de *O formigueiro*, o filme: era mais fácil para os convivas interrogar o escritor sobre o produtor, o diretor e as estrelas do filme do que falar sobre os romances em si, que não tinham lido, de que tinham se esquecido ou não tinham gostado. Eu tampouco me importava de ser privado de um *tête-à-tête* romântico com Léa — como já disse a você, tinha decidido que ela era um porre e me sentira um tanto apreensivo quanto à conversa que teria de sustentar sozinho à mesa, antes de receber o pagamento na cama. Não dava muita bola nem mesmo para a perspectiva de ter de pagar a conta daquele simpósio literário-surpresa, o que julgava ser minha obrigação, uma vez que eu havia convidado Léa, e ela se sentira à vontade para chamar os amigos, muito embora, diante do consenso geral de que ficaríamos no champanhe durante todo o jantar, eu tenha percebido que a soma total não seria nada desprezível. Sentia-me abarrotado com o dinheiro do filme. Incomodava-me muito, porém, o outro consenso reinante à mesa: o de que eu era o namorado-troféu da mocinha que arranjara o jantar. Não havia como escapar daquela conclusão. Era como me viam. Eu não tinha dúvida de que Léa dera a dica à colega muito bonita, que, por sua vez, não terá ocultado o detalhe do namorado americano; e quanto ao financista francês, meu sexto sentido e o ar de auto-satisfação do rapaz advertiram-me de cara que ele talvez fosse um de meus predecessores. Nesse caso, a própria Léa lhe teria informado. Será que havia alguém na *Vogue* francesa, pensei comigo, que ainda não soubesse, à exceção das faxineiras, dos contadores e dos motoboys que entregavam cópias antecipadas da revista a membros privilegiados de *le tout Paris*? Quem eram os sócios franceses da tal firma americana de advocacia, que reconheci ser uma das que os Frank usavam com freqüência? Decidi não perguntar. Três dos sócios nova-iorquinos eram homens com quem eu tinha estudado no colégio ou na faculdade. Será que o financista, meu predecessor com cara de bebê, era provedor de recursos para meu cunhado Ralph? O leque de possibilidades era imenso e desalentador. E aquela era apenas a primeira noite de uma estada parisiense que bem poderia durar dois meses ou mais. De repente, ocorreu-me que, afinal, se ia haver uma explosão, melhor seria seguir o conselho de Pierre e deixar que acontecesse logo.

Mas você não fez isso, aparteei.

Claro que não, respondeu North. Eu temia as conseqüências e, pior ainda, estava aparvalhado.

Levei Léa para casa comigo naquela noite, prosseguiu North,

e a mantive ali até amanhecer, embora ela não estivesse levando roupas para ir ao escritório na manhã seguinte. Disse-lhe que pouco importava, que ela podia ir trabalhar em seu conjunto preto ou que podia dar uma passada no ateliê e se trocar, se se preocupava tanto com o que vestia. Eu chamaria um radiotáxi para levá-la até a rue de l'Abbaye, esperar que ela se trocasse e seguir viagem até a place du Palais Bourbon, onde estão sediadas a *Vogue* e outras operações da Condé Nast. Tudo que me importava era que ela ficasse ali, comigo, a noite inteira, caso eu acordasse e a quisesse, fosse no ato ou para começar o dia, logo de manhã. Ela fez como eu havia dito e, a partir de então, a não ser que eu a encontrasse para jantar e a trouxesse para casa, ela própria entrava no apartamento com a chave reserva que eu lhe dera. Em geral, eu ainda estava acordado, trabalhando ou lendo; do contrário, ela ia direto para a cama. Passei a levá-la cada vez menos a restaurantes e logo comecei a me recusar a acompanhá-la ao teatro ou a vernissages. Quando saíamos para jantar, eu escolhia algum bistrô corriqueiro ou, melhor ainda, um daqueles restaurantes burgueses algo mofados ainda existentes em certos bairros, que servem boa comida mas estão completamente fora de moda, e rezava para que ninguém que a conhecesse ou me conhecesse estivesse lá na mesma noite. Em qualquer outro lugar, corríamos o risco de ser vistos, de comentarem ou mesmo de sermos fotografados para uma página qualquer de fofocas. Não precisei explicar isso a Léa. Ela continuou insistindo em que discrição era coisa necessária para proteger inclusive a ela — bem como ao *monsieur* físico, e agora falava também em ocultar tudo aquilo dos pais e irmãos —, o que não a impedia de fazer beicinho ou reclamar que eu a estava tratando como uma putinha barata com quem não desejava ser visto. Bom, era isso mesmo, claro, eu é que não ia negar. Não escondíamos nossas atividades de madame Marie. Os lençóis contavam a ela e a sua colega tudo quanto precisavam saber, uma vez que Léa não tendia a se dar ao trabalho de evitar deixar pistas. Talvez ninguém tivesse lhe ensinado como fazer. De todo modo, Léa ostentava um aspecto perfeitamente digno quando se via cara a cara com madame Marie de manhã, o que acontecia às vezes, embora eu lhe tivesse informado que não era necessário ela descer tão cedo lá do seu quinto andar; em vez disso, tinha pedido que, antes de se retirar, ela deixasse o café-da-manhã numa bandeja que eu pudesse carregar para o quarto. Ao mesmo tempo, Léa conseguia de algum modo se fazer tão insignificante e pequena que me permiti entreter a esperança de que ela não estivesse causando grande impressão em madame Marie. O café-da-manhã que madame preparava era, claro, para dois. Pedir café para um teria sinalizado a madame Marie que eu era não apenas um traidor, infiel à esposa, como também um covarde, tímido demais para fazer com que sua *poule* recebesse ao menos o suco de laranja, o croissant e o café matinal.

Para compensar por esse tratamento mesquinho durante a semana, em dois ou três fins de semana nos quais não planejava ver Lydia viajei com Léa a lugares onde era mínima a probabilidade de eu topar com amigos meus ou de Lydia. Levei-a, pois, a Viena, onde Léa nunca havia estado, e Bourges, sede de uma gloriosa catedral que eu ainda não tivera oportunidade de ver, apesar do meu amor pelo gótico clássico. Bourges, de resto, se gaba de possuir um hotel apropriado a escapadas clandestinas de fim de semana. Daqui a pouco conto mais sobre Bourges, para ilustrar como minha obsessão sexual por Léa, que julguei que estivesse minguando, tinha, na verdade, alcançado o auge. E os fins de semana com Lydia? Devíamos tê-los passado em Paris, no maravilhoso apartamento da avenue Gabriel. Mas não foi assim. Melindrou-me receber Lydia na cama que era palco das minhas vigorosas atividades noturnas com Léa. Numa das vezes, fui encontrar Lydia em Londres, e durante uma visita dela em que não foi possível evitar Paris, ficamos no Ritz. Disse a ela que estava pagando a promessa feita quando me mudei do Pont Royal para lá, naquele fim de semana fatídico do Memorial Day. Meu desejo por Lydia, quando a vi, também não havia diminuído, e é bem possível que tenhamos feito amor mais vezes do que, em outra situação, teríamos feito naquelas mesmas condições adversas, considerando-se o cansaço dela, depois de voar a noite inteira, e o meu, depois de uma semana de batalha com o diretor, o produtor e aquele roteirista tenebroso. Mas às vezes eu observava em mim algo que me perturbava muito mais do que eventuais sinais de diminuição da libido ou do desempenho, que, de todo modo, inexistiam. O que me parecia era que havia momentos em que eu me ressentia do fato de Lydia não ser Léa, e essa era muito provavelmente a razão pela qual eu fazia amor com Lydia de um jeito menos terno. Lydia sentiu isso, tenho certeza, ficou perplexa, mas, como de costume em se tratando de nossa vida sexual, não disse nada.

Pois bem, voltemos a Bourges. Eu tive uma namorada na faculdade cujo comportamento sexual era ainda mais licencioso, digamos, do que o de Léa ou de qualquer outra mulher que conheci desde então. Não tenho idéia se hoje aquela garota está viva ou morta, e por isso, em respeito a ela, vou chamá-la de Daphne. A mulher era doidona, no vocabulário da época. Eu me lembro de termos trepado durante uma partida de xadrez numa saleta da casa dos pais dela, nós dois inteiramente vestidos, eu sentado numa cadeira sem braços, ela montada em mim, subindo e descendo cada vez mais rápido, o rosto enfiado no meu ombro, os troféus de boliche dos pais dela em exposição numa prateleira bem no meu campo de visão, os pais na sala de jantar, colados à televisão; outra vez, num cantinho aconchegante sob a arquibancada coberta de Baker's Field, enquanto os filhos de Harvard e Yale passavam por nós, enfileirados, depois do jogo. Sessões semelhantes aconteceram também em cima de uma pilha de sobretudos, no quartinho de um professor durante um coquetel, e numa pequena clareira no bosque, nós observados por um dos primos deploráveis dela, não muito bem escondido atrás de umas samambaias. Esse primo a tinha iniciado aos doze anos, fixando um padrão de desempenho que nunca consegui alcançar. Aliás, também nunca consegui atingir o padrão fixado pelo primeiro grande amor de Léa, um gênio maluco que, ao que tudo indica, não precisava gozar. Depois de mais ou menos um ano dessa bem-aventurada felicidade com Daphne, ela adoeceu. A testa, as mãos, o corpo dela ferviam, de tão quentes. De início, acharam que era gripe e, por isso, ela não fez nada a respeito, continuou freqüentando meu quarto com os olhos brilhantes, a boca fervendo e fervendo também você sabe bem o quê. Foi quando descobri o barato extraordinário e inigualável de enfiar o pau num corpo ardendo de febre. Recomendo vivamente. Mais tarde, descobriu-se que ela estava com uma hepatite brava e a internaram num hospital, onde, tendo declarado ser o noivo, eu podia entrar no quarto dela fora do horário de visitas e untar seu corpo com cremes, além de desfrutar de delícias outras, refinadas, mas inconfessáveis. Que certas doenças atuam como um estímulo erótico poderoso é fato bem conhecido, tanto na vida como na ficção. Mas já me distanciei de Bourges.

As glórias da catedral, incluindo-se aí os vitrais poupados na Primeira e na Segunda Guerra, ultrapassaram todas as minhas expectativas. Mas, inesperadamente, reinava nela um frio gélido de primeiro círculo do inferno. Como eu não havia levado roupas quentes para Paris, sentia cada um dos meus ossos, até mesmo os menores, congelar. Não adoeço com facilidade. Mas, já no almoço, depois da visita à catedral, soube o que me aguardava: os calafrios, a febre, a temperatura semelhante à da fornalha de Nabucodonosor. Com Léa ao volante, voltamos para Paris, para o adorável calor do apartamento e para uma madame Marie de súbito maternal, preparando sopas diversas para meu pronto restabelecimento, nenhuma das quais me dispus a tocar por vários dias. Eu sabia o que queria: queria Léa, porque, depois do almoço delirante e alcoólico, tinha descoberto que montar seu corpo fresco e ágil, enquanto o meu ardia em febre, era o oposto fabuloso do que eu havia experimentado com Daphne e já tinha quase esquecido. Pierre chegou, convocado por madame Marie, deu uma olhada em mim e queria me despachar para o hospital parisiense aonde os americanos ricos vão para morrer. Como ainda não me sentia pronto para o céu, me recusei a ir, e negociamos supositórios fornecidos por seu médico. A febre não cedeu por quase uma semana, proporcionando-me um descanso do trabalho nas filmagens e em *Perda*, enquanto eu zanzava pelo apartamento, completando-se a rendição a minha paixão por Léa. E descanso também dos telefonemas a Lydia e das mentiras que fora obrigado a contar a ela. Enviei-lhe um fax, anunciando que tinha perdido a voz e que ligaria de novo tão logo a recuperasse. A desaprovação expressa por madame Marie não importava mais. Léa aparecia durante o dia para ver como eu estava — às vezes, mais de uma vez. De imediato, nos enfiávamos sob as cobertas do meu sofá suarento e amarfanhado.

North engoliu uma nova dose de uísque com soda, como se ainda estivesse febril. Você acha que me comportei como um louco, disse-me ele.

Fiz que sim.

Pois tem razão, eu estava meio louco mesmo, ele prosseguiu, enlouquecido pela febre e pelo sexo. Ainda assim, a despeito de tudo que aconteceu, não acho que abriria mão daquela semana com Léa, mesmo que eu tivesse o poder de mudar o passado.

Seguiu-se uma longa pausa, depois da qual ele disse: Na França, entre os inúmeros prêmios literários que, no outono, ocupam as mentes de romancistas, editores, resenhistas, jornalistas culturais e gigolôs da literatura, não dando nenhum espaço a outros assuntos, dois deles premiam romances publicados em tradução francesa no ano anterior. Um é considerado muito bom. Na verdade, nenhum deles conta muito na indústria francesa do livro, porque é pequeno o interesse por escritores que não escrevem em francês. É um caso perfeitamente razoável de endogamia, que pouco ou nada interfere no amor que os envolvidos sentem por literatura estrangeira. Comecei a receber dicas de que *O formigueiro* poderia ganhar um desses prêmios — embora não o melhor, porque havia um arranjo para que esse prêmio fosse concedido a um romancista iraniano exilado, que escrevia em farsi. Como os membros dos júris literários franceses em geral trabalham para as editoras, seja como editores, seja na seleção de manuscritos para publicação, boatos sobre arranjos circulam loucamente por Paris. Alguns podem defender, por exemplo, que um júri deva premiar um romance dessa ou daquela casa, e isso por nenhum outro motivo que não seja a distribuição equânime de prêmios entre as editoras. Nesse cenário, não me surpreendeu que a primeira dica tivesse chegado a mim pela boca de Xavier, que certamente teria conversado com seu homem no júri do segundo prêmio. Na verdade, eu os imaginava arquitetando juntos a estratégia para a vitória. A segunda dica, porém, veio de Léa. E me deixou inquieto. Para ter acesso a uma informação sobre um prêmio literário de segunda categoria, pensei comigo, um assunto que com certeza não era de grande interesse para o pessoal da *Vogue*, ela devia ter xeretado, o que significava que andara perguntando sobre minhas chances e coisas assim, o que, por sua vez, significava que Léa andava manifestando interesse especial por mim. A freqüência com que eu recebia aquelas dicas se acentuou. Agora, ademais, falavam sobre o prêmio melhor, e não sobre o segundo melhor. Além disso, eram dicas mais detalhadas. Diziam, por exemplo, que os jurados X, Y e Z votariam em mim com certeza; a única dúvida era se o jurado B podia ser conquistado; o que podia ser feito para assegurar a ele que, da próxima vez que precisasse, ele poderia contar com X, se não com o próprio Y? Tínhamos certeza de que o jurado D conhecia minha obra, de que já tinha lido mais do que *O formigueiro*, que lera em inglês, como cabia a um especialista no romance vitoriano e a um biógrafo de Dickens? Havia dias em que ambos, Léa e Xavier, tinham novidades para contar, e não era incomum que Léa fosse a primeira a me relatar anedotas suculentas, que Xavier ou não tinha ouvido ou não se dignara a me contar.

Por fim, Xavier sentiu-se confiante o suficiente para sugerir que, considerando-se a situação, eu talvez quisesse convidar Lydia para o anúncio do prêmio na terça-feira seguinte, porque eu seria o ganhador. O jeito como ele fez essa sugestão me deu uma indicação de que ele talvez achasse que Lydia e eu tínhamos nos separado — e por que ele haveria de pensar uma coisa dessas senão por causa de Léa? —, ou que havia alguma relutância da minha parte em conceder a Lydia o lugar de honra na cerimônia. Respondi que ligaria para ela naquela mesma noite; a não ser que o trabalho a impedisse de se ausentar, eu tinha certeza de que ela estaria lá. Naquela mesma noite significava à meia-noite, horário de Paris, que era o melhor momento para alcançá-la em sua sala, no hospital. Como fora jantar na casa dos pais, Léa tinha acabado de chegar ao apartamento da avenue Gabriel, e nós ainda não tínhamos feito amor. Achei difícil não comê-la de imediato, ainda mais porque eu podia sentir que ela também queria, mas julguei que seria melhor falar com Lydia primeiro. É provável que você pense que foi uma coisa vergonhosa ligar para minha mulher com a amante do lado, e imagino que você tenha razão, mas arranjos desse tipo são uma imposição da diferença de fuso horário. Além disso, quando eu dizia a Léa que ia telefonar para Lydia, ela dava um jeito de sair da sala sem que eu precisasse dizer nada, e com tamanha discrição que nem sempre eu percebia de imediato sua ausência.

Por isso, acreditei que ela tivesse saído do escritório daquela vez também. Eu explicava a Lydia que o jantar comemorativo promovido por Xavier seria coisa grande, mas que o figurino não seria dos mais exigentes, porque a tradição nos obrigava a demonstrar espanto quando o prêmio fosse anunciado. Assim sendo, o jantar devia ter um aspecto de improvisação. De repente, senti que Léa estava no escritório, afinal, mas nuazinha em pêlo. Os cabelos caíam soltos sobre os ombros, num estilo que ela chamava de princesa cigana. Ela vinha em minha direção fazendo uma espécie de dança do ventre, se contorcendo e se tocando nos seios e no meio das pernas, toda lânguida. Fiz um gesto para que ela saísse e, como você já teve oportunidade de notar, meus gestos são bastante expressivos. Mas ela fez que não com a cabeça, ajoelhou-se à minha frente — nesse meio-tempo, eu me levantara — e passou a acariciar meu pau. Mantendo a voz sob controle, eu disse a Lydia que, como estava me preparando para tomar banho, tinha deixado a torneira aberta e que a banheira devia ter transbordado, mas que eu ligaria de volta assim que desse um jeito na bagunça. E desliguei. Léa já tinha aberto minha braguilha e trabalhava decidida e concentrada. Quando ela terminou, mal fez uma pausa antes de perguntar se eu tinha mesmo dito a Lydia que a queria em Paris no dia da premiação. Perguntei como ela podia imaginar que fosse de outra maneira. Léa respondeu que achava que aquele dia seria dela — meu e dela, juntos. Não fiz nenhum comentário, e nada mais foi dito entre nós sobre o assunto.

De novo, meu amigo ficou em silêncio. Senti a iminência de outro confronto que ele talvez relutasse em descrever. Mas quem eram os atores? Ele e Léa ou ele e Lydia? Ou seria um confronto entre as duas mulheres?

Receber o prêmio, North me contou, acabou se tornando uma comédia em quatro atos não tão engraçada. O primeiro ato foi um almoço com Xavier num restaurante da *rive droite* para o qual ele havia convidado Lydia também. A esposa dele, meu editor e Alix, a chefe de relações públicas, estavam lá. Para meu horror, disse North, vi que Léa, chegando atrasada, completava o quadro de convidados. Vou voltar a falar no papel de Léa em toda essa celebração. Ficamos aguardando pela comunicação oficial do júri, que, enquanto deliberava, desfrutava de um almoço mais calmo no Fouquet's. Só que não estavam deliberando coisa nenhuma: também aquilo era parte da pantomima, o que era bom para o prêmio, porque criava suspense. Antes do cafezinho, uma ligação telefônica é feita para o dono da editora do livro escolhido; este, juntamente com o felizardo, que por acaso está sentado a seu lado, corre para o Fouquet's num táxi já à espera, por acaso chamado de antemão. O segundo ato transcorreu num salão privado do Fouquet's, North prosseguiu, perguntando-me se eu conhecia aquela instituição, na Champs-Elysées.

Fiz que não.

Uma relíquia maravilhosa da vida parisiense entre as duas guerras mundiais, ele disse. Embaixo, tem um café onde cavalheiros de certa idade, *embonpoint* e renda podem se sentar no terraço e espiar as damas mais jovens que tomam seu café ou uma bebida sozinhas nas mesas. Essas damas tendem a se arrumar e se vestir de tal forma que basta um olhar para adivinhar que uma é manicure, outra dedica-se a estética facial e aquela junto do vaso com a palmeira vende chapéus femininos. Claro que podemos nos enganar, qualquer uma delas pode ser uma *bonne bourgeoise*, casada com um cavalheiro idêntico àquele que está flertando com ela. Em cima, há um restaurante que serve boa comida, tanto no bem iluminado salão principal quanto em salões privados, como aquele ao qual fomos conduzidos. A uma mesa já sem nada em cima, a não ser pelas flores e pelos copos de brandy, estavam sentados os cinco jurados, evidentemente no melhor dos humores. Efeito da refeição, do vinho e do conhaque ou da satisfação por terem concordado em escolher o romance certo? Fui apresentado por Xavier, beijei a mão da única jurada do sexo feminino e recebi dela beijos nas duas bochechas; depois, beijei as bochechas de todos os demais. Gente muito dócil, devo dizer, e autores de livros decentes. Eu mais ou menos esperava que o presidente do júri pigarreasse e me fizesse seu discurso de dois ou três minutos acerca dos méritos do meu livro, para, a seguir, me entregar algum tipo de diploma e um envelope contendo um cheque de pequena monta, mas não aconteceu nada do tipo. Parabéns e beijos foram tudo o que recebi. O terceiro ato consistiu nas entrevistas concedidas num salão privado adjacente, só que mais amplo. Havia todo tipo de jornalista, câmeras de televisão e fotógrafos. Alix, que chegou depois de Xavier e de mim, fez as vezes de mestre-de-cerimônias. Não creio que precise lhe descrever todo esse circo. Foi como todos os circos que você já viu. Um entreato um pouco mais longo separou o terceiro do quarto ato, que teve lugar no escritório de Xavier. Lá, concedi entrevistas que Alix havia decidido serem importantes. Abri minha alma aos eleitos, tomando um cafezinho e uísque com soda. Como aqui, aliás, você não acha?

Concordei e, por alguma razão, minha concordância fez North rir.

Fim do intervalo, ele disse. O quarto ato é o jantar de improviso para duzentos convidados ou mais, num hotel não bem de primeira categoria. Eu nunca tinha estado lá, fosse por motivo público ou particular. Como eu lhe disse, Lydia havia estado no almoço. Tanto nele como no jantar, sentou-se à direita de Xavier. Como o entreato era um solo a meu cargo, ela me disse que voltaria para a avenue Gabriel, descansaria um pouco e, depois, trabalharia até a hora do jantar numa palestra que daria na Academia de Medicina de Nova York. Um plano perfeito, eu disse. Pego você lá. Claro, não achei nem um pouco que aquele era um bom plano; não queria que Lydia passasse duas horas ou mais sozinha com madame Marie, mas nada me ocorreu que pudesse fazer. Meu choque ao encontrar Léa no almoço — sentada à minha esquerda, com a esposa de Xavier à minha direita — foi duplicado pelo aparecimento dela à minha mesa no jantar, de novo sentada à minha esquerda. Achei aquilo bizarro e imaginei que o peso da *Vogue* devia ser muito maior do que eu havia suposto, a não ser que Léa tivesse algum grande amor, atual ou passado, dentro da editora de Xavier, alguém de cuja existência eu não sabia, mas que conseguia aquelas coisas para ela. E, pior ainda: achei o comportamento de Léa aterrador. Quando a apresentei a Lydia, Léa pôs-se a falar com ela em inglês, embora Lydia tivesse se dirigido a ela em francês, e o francês de Lydia é impecável e elegante, o que não se pode dizer do inglês de Léa. Depois, na seqüência da conversa, Léa insistia em falar comigo em francês, ainda que, em minha exasperação, eu respondesse a ela apenas em inglês. Passados alguns momentos, percebi por que ela insistia no francês: era para poder demonstrar a intimidade entre nós, já que ela usava o *tu*, íntimo, a cada nova frase, ao passo que eu me valia enfaticamente do neutro *vous*. Aquilo era proposital, desnecessário e inesperado, vindo de uma moça tão bem-educada como Léa. Ao final do jantar, ela atingiu o auge daquele seu comportamento detestável, enquanto Lydia e eu, em pé, recebíamos os cumprimentos de uma verdadeira multidão, incluindo-se aí muitos completos desconhecidos. De repente, vejo Léa do meu outro lado, o braço junto do meu, apoiando-se em mim — para ter uma idéia do efeito total disso, você precisa visualizar o decote que ela estava usando — e dizendo a Lydia que a invejava, porque ela era casada com o homem mais desejável de Paris. Depois, corrigiu-se: de Paris, Nova York e East Hampton.

Que noite maravilhosa, disse-me Lydia ao sairmos. Estou muito orgulhosa de você.

Tinha chovido bastante durante o jantar. A chuva parara, mas, quando chegamos à avenue Gabriel, a calçada ainda brilhava. Havia um cheiro de outono no ar, e de castanha-da-índia apodrecendo. Lydia quis andar um pouco. Depois, tomou um longo banho. Quando terminei de tomar meu banho, ela já havia apagado a luz da mesa-de-cabeceira. Estava claro que ela queria fazer amor. Fiquei surpreso. Ela tinha vindo a Paris no vôo noturno, e o dia havia sido longo. Mas fiquei aliviado também, porque ela não parecia me acusar de nada do que madame Marie pudesse ter lhe contado, nem de nada do que pudesse ter depreendido dos acontecimentos do almoço e do jantar. Dormimos tarde. Fui o primeiro a acordar e fiquei esperando quietinho, até ela abrir os olhos. Que beleza de quarto, ela disse quando abri as cortinas. Perguntei se ela queria o café-da-manhã na cama — o que era nosso costume quando viajávamos. Evidentemente, ela disse que sim, ao que eu, conforme aquele meu arranjo com madame Marie, fui buscá-lo na copa, onde a bandeja me aguardava com os jornais. Depositei-a no meio da cama, entre nós dois, e ofereci a Lydia o *Herald Tribune*. No *Figaro*, com certeza haveria uma matéria sobre o prêmio, e eu estava ansioso para ler o que dizia. Não havia nada de errado nela, e eu a mostrei a Lydia. Ela leu de imediato, apertou minha mão e me beijou. Pouco depois, perguntou por que madame Marie não trouxera ela própria aquela bandeja adorável. Será que eu tinha pedido a ela que respeitasse minha privacidade enquanto ainda estivesse na cama? Eu ri e disse que ela tinha adivinhado direitinho.

Estávamos no táxi a caminho do aeroporto quando Lydia me perguntou quem era Léa. Lembrei a ela da entrevista e do quadro no meu escritório. Era curioso que ela tivesse esquecido. Claro, ela disse, que bobeira a minha. Uma moça tão ativa! Ela parece gostar muito de você. Mas, também, por que não gostaria? Respondi que Léa devia estar dando os primeiros passos como fã de escritores. Não há outra explicação para o estardalhaço que ela fez por causa de uma figura menor como eu. Foi uma resposta idiota, e Lydia não fez nenhum comentário.

As filmagens parisienses de *O formigueiro* logo estavam concluídas. Vi-me mais satisfeito com o resultado do que havia esperado. Deixei o apartamento da avenue Gabriel, despedi-me de madame Marie — que aceitou meu generoso presente em dinheiro com rija polidez — e voltei para Nova York na véspera do Natal, feliz por ter deixado Paris e Léa para trás. Meu relacionamento com ela havia mudado. Eu estava com raiva e não fiz questão de disfarçar. Ela adotou uma postura de desafio. Em nossos encontros sexuais, competíamos para infligir prazer um ao outro. Quando Léa anunciou, uma semana antes da minha partida, que iria para Megève, esquiar com o irmão mais velho e a família dele, não fingi nenhuma decepção. A verdade é que fiquei contente.

North ficou em silêncio enquanto o garçom esvaziava o cinzeiro, levava os copos com o gelo derretido e trazia mais gelo, copos limpos e canapés. Depois, voltou a falar.

Imagino que você tenha percebido, ele disse, que chegamos com minha história a um divisor de águas. O caso que eu estava tendo com Léa tinha sido, no geral, uma coisa tranqüila e aparentemente inofensiva. Agora, estava prestes a adquirir outra coloração. Se eu lhe contar, com toda sinceridade, o que aconteceu, e é o que eu gostaria de fazer, pode ser que, em alguns momentos, a emoção tome conta de mim. Nós dois precisamos reunir forças. A comida é medíocre aqui. Mas inofensiva, se ficarmos no mais simples. Você arriscaria jantar comigo?

Mas é claro, respondi.

Ótimo. Então, dê uma olhada no cardápio. Eu conheço os pratos de cor. Enquanto isso, ponho meus pensamentos em ordem.

Segui a dica de North e escolhi o tipo de prato que qualquer estabelecimento com um nome como L'Entre Deux Mondes deveria ser capaz de preparar com competência, mesmo que o chef estivesse dormindo no fogão. Normalmente, eu me sentiria compelido a manter algum tipo de conversa durante o jantar. Mas North exibia o olhar distante de alguém perdido em pensamentos, e eu relutava em incomodá-lo. Terminamos a refeição em silêncio, quebrado apenas pelos pedidos dele ao garçom, feitos com uma precisão peremptória que parecia habitual. Tomamos um cafezinho. Tirada a mesa, ele pediu um conhaque. Eu não quis. Tinha decidido continuar no vinho tinto até esvaziar a garrafa, e só depois passar ao uísque. Imaginei que North fosse desaprovar minha escolha.

E não me enganei. Balançando a cabeça, ele comentou que vinho tinto demais dava preguiça, sem falar no mal que fazia à cintura. Mas faça como preferir, ele disse. Temos mais o que conversar.

Então, ele afastou a cadeira da mesa e esticou as pernas. Ando tendo cada vez mais câibras, informou, massageando com cuidado uma panturrilha e depois a outra. Cumprida a tarefa, assegurou-se de que o charuto estava em ordem e continuou com sua história.

Desde o começo do novo ano, o tempo parecia passar com rapidez tão extraordinária que, várias vezes por dia, eu precisava consultar meu calendário para saber em que dia da semana ou do mês estava. Lydia tinha sido convidada para dar uma palestra num congresso de nefrologia em Kyoto, sobre os tais vasos capilares esclerosados em bebês e sobre a pesquisa de novas formas de tratamento que, se bem-sucedidas, tornariam desnecessária a diálise. Essa área da pediatria era alvo de atenção internacional crescente. Ela me pediu que fosse com ela. Eu sabia que devia ir e, na verdade, até queria ir com ela, que vinha sendo mais do que carinhosa comigo desde que eu voltara de Paris. Muitas vezes, o tato e a gentileza dela me faziam chorar. Apesar disso, não consegui dizer sim. Para começar, achava mesmo complicada a idéia de abrir mão do meu trabalho por dez ou doze dias, que era o tempo que a viagem demandaria, ainda que puséssemos de lado todo e qualquer passeio no Japão para além de Kyoto e Nara. Já em si, isso era um problema, porque eu sabia que ela estava louca para conhecer o mar do Japão e os alpes japoneses. Mas, depois, ela ainda queria ir a Taiwan, para visitar o museu em Taipei e ver os tesouros que Chiang Kai-Shek roubou quando fugiu da China. Estava curiosa sobretudo em relação às coleções do imperador Kang Xi, por causa do avô materno, o marido da avó que ela amara tanto e que lhe ensinara alemão. Ele tinha sido um especialista em objetos daquele período e deixara várias peças muito boas para o museu em Boston. Mas a pressão dos compromissos que eu tinha pela frente me deixava à beira do pânico. Eu estava reescrevendo *Perda* quase que do zero, porque andara repensando as concessões e acomodações que podem ser necessárias num casamento. Além disso, tinha um novo projeto. Eu me dera muito bem com o diretor de *O formigueiro*, e ele me perguntou se eu não queria tentar adaptar *Daniel Deronda*, de George Eliot. É um romance pelo qual tenho enorme admiração, assim como por *Middlemarch*, também dela, e por *Nosso amigo comum*, de Dickens. Para mim, são as três obras máximas do romance vitoriano; eu adoraria vê-las numa disputa com o que foi escrito de melhor à época na França e na Rússia, e minha expectativa era a de que qualquer um desses romances conseguiria uma bela classificação, se não a vitória. Além do mais, sempre achei que *Daniel Deronda* devia ser filmado. Parece ter sido escrito para o cinema, cena após cena. Pegue o casal malvado, por exemplo — Gwendolen Harleth e Grandcourt. Eles exalam um verdadeiro glamour hollywoodiano. Claro que chamar Gwendolen de má é uma tremenda simplificação; ela é como uma daquelas jovens magníficas que povoam os romances de Henry James — Kate Croy, por exemplo — e que teriam sido boas pessoas, se ao menos tivessem herdado algum dinheiro. Grandcourt é especial, e meu favorito. Eu ansiava por escrever a adaptação para a tela da cena do café-da-manhã com a cadela. Imagine só: o animal, inocente e muito bonito, babando em Grandcourt por causa da afeição que lhe tem. Grandcourt examina o problema e volta-se para Lush, seu amigo repugnante e bajulador. "Desapareça com esta besta, por favor", diz ele, com muita tranqüilidade, sem elevar o tom de voz ou olhar para Lush. Lush obedece de imediato. Ergue a cadela do chão, embora ela seja pesada e ele não goste muito de se abaixar, e se livra dela em algum lugar. Um belo exemplo de economia na malignidade: spaniel e bajulador humilhados num só instante. Por que alguém, por mais decadente que seja, iria querer humilhar um cachorro? Me diga, por favor. Eu não queria perder a oportunidade de fazer esse filme, ainda que tivesse de adiar por alguns meses a conclusão de *Perda* e fosse obrigado a trabalhar no romance com intensidade menor do que a habitual, talvez por não mais do que duas ou três horas por dia. O importante era continuar trabalhando nele. Perder contato com o livro que se está escrevendo acarreta um risco incalculável. A cada dia de ausência, pensa-se cada vez menos no romance. O controle sobre as personagens enfraquece. Pode acontecer de você finalmente voltar a trabalhar nele e, de repente, se ver rodeado de estranhos. É aí que se desenvolvem as incoerências na psicologia. Às vezes, essas percepções novas e incomuns revelam-se, de fato, muito boas — valiosas —, e, ao relê-las, você não quer apagá-las. Mas, nesse caso, acaba se envolvendo num emaranhado perigoso de adaptações, visando arredondar as incoerências.

A cena de *Deronda* que acabo de descrever, por melhor que caracterize Grandcourt, é menor. Mas há outra coisa que vem me assombrando desde a primeira vez que li o romance, acho que quando ainda estava na faculdade. É o acidente durante o passeio de barco. Sim, porque Gwendolen se casa com Grandcourt, digamos, por causa do dinheiro dele, embora seja mais complicado do que isso. Em seu iate, ele a leva num interminável e, para ela, pavoroso cruzeiro pelo Mediterrâneo. Grancourt gosta de navegar e aprecia o absolutismo com que se pode ordenar a vida a bordo de um barco. Isso deixa Gwendolen maluca. No curso de uma borrasca, o iate é danificado, e os dois são obrigados a atracar em Gênova, para consertos. Os reparos levarão uma semana. A perspectiva de uma semana em terra firme parece ótima a Gwendolen. Para Grandcourt, é insuportável. Será aborrecido demais. A questão, você nota, é que, quando ele não está em atividade, quando não está exercendo um controle minuto a minuto sobre sua companhia, ele se aborrece. O fato de ele próprio ser um tremendo chato é outra história. É, aliás, espantoso em que medida a chatice era permitida a esses cavalheiros ingleses. O que Grandcourt faz, portanto, é alugar um veleiro. E pode muito bem dar conta dele sozinho, mas insiste em que Gwendolen o acompanhe, aparentemente para segurar a cana do leme, enquanto ele cuida das velas. O motivo real, no entanto, é que ele se recusa a deixá-la sozinha em terra. É ciumento demais para suportar deixá-la ali. Então, de repente, num dos passeios, o barco camba; a retranca oscila com violência e golpeia a cabeça de Grandcourt. Ele cai do barco. E, adivinhe só: ao que tudo indica, esse rato não sabe nadar. Ele grita para Gwendolen: "A corda!". Embora esteja na mão dela, ela não joga a corda para ele, e Grandcourt se afoga. Eu nem conseguiria dizer a você o eco que essa cena encontra dentro de mim.

North mergulhou em outro de seus devaneios, durante os quais ele às vezes se esquecia da minha presença. Passado um tempo, balançou a cabeça, como para se livrar de uma imagem persistente e incômoda que tinha diante dos olhos. E tornou a falar.

Resolvi lhe contar, ele prosseguiu, mesmo os subtextos mais vergonhosos da minha história. Portanto, confesso que a ansiedade por fazer a adaptação não era isenta do gosto que eu tinha desenvolvido pelo dinheiro que se pode ganhar no trabalho para o cinema. Esse é o tipo de motivo sórdido para minhas atitudes que, normalmente, eu não confessaria nem sob tortura, e pode ter certeza que não o revelei a Lydia. Se ela adivinhou ou não, quando expliquei as exigências que meu trabalho me fazia naquele exato momento, são outros quinhentos. Se adivinhou, deve ter se sentido ofendida por minha decisão. E isso porque ela acreditava mesmo que nós — ela e eu — estávamos juntos em tudo, de maneira que minha escolha, por uma razão daquelas, só podia ser idiota ou indiferente à felicidade dela. Lydia sabe que não sou burro; então, por que eu sacrificaria o tempo que podíamos passar juntos em prol da oportunidade de ganhar uma soma em dinheiro da qual, diria ela, eu não precisava de jeito nenhum? Receio, embora não tenha certeza disto, que ela tenha avaliado a extensão do meu egoísmo e da minha inveja, e que tenha percebido como meu ressentimento pela riqueza dela e dos Frank me tornava incapaz de ser generoso e de ter com ela uma relação de igual para igual. Não acho que ela me desprezasse por nutrir esses sentimentos. Ela me amava muito, entende? Em vez de me desprezar, ela teve pena de mim e tentou de todas as formas me perdoar. Mas, nesse episódio, o resultado da minha obstinação e da minha pequenez amarga talvez tenha sido demais até para ela.

Para piorar as coisas, invoquei outra razão para não acompanhá-la na viagem — uma razão ultrajante, embora não desprovida de um pouco de verdade, que bolei num impulso. Declarei aversão específica à idéia de ir para o Japão. Finquei pé, embora soubesse que isso a decepcionava, porque ela é honesta e racional demais para tolerar esse tipo de coisa, e porque uma razão como aquela me punha numa posição desfavorável. Fui adiante, falando sem parar sobre como me sentia perdido em países onde não conseguia decifrar nem as manchetes dos jornais, as placas nas ruas e tal, e menos ainda a língua que as pessoas falavam. Falei também de toda a gama de turistas japoneses que já tinha observado: num extremo, em suas versões bizarras dos trajes cotidianos ocidentais, correndo como um enxame atrás de cada atração turística nos Estados Unidos e na Europa; no outro, no extremo do luxo e do poder, pequenos grupos fechados de homens de negócios nos saguões dos melhores hotéis, fazendo mesuras intermináveis entre si ou dormindo nas poltronas, a cabeça jogada para trás e a boca aberta. Essas observações de campo, afirmei, tinham me levado à conclusão inabalável de que os japoneses eram um povo que eu jamais conseguiria entender, e que tampouco queria entender, ainda que fosse possível. Nesse caso, por que eu haveria de desperdiçar um bocado de tempo e dinheiro para estar entre eles?, perguntei. As fotografias dos jardins e templos de Kyoto, muitas das quais eu já tinha visto e admirado, me bastavam. Foi como concluí minha peroração. Em geral, as discordâncias entre mim e Lydia eram resolvidas de imediato: não sobreviviam como uma sombra sobre o nosso relacionamento. Dessa vez foi diferente; Lydia parou de falar em Kyoto, mas eu podia sentir a decepção dela. Talvez ela tenha pensado que havia um toque de racismo em meu discurso bombástico. Ela é extremamente sensível nessas coisas, e tem razão de ser. Portanto, talvez não tenha feito muita diferença eu ter conseguido antecipar o início do meu trabalho em Hollywood. Lydia partiu para Kyoto — triste, suspeito — algumas semanas depois da minha própria partida.

Para fechar este longo parêntese, antes de retomar o fio condutor da minha história, disse-me North, convém acrescentar que não lamentei precisar reduzir o ritmo de trabalho em *Perda* —

um romance do qual seguia gostando, mesmo quando o controle que ele exercia sobre mim me causava grande desconforto. Eu já disse a você que minhas opiniões sobre o casamento estavam em constante mutação. Essa condição persistia. Vivia me perguntando por que as coisas de ambos os lados da linha divisória — aquela que, para mim, separa bem e mal — eram tão difíceis para mim e, ao que parecia, tão simples para os outros. O adultério, por exemplo, o mal que eu estava fazendo a Lydia. Por que a infidelidade à esposa ou ao marido preocupava tão pouco os homens e as mulheres sem dúvida decentes que eu conhecia, mas era um tormento e tanto para mim? Deixo Deus fora disso, porque Deus e religião não significam nada para mim, mas vemos por aí crentes aparentemente de verdade que não parecem vergar sob o peso do pecado do adultério, do escândalo da traição. E como era difícil, se não impossível, eu aceitar o que Lydia tinha para me dar e queria me dar em tamanha profusão: seu amor, incondicional, embora as qualidades pessoais dela sejam muito superiores às minhas; sua paciência infinita com minhas excentricidades e meu egoísmo; seu dinheiro e o tranqüilo conforto material que ele podia comprar para nós dois. Qualquer outro homem cairia de joelhos e agradeceria, ao passo que eu, paralisado por minhas contradições, me debatia feito uma borboleta pregada numa prancha de preparo por algum entomologista desgraçado que se recusa a usar éter.

Escrever um roteiro baseado num grande romance é, acima de tudo, um esforço de simplificação. Não me refiro apenas ao enredo — embora, sobretudo no caso de um romance vitoriano apinhado de personagens secundárias e histórias paralelas, uma boa enxugada seja necessária —, mas também ao conteúdo intelectual. Um filme precisa comunicar sua mensagem por meio de imagens e de um número relativamente pequeno de palavras; sua tolerância é pequena para com a complexidade, a ironia ou as ambigüidades. Achei o trabalho de extrema dificuldade, muito maior do que a que eu havia imaginado. E, mais do que isso, deprimente: as palavras me importam mais do que as imagens, e eu estava sempre sacrificando as palavras e suas conotações. Você pode argumentar que, por intermédio das imagens, o cinema comunica uma quantidade de informação da qual as palavras podem apenas tentar se aproximar, e estaria certo ao pensar assim, mas a aproximação é preciosa em si, porque carrega a marca do autor. No fim das contas, meu roteiro me pareceu de muito menor valor do que o livro, e o mesmo se aplicaria ao filme. O melhor que podia dizer, a título de consolo, era que tinha evitado transformar o romance de Eliot num melodrama. Não sei bem como, a camaradagem entre mim e o diretor sobreviveu a essa operação — um milagre, na minha opinião. Trabalhei tão rápido quanto pude e regressei a Nova York depois de seis semanas, exausto e doente. O médico do estúdio cinematográfico me disse que eu tinha só um resfriado forte. Repouso e sono, aconselhou-me ele, descanse e durma. Desci do avião com uma tosse digna de *La Traviata*, incontrolável e ruidosa. Que bom que Lydia ainda estava no Japão e só voltaria dali a uma semana ou dez dias. Decidi que me mudaria para o quarto de hóspedes quando ela chegasse, a não ser que estivesse melhor, embora sempre tivéssemos dormido no mesmo quarto e na mesma cama. Na verdade, duvidei que ela fosse autorizar a mudança, mas com a barulheira da tosse e o chiado no peito, imaginei que ela jamais conseguiria dormir. Um dia ou dois depois da minha volta, fui lembrado de que tinha uma reunião do comitê organizador do vigésimo quinto encontro da minha antiga escola. Resolvi que seria indecente faltar por causa de um resfriado. Vesti roupas quentes e fui de carro até lá.

Um colega de classe, com quem mais tarde fiz faculdade, também estava lá. Era médico em Manhattan, e tínhamos sido amigos. Ele havia sido membro da equipe de luta romana, e eu estava contente por ver como ele seguia compacto e ágil aos quarenta e três anos. Como estávamos hospedados no mesmo hotel, tomei uma saideira com ele e a esposa, depois do jantar do comitê. Quando saíamos do bar, ele me perguntou se eu estava tomando antibióticos contra o que fosse que me havia feito cuspir os pulmões à mesa do diretor da escola. Contei-lhe a receita do médico de Hollywood. Estranho, respondeu ele, vou até o seu quarto dar uma auscultada nos pulmões. Não acreditei que, nesta nossa era de medicina por telefone, ainda existiam médicos que viajavam por aí com sua maletinha preta. Pois esse viajava e tirou dela um estetoscópio, que posicionou nas minhas costas. Qual pulmão dói mais, o direito ou o esquerdo?, ele perguntou, assim que concluiu o exame. Nenhum dos dois, eu disse, e ouvi dele que estava com pneumonia. Depois, a mais de quarenta e cinco quilômetros de distância, ele encontrou uma farmácia aberta no sábado à noite e foi até lá, para comprar os comprimidos. Melhor eu esclarecer que, em consonância com o que meu médico nova-iorquino chama de minha atitude niilista em relação à medicina, eu não havia me consultado com ele quando da minha volta de Hollywood. No dia seguinte, depois de ir à igreja, fui à reunião e ao almoço, sempre muito simpático com todo mundo, o que se deveu em boa parte, creio, ao fato de eu saber que estava muito doente. Mas, vendo que podia superar aquilo, fiquei de bom humor. Não mostrei as garras nem por um segundo. O bom humor continuou em Nova York. Mandei uma caixa de vinho para o ex-colega médico, pus de lado tanto o roteiro do *Deronda*, que concordara em revisar mais uma vez, como o manuscrito de *Perda*, e fiquei à toa pelo apartamento, permitindo-me incontáveis cochilos. Ir me deitar na cama estava fora de questão. A última vez que fiz isso, tinha dez anos de idade e estava com sarampo. A história da minha gripe em Paris não conta. Este último comentário provocou um acesso de riso em North.

Ao ver que eu não achara aquilo tão engraçado, North ergueu

as sobrancelhas e continuou. Por fim, sentia-me bem o bastante para fazer uma visita a meu escritório. Havia recados na secretária eletrônica, todos de Léa. A única outra pessoa que me deixa recados com freqüência é meu agente literário, mas ele sabia que eu estava em Hollywood e tinha o telefone do hotel. Você talvez se pergunte por que não ouço os recados de casa, como todo mundo. É mais uma questão do meu *modus operandi* do que uma aversão à tecnologia. Eu simplesmente não quero que os recados que, de propósito, canalizei para o escritório me sigam por aí, quando não estou lá. Eles e as pessoas que os deixaram podem esperar. Lydia e Ellen, as únicas pessoas vivas que não posso deixar esperando, não precisam me deixar recado. E as enfermeiras dos meus pais sempre sabem como entrar em contato comigo, caso não consigam encontrar Ellen. Mas, antes, eu não amava Léa?, você pode querer me perguntar. Qualquer que seja a resposta a essa pergunta, àquela altura era provável que já não a amasse. Mesmo antes disso, meus instintos já haviam decidido que ela sempre podia esperar. A voz gravada de Léa era ainda mais ofegante do que de costume, e eu não consegui entender parte do que ela havia dito: havia palavras que ela comia e momentos em que era incoerente ou quase inaudível. Em geral, apago os recados dela assim que os ouço. Não foi o que fiz dessa vez. Na verdade, ouvi diversas vezes toda aquela série de recados, para ver se conseguia pôr em algum tipo de ordem os acontecimentos de que ela falava. Aliás, noto agora que não contei a você que, depois da filmagem de *O formigueiro*, voltei três vezes a Paris, embora nunca tenha passado lá mais de duas ou três noites. Ligava para Léa um ou dois dias antes, meio que esperando que ela não fosse estar por lá ou que tivesse compromissos, trabalho a fazer, qualquer coisa que a obrigasse a me dizer que não poderia me ver. Nunca aconteceu. Ela vinha a meu quarto somente depois do jantar — como uma garota de programa, nas palavras dela — e fazíamos todo o nosso repertório, que, justiça seja feita a Léa, dávamos um jeito de enriquecer a cada vez. A disponibilidade infalível dela, o corpo que me oferecia sem nenhum questionamento, o prazer óbvio que ela sentia — tudo isso me enfraquecia. Quanto a meu prazer em fazer amor com ela, ele nunca tinha sido maior, no plano mais primitivo, porque era sexo em estado concentrado, não diluído. Nada de cortejo, nada de preliminares, nada de hesitação: era, antes, como uma função corporal, quando tudo vai bem. Parei de dar presentes a ela. Aparentemente, não havia por quê. Léa parecia não querer nada que já não tivesse, e não havia nada em especial que eu quisesse oferecer a ela. Além disso — prepare-se para outra confissão sórdida —, eu preferia não gastar dinheiro.

A história que resultou dos recados ainda era confusa. Ao que parecia, havia um novo grande amor na vida dela, alguém com quem ela podia se casar, no sentido de que inexistiam obstáculos, tais como uma esposa de quem ele não estivesse disposto a se separar. Era possível até que ela viesse a querer se casar com ele, mas não estava certa disso. Ou mesmo que ela e esse homem, não identificado, estivessem formalmente noivos. Do que isso significava para ela, Léa não deu nenhuma pista, mas perguntava-se se, uma vez noiva, devia continuar dormindo comigo e com o *monsieur* físico. Era uma pergunta hipotética ou um problema que, de fato, se apresentava naquele momento? Não sei dizer. E o que fazer depois que se casasse? Continuaria querendo dormir comigo ou com seu *monsieur*? Ou com homens que viesse a conhecer no futuro? O casamento a tornaria mais atraente ou menos? Disse também que fazia planos para o casamento, no Crillon, em Paris, e queria que eu prometesse que iria. Todos os seus amores estariam lá, para que ela pudesse dançar com todos eles. A meio caminho da série de recados, fiquei sabendo ainda que o tal casamento havia sido adiado. Era possível também que ela tivesse rompido com seu prometido. A carreira ocupava agora o centro do palco. Ela decidira sair da *Vogue* e dedicar-se exclusivamente à pintura, ou prosseguir no jornalismo, mas como *freelance*, de modo a poder ficar mais tempo no ateliê. Estava claro que a vida dela passava por uma bela reviravolta. Fiquei imaginando se ela havia, de repente, herdado alguma bolada em dinheiro. Não creio que seu pai ou sua mãe tivesse morrido — nesse caso, ela não soaria tão alegremente desmiolada —, mas, nessas famílias burguesas da França, não havia sempre tias, tios ou primos sem filhos cujas fortunas são divididas entre sobrinhos, sobrinhas e demais primos, ainda que distantes, em obediência estrita ao código civil e ao espírito balizador da lealdade familiar? Eu tinha dito a Léa que não verificaria meus recados enquanto estivesse na Costa Oeste e me recusado a lhe dar meu telefone em Hollywood. Mas ela sabia que eu já devia estar de volta. Disquei seu número, em parte porque estava curioso acerca dos novos acontecimentos, mas também, e sobretudo, em razão da política que eu havia adotado de evitar qualquer coisa que pudesse fazê-la perder os limites. Interromper a comunicação entre nós podia se tornar uma provocação desse tipo, pensei. Dessa vez, foi ela quem não atendeu o telefone. Desliguei sem deixar recado, porque, assim como não a queria de posse de cartas minhas, tampouco queria gravações com minha voz em poder dela. Mas continuei ligando, dia sim, dia não, sem sucesso.

Enquanto isso, Lydia chegou. Toda a minha atenção voltou-se para ela. Eu procurava por um sinal. A ferida aberta entre nós cicatrizara? Como estavam as coisas para mim? Não tinha certeza. Tranqüila, ela tagarelava animada sobre a viagem terrível, quase vinte horas de uma porta a outra, partindo de Taipei para Narita e, depois, de Narita a Nova York. Lydia me trouxe de presente um belíssimo *netsuke* de jade. Mas era amável daquela maneira porque aquele era apenas seu jeito de ser ou porque me perdoara? Eu sentia uma grande inquietude. Quando comparava aquele reencontro aos tantos outros em que eu voltava de outro país e ela me recebia em casa, não conseguia identificar nenhuma diferença no comportamento de Lydia. Mas, durante nosso longo e harmonioso casamento, nunca tínhamos nos despedido senão em boa paz, muito apegados um ao outro. Jamais tinha havido necessidade de uma reconciliação. Se agora haveria necessidade, eu não sabia como fazer. Receava que perguntar a ela — alguma coisa do tipo: Você não está mais brava comigo? — podia revelar mais acerca da minha ofensa do que ela já havia percebido. Na realidade, naquele momento eu já não sabia bem qual tinha sido minha ofensa. O fato de não ter querido ir ao Japão? Mas isso, com certeza, tinha sido porque estava nervoso — sem necessidade, talvez, mas nervoso de fato — em virtude do meu trabalho. Que tipo de crime era esse? Ou tinham sido meus comentários imbecis sobre os japoneses? Olha, sou tão autocentrado — e meu trabalho se inclui nesse "auto" — que não é incomum eu me esquecer do que disse há bem pouco tempo dessa ou daquela pessoa, até mesmo para Lydia. Não dou importância a minhas explosões. Mas os outros, infelizmente, tendem a se lembrar muito bem delas. A não ser que o problema não tivesse nada a ver com o congresso em Kyoto, e sim com o fato de Lydia ter percebido que eu estava tendo um caso com Léa. Afastei esse pensamento: ele fez minhas mãos gelarem. Você deve achar formidável a capacidade que eu demonstrava de desconsiderar verdades inconvenientes sobre mim e sobre minha situação, não importa em que grande medida eu as conhecia. E eu teria de concordar com você nisso. O tempo passava devagar, mas a hora do almoço já ficara para trás — o avião de Lydia pousara às dez e meia da manhã, mais ou menos. Eu a observava enquanto ela desfazia as malas. Em breve, ela desapareceria rumo ao banho. Eu a abracei e disse que podíamos comer ovos mexidos em casa mesmo ou sair para um sanduíche. Achei que ela preferiria sair. Ela fez que sim e me disse que não se demoraria. Sua boa educação era impenetrável. Eu não ia descobrir nada durante os hambúrgueres. Se haveria de perceber a presença de algo de estranho entre nós, isso só aconteceria quando fizéssemos amor.

Depois do almoço, esperei por ela na cama, enquanto ela conversava com os pais, os irmãos e a irmã. Notei que foi ligando para eles em ordem decrescente de idade. Conversas adoráveis, e não apenas sobre os monges varrendo e amaciando o cascalho num templo zen ou sobre os rostos pintados dos atores do cabúqui. Lydia tinha histórias interessantes e engraçadas a contar, ao passo que eu, contador profissional de histórias, em geral nunca tenho o que relatar. Quando telefono para minha irmã, o que faço quase toda semana, digo que meu trabalho vai indo bem e sou incapaz de dizer muito mais, antes de partir para nosso único assunto de fato: nossos pais e as enfermeiras deles. A conversa de Lydia, porém, era cheia de risadinhas e confidências compartilhadas — as que eu podia ouvir, porque estava a seu lado, e as que podia ler em seu rosto expressivo e adorável. Eu a invejava? Claro, o monstro estava a meu lado até quando eu estava ao lado dela, mas, no momento, tinha sido sobrepujado, neutralizado pela felicidade, pela maravilha que era dizer a mim mesmo que aquela era minha esposa, a mulher cuja boca ia beijar, que ia me acolher em seus braços e cujo corpo ia se render ao meu.

Você se lembra dos versos de Wyatt? *They fle from me, that sometyme did me seke/ With naked fote stalking in my chambre.* Tenha certeza, Lydia não fugiu. Veio para a cama, nua e confiante. E, tendo permanecido casto durante a nossa separação, eu a esperava em ponto de bala — bem, dentro das minhas possibilidades, reconheço, já que este não é o momento de contar vantagem. Contudo, assim que a puxei para junto de mim e, deitados de lado, encarávamos um ao outro, bom, eu já não tinha nada a oferecer, e nenhum carinho de Lydia foi capaz de mudar aquilo. Conversamos por um tempo, e justo sobre o museu em Taipei! Depois, adormecemos: ela, porque estava muito cansada, eu, porque não há lugar melhor para a gente se esconder. Ela acordou primeiro e, à sua maneira habitual, com todo o cuidado para não me perturbar, alcançou seu livro e começou a ler. Nosso quarto dá para o sul e o oeste, para os telhados das construções vizinhas; ela não precisou da luz do abajur. Mas se mexeu, e aquilo foi o suficiente para interromper meu sono. Com dificuldade, abri caminho de volta à consciência e, por um tempo, fiquei ali deitado, bem quieto. A proximidade dela me acalmava: tranqüilizava meus medos. Ousei começar a tocá-la. Lydia sorriu, um sinal conhecido a me dizer que ela sabia o que eu pretendia e gostava do que eu estava fazendo. Logo ela abandonou a leitura. Muitíssimo aliviado, contente, eu agora me sentia bem. E o que descobri? Que ela se entregou sem reservas e que o ato em si, como quase sempre acontecia, nos deu grande prazer. Não provava coisa alguma, compreendi, a não ser que Lydia me amava, o que eu sabia, e que não importava o quanto ela adivinhara — se é que, naquele momento, ela de fato já adivinhara alguma coisa. Jeová não precisava me chamar para perguntar sobre meu pecado: eu sabia que era o autor da minha expulsão do jardim onde fora tão abençoado.

Lydia é uma profissional conscienciosa. Ficou horrorizada com minha tosse, da qual eu parecia incapaz de me livrar, com minha perda de peso e com minha insistência em manter meu horário normal de trabalho e, na verdade, meus horários habituais em tudo o mais. Talvez porque, em tempos recentes, houvesse cedido tanto às demandas maleficentes do meu corpo, agora lhe recusava qualquer concessão. Tinha terminado a segunda rodada de correções do roteiro e não parecia provável que precisasse fazer mais nada até que o projeto atingisse outro patamar.

Você precisa tirar umas férias, Lydia vinha me dizendo, em algum lugar que seja quente e longe do seu romance e de George Eliot. Ao mesmo tempo, estava claro que ela não me acompanharia. Em retrospecto, Lydia achava que já tinha folgado tempo demais com a viagem ao Japão. Eu não tinha a mínima vontade de viajar sozinho — sentia-me fraco e sem o menor desejo de aventura; não queria ir para nenhum balneário no sul, fosse na Flórida, no México ou no Caribe. Vou descansar aqui mesmo, disse a ela, gosto do nosso apartamento. Farei questão de ir dormir cedo. Na verdade, estava cansado. Quando me sentava para escrever, meus olhos já começavam a se fechar depois de uma hora de trabalho, às vezes menos. Recorria a meu sistema de rápidas sonecas no sofá do escritório, apenas tirando os sapatos e me deitando de barriga para cima, as mãos cruzadas atrás da cabeça. Em geral, meia hora de sono naquela posição, sem outros preparativos — como abaixar as persianas ou desligar o telefone —, era o bastante para me permitir continuar com o trabalho até produzir duas ou três páginas de texto e, assim, definir um ponto de partida para o dia seguinte: uma frase apontando na direção que desejava seguir. Agora, não era mais isso que acontecia. Eu dormia demais e acordava me sentindo um trapo. Ou, então, acordava meia hora depois, como planejado, mas, tão logo me sentava de volta à mesa, a mesma lassidão de antes tomava conta de mim.

Claro, perguntei-me se não seriam os sintomas de uma falta de imaginação, sinais de que estava escrevendo o livro errado, alguma punição para meus pecados, prova definitiva de que eu era um escritor sem talento cuja vergonha revelava-se agora — enfim, toda a série de males tipicamente reunidos sob o rótulo de bloqueio criativo, a alimentar a hipocondria de todo escritor. Sabia, no entanto, que alguma coisa desvinculada da escrita estava atuando sobre mim, talvez em conjunto com os males já citados, porque me cansava de um modo não natural quando tentava caminhar até meu escritório; era evidente que a caminhada de quarenta quarteirões, que sempre percorri em meu passo habitual, era agora demasiada, a ponto de, a despeito da seriedade da tentativa, eu acabar tomando um táxi. Via-me obrigado a interromper na metade já a primeira partida de *squash*, agendada com os profissionais para que eu recuperasse minha forma. Estava fraco demais e não parava de tossir. Se consultei meu médico particular? Sim, porque Lydia insistiu em que eu o fizesse, e, embora tenha protestado à minha maneira habitual, vi que não seria insensato ir falar com ele. É pequena minha fé na medicina, a não ser quando se trata de doenças graves, como as que Lydia tenta combater ou as que de fato demandam cirurgia. Todo o resto, cuidar de gente normalmente robusta como eu, considero funilaria caríssima: na melhor das hipóteses, menos danosa ao paciente do que as sangrias e purgações praticadas pelos principais luminares da ciência médica nos séculos XVII e XVIII. Essa espécie de medicina matou o Rei-Sol, que, tanto como qualquer outro homem de plena posse das próprias faculdades mentais, a teria rejeitado com indignação, já não estivesse ele enfraquecido pelos tratamentos e pela doença, ou não tivesse sido intimidado pelos médicos. Meu médico particular — na verdade, um sujeito muito bom, devidamente cético no tocante a sua ciência — confirmou que eu não podia culpar apenas a labuta como escritor por meu mal-estar. Eu estava sofrendo de uma variedade de deficiências e insuficiências que ou tinham sua fonte na pneumonia ou seguiam seu rastro. O que ele me disse foi: Tire dois meses de folga, ou, se isso lhe parecer impossível, tire pelo menos um mês. Vá para algum lugar onde você não tenha de acordar toda manhã pensando que deveria trabalhar. Você não vai conseguir realizar nenhum trabalho produtivo neste momento; os arremedos de tentativas resultam em frustração, que vem se somar à fadiga e à depressão. Eu não podia ter chegado por conta própria à mesma conclusão, sem a visita ao consultório, os exames de sangue e a conta que se seguiu? Claro que sim, mas suponho que, uma vez que o descanso recomendado implicava não trabalhar, eu precisava da chancela de uma autoridade médica para aliviar minha culpa.

Dois lugares tentavam-me como possíveis locais de repouso. Naturalmente, um deles era minha casa em Martha's Vineyard. O outro era Spetses, uma ilha na costa do Peloponeso à qual me vinculavam inúmeras lembranças, nem todas elas utilizadas no meu primeiro romance, e portanto nem todas mortas. Não sei em que medida isso vale para outros escritores, mas, para mim, lembranças com vigor suficiente para impulsionar um romance são desalojadas tão logo o romance que se nutriu delas está terminado. Na terra baixa exterior ao livro permanecem apenas pálidos fantasmas, tão débeis e distantes que já não podem dar em oferenda sequer uma mínima tigelinha de sangue. Mas, do meu passado em Spetses, eu havia posto no livro só a violência e o perigo de um primeiro amor, e, sob forma cuidadosamente transfigurada, uma intriga política na qual meu pai se envolvera, bem como a traição — assim pareceu à época, mas talvez fosse apenas um misto de necessidade e tolice — de seu melhor amigo, um diplomata francês que, como meu pai, tinha *une belle guerre* atrás de si, mas cultivara laços infelizes com a extrema direita. Eu tinha, portanto, deixado um bom naco a ser revisitado: a paisagem suave dessa raridade que é uma verde ilha grega; o simpático contorno da costa, com trechos de praia rochosa e deserta interrompidos aqui e ali por areias inesperadas e enseadas acolhedoras; a perfeição de seu tamanho. Spetses é grande o bastante para permitir a sensação de liberdade física, mas é também tão compacta que se pode atravessá-la de uma ponta a outra numa caminhada decidida de umas quatro horas por uma mata seca e aromática, e um nadador vigoroso não terá dificuldade em circundá-la a nado durante o dia.

Pessoas que meus pais viam durante toda a temporada — no almoço, para uma bebida, no jantar ou em piqueniques organizados a bordo de um caíque — moravam na área delimitada, por um lado, pelo velho porto, com iates ancorados em meio a toda atividade de construção e reparo de barcos ali centralizada, e, por outro, pelo rabicho de ilha que dá para Hidra. Logo atrás do velho porto, uma alta fileira de casas brancas, construídas há dois séculos por armadores venezianos, contempla, soturna, o quebra-mar. Um punhado de outras casas velhas sobe pela colina, menos severas em aparência e rodeadas por limoeiros, figueiras, louros e buganvílias. Na extremidade da ilha, vilas modernas foram construídas bem à beira-mar. Rochas suaves, distantes não mais do que cem passos dos terraços, formam a praia particular do proprietário. Entre os amigos de meus pais, havia gregos do tipo daqueles que enchem o Pierre, em Nova York, e o Plaza Athénée, em Paris, bem como franceses não muito ricos nem muito aristocráticos ou glamorosos, mas suficientemente satisfeitos consigo nesses quesitos, além de outros estrangeiros que moravam na ilha. Meu pai e minha mãe eram representantes locais permanentes e não oficiais dos Estados Unidos, anfitriões de uma série de amigos americanos e britânicos longa o bastante, Ellen e eu acreditávamos, para circundar o globo — todos vagamente ligados pelo serviço governamental ou pela guerra. Havia também casos especiais, certos luminares assim definidos por critérios não muito bem estabelecidos. A essa categoria pertenciam dois suíços de Zurique, pintores que viviam juntos desde os tempos da escola de arte, ambos desfrutando de bom grau de sucesso, sobretudo na Suíça de fala alemã, e dois cozinheiros notáveis. À parte as tarefas domésticas — que Max, de algum modo, pôs na cabeça de Johann desde o início que eram de responsabilidade exclusiva dele, Johann —, faziam tudo juntos, inseparáveis a tal ponto que todo o círculo de conhecidos se referia a eles apenas como os pintores.

Era mais fácil do que chamá-los pelos nomes. Eles me adotaram desde a primeira vez que fui a Spetses, e sua afeição por mim não diminuiu depois da terrível confusão por que meu pai passou, e que fez com que ele e minha mãe, desgostosos, vendessem a casa e abandonassem a ilha. Nunca perdi contato com os dois pintores; sempre que podia parava em Zurique para visitá-los. Sua primeira viagem aos Estados Unidos foi para assistirem a meu casamento com Lydia. Os dois andavam me escrevendo — na verdade, era Max quem escrevia: era sua atividade exclusiva — e, de vez em quando, telefonavam também, com rara persistência, insistindo para que eu fosse visitá-los em Spetses. Queriam que eu fosse antes que a ilha mudasse de vez, com as hordas de turistas, e enquanto ainda viviam como nos velhos tempos. Que eram, no máximo, cinco ou seis anos mais novos que meus pais, isso eu tinha muito claro, assim como tinha claro o estado a que meus pais haviam sido reduzidos. Os pintores não iam durar para sempre. A primavera em Spetses é encantadora. Fui tomado por um desejo premente de responder ao convite e telefonei, aceitando-o.

Naquela mesma noite, à mesa do jantar, disse a Lydia que, tendo concordado — relutante, deixei isso claro — com o repouso que me fora prescrito, esperava que ela encontrasse um jeito de me acompanhar, pelo menos por uns dez dias, sobretudo considerando-se que o local escolhido era a ilha que tanto significava para mim, onde ela nunca havia estado. Eu tinha decidido passar três semanas lá, talvez quatro, segundo o acordo que havia firmado com meu médico. Para minha surpresa, ela nem me pareceu pensar a sério no assunto. Do contrário, teria dito: Vou pensar um pouco, conversar com minha equipe e a gente fala sobre isso amanhã, quando eu chegar em casa. Mas, em vez disso, ela riu e me disse que já seria muita sorte se conseguisse escapar para East Hampton nos fins de semana. Depois, acrescentou — de forma algo gratuita, me pareceu — que Spetses, para o bem ou para o mal, era "outro planeta", e que talvez fosse melhor ela não ir, para não ter de adicionar um elemento alienígena a meu mito familiar. Aquilo encerrou o assunto: eu era orgulhoso demais para voltar a ele. Lembrei-me, é claro, de que, quando nos conhecemos, Lydia costumava me falar com especial intensidade sobre meu romance ambientado em Spetses, embora seja o único dos meus livros que ela nunca mais tenha mencionado, depois que nos tornamos amantes. Eu achava estranho esse silêncio e me perguntava se aquele período em especial de nossas vidas, a da minha família e a minha, era responsável talvez por alguma fissura na autoconfiança de Lydia, que no mais era imperial, quase triunfante, aparentemente sem lugar para qualquer sentimento que ao menos se assemelhasse ao ciúme. Será que era a história de amor descrita no livro? Eu duvidava; outras relações ganhavam vida em meus outros livros, relacionamentos de maior ou menor duração e de graus variados de intensidade — imaginários em sua maior parte, sou obrigado a confessar. Talvez ela pensasse que, naquele primeiro romance, eu tinha escrito sobre um círculo mágico só meu, do qual ela e, quem sabe, a própria tribo dos Frank, como uma unidade, teriam sido excluídas. Seria um absurdo, é evidente, mas as pessoas, até mesmo as mais inteligentes, às vezes relacionam o que se passa num romance consigo próprias. A conseqüência disso é que se pode provavelmente encontrar algum pobre coitado em Nova York, dotado de cultura literária e de um gosto por Tolstói, acostumado a jantar com Suas Altezas e funcionário dessa ou daquela casa de leilões perguntando a si mesmo: se tivesse topado com Oblonsky e Levin, degustando ostras, linguado e costela no hotel favorito de Stiva, será que eu poderia tê-los cumprimentado? Teriam me convidado para sentar-me à sua mesa? E assim por diante.

Nenhuma hipótese podia ser afastada. O medo de que nosso relacionamento tivesse sofrido algum dano me atormentava, assim como me atormentavam as perguntas para as quais eu não tinha resposta que me trouxesse paz. Que explicação podia haver para ela descartar de pronto, sem nenhum remorso aparente, a oportunidade de estarmos juntos numa circunstância incomum? Como ela havia insistido tanto quanto meu médico para que eu fizesse uma viagem de repouso, será que não podia dar um jeito de os colegas e assistentes prosseguirem com o trabalho, enquanto ela se ausentava por período de tempo tão curto? Vamos imaginar que ela, e não eu, tivesse adoecido: não fariam um arranjo para cobrir a ausência dela? Sei bem que o que vale para um, vale para o outro, e nem por um momento ignoro que me recusara a acompanhar Lydia ao congresso em Kyoto por causa do meu trabalho, mas havia uma diferença entre nossas situações — assim me pareceu então e assim penso ainda hoje. Ninguém podia escrever o livro ou o roteiro por mim, ou mesmo — se posso colocar a coisa desta forma — manter um e outro aquecidos, de maneira a impedir uma ruptura entre mim e meu texto. Para afastar qualquer dúvida de que eu estava de fato doente, deleitou-me lembrar que nunca fui de me mimar — ao contrário: Lydia bem sabia que eu sempre dera grande valor a minha considerável indiferença para com a fadiga, as dores e os mal-estares. Enfim, toda essa mixórdia de considerações me serviu de base para uma conclusão desafortunada e inconteste: a de que não havia justificativa para a recusa de Lydia em me acompanhar naquela minha convalescença em Spetses. Mais do que isso, senti-me autorizado a encarar aquela atitude como mais significativa do que minha recusa em acompanhá-la ao congresso. Na minha cabeça, passei a designar aquele evento como uma modalidade de evasão fiscal, arquitetada para permitir que cento e cinqüenta nefrologistas e respectivos consortes fizessem a maior farra num lugar que tinha tanto a ver com doenças renais infantis quanto — por que não? — Ulan Bator.

Cerca de uma semana depois, despedimo-nos, de modo muito semelhante àquele de quando ela partira para o Japão. Na véspera, jantamos no restaurante francês aonde eu levara Léa. Pedi um ótimo vinho, sem que o preço absurdo me provocasse nenhum murmúrio interior, minha serenidade reforçada pelos dois pagamentos que acabara de receber de Hollywood. Ao chegar em casa, fizemos amor com muito carinho. Mas eu sabia que, dentro de mim, as coisas não estavam bem e tinha quase certeza de que aquilo valia para Lydia também. Bom, é isso aí, disse North, como se, de forma abrupta, fechasse um livro. É tarde e eu estou cansado. Se quiser ouvir mais, me encontre aqui amanhã. Dei-lhe boa-noite.

Na manhã seguinte, North esperava por mim à porta do L'Entre Deux Mondes. Tinha os olhos vermelhos, exibindo vasos sangüíneos dilatados e feios. As pálpebras tremiam. Ele exclamou: Bem-vindo, muitíssimo bem-vindo! E me conduziu a uma mesa. Nossa garrafa semivazia de uísque escocês e uma garrafa de soda já estavam a postos. North me preparou uma dose, renovou a dele e disse que o lugar parecia sujo: Nunca esteve pior. Segui o olhar dele e assenti, embora, sinceramente, não discernisse mudança nenhuma em relação ao dia anterior ou a qualquer outro dia de que me lembrava. Já no tocante à aparência dele, aí eram outros quinhentos. O botão do meio do paletó de tweed estava faltando — eu tinha certeza de que ainda estava lá quando nos despedimos —, e a gravata ostentava gema de ovo congelada. Sobras do café-da-manhã? North não tinha feito a barba. Talvez, tendo ido dormir tarde, tivesse decidido abrir mão da toalete matinal.

Já adivinhou o que aconteceu a seguir?, ele me perguntou. Estou disposto a apostar alto que você nem imagina, embora seja bastante óbvio.

Fiz que não com a cabeça. Nem tentara adivinhar. E, de todo modo, não gosto de apostas.

Teria sido fácil, disse North. Como Lydia se recusou a me acompanhar na viagem a Spetses, convidei Léa. Preciso dizer que ela aceitou? Vou contar como foi. Dois dias antes do meu vôo direto para Atenas, Johann me ligou para dizer que Max tinha sofrido um pequeno derrame, uma espécie de advertência do que estava por vir. Todo o lado direito do corpo tinha sido afetado, inclusive a mão e o rosto. Perguntei se aquilo significava que ele estava paralisado, e Johann me disse que não, que não era bem assim: era uma perda parcial de mobilidade e sensibilidade que, muito provavelmente, podia ser revertida. Max conseguia falar, mas era difícil entender o que dizia. Tinham partido para Zurique quase de imediato, e Max estava no hospital, fazendo exames, terapia, ajustando a medicação, e assim por diante. Johann me disse que, naquelas circunstâncias, era muito importante para eles que eu não mudasse meus planos, e me hospedasse na casa deles, como se nada tivesse acontecido; Max insistira desde o princípio para que fosse assim, fazendo enorme esforço para falar. Seria um golpe para os dois se eu não fosse. Ele, Johann, já tinha feito os arranjos necessários. E os descreveu em detalhes, chegando a me contar como alugara um desses barcos de pescadores de proa dupla, com um motor primitivo mas potente, que eu podia usar para fazer piqueniques ou ir nadar, como nos velhos tempos. Era uma bela coisa que ele tinha feito, porque alguns dos melhores lugares para se nadar em Spetses são distantes demais para se chegar a pé. Johann preparara também listas de coisas para fazer e de instruções diversas, mas, depois, percebeu que eram desnecessárias, já que eu conhecia a casa e a ilha muito bem; de todo modo, estavam lá, esperando por mim. Max sabia de tudo que Johann havia feito e ficara feliz com isso. Então, do nada, Johann acrescentou que possuía grande significado aquele meu anúncio de que iria visitá-los em Spetses: fazia muito tempo, tinham deixado a casa para mim em seu testamento, mas, depois disso, de vez em quando se perguntavam se eu ainda amava a ilha. Talvez meu gosto por ela tivesse se arruinado. Eu, de minha parte, fiquei muito comovido com aquilo, porque nunca, mas nunca mesmo, me passara pela cabeça que aqueles dois velhotes gostassem tanto de mim. Expressei meus sentimentos da melhor maneira que pude. Como você pode imaginar, além de comovido, eu também estava triste. Disse a Johann que com certeza iria a Spetses, se era o que eles queriam, embora a idéia central da minha viagem tivesse sido passar um tempo com eles; por isso, queria pelo menos fazer uma escala em Zurique a caminho da ilha, para dar um abraço nos dois. Johann respondeu que aquilo estava fora de cogitação: Max não queria que ninguém visse como sua boca ficara torta ou como ele babava quando tentava falar; e, quanto a ele próprio, Johannn, não tinha tempo para ninguém além de Max. Passava dia após dia ao pé da cama dele e dormia ali mesmo, num catre. A hora certa de ir vê-los seria quando Max se recuperasse. Não havia como discutir. Decidi me ater a meu plano original.

E Léa? Depois do que parecia ser uma longa calmaria, ela retomara seus telefonemas, reclamando que não nos víamos e que ela havia se afastado da minha vida, embora eu fosse parte permanente da dela. Queria fazer uma viagenzinha comigo — para qualquer lugar que eu quisesse, contanto que fosse logo. Tinha uma série de *emmerdes* sobre as quais precisava me contar, e não podia ser por telefone. Fiquei imaginando que problemas, reais ou inventados, podiam ser aqueles. Jamais teria pensado em levá-la comigo para Spetses se Johann e Max fossem estar lá; o perigo de a notícia chegar aos ouvidos de Lydia teria sido demasiado grande. Não quero dizer com isso que eles teriam contado a Lydia. Não seria nada tão simples assim, porque não é esse o estilo deles; jamais fariam alguma coisa que pudesse me prejudicar diretamente, além do que não tinham nenhuma proximidade com Lydia, nem mesmo algum contato com ela. Na verdade, ela se sentira desconfortável nas duas únicas vezes em que haviam se encontrado: no nosso casamento e no jantar que se seguira à primeira exposição das pinturas de Max em Nova York. Mas os dois pintores recebiam convidados toda noite. Teríamos encontrado todos os amigos deles na ilha, a maior parte dos quais compunha-se de pessoas que haviam sido amigas de meus pais também. Haveria um bocado de fofoca, por causa dos meus pais e por eu ter me tornado tão famoso, e a notícia podia acabar chegando a Lydia. Eu não teria corrido tamanho risco, ainda que, na ponta vencedora dessa aposta, quatro semanas de sexo com Léa fossem o prêmio. Além disso, havia também o anseio incontrolável dos pintores por se intrometer. Era impossível prever que tipo de intriga — bem-intencionada, mas nefasta em seus efeitos — resultaria daí. Na ausência deles, porém, não havia razão para que eu visse quem quer que fosse na ilha, a não ser o casal que trabalhava para os dois. Eu os conhecia bem. O marido cuidava também do jardim dos pintores e de outros jardins, incluindo-se aí, por um tempo, o dos meus pais. Ele morria de rir quando derrotava Ellen, me derrotava e, às vezes, ganhava até do meu pai no gamão. Parecia que toda vez que o tabuleiro entrava em cena, ele surgia de detrás dos louros que estava regando e, mais cedo ou mais tarde, entrava no jogo, superando a nós todos até desistirmos. A esposa cozinhava, não tão bem quanto a velha cozinheira dos meus pais, mas era bastante boa. Depois de tudo o que aqueles dois tinham visto em tantos anos de trabalho para os pintores, minhas atividades sexuais não despertariam seu interesse. E a quem poderiam falar a esse respeito? Talvez a Max e Johann, quando voltassem à ilha, mas, até lá, a notícia de que eu havia levado uma jovem comigo para Spetses já estaria velha, e talvez os pintores pensassem apenas que Léa era Lydia. O perigo, portanto, parecia pequeno. A verdade era que um desejo sexual furioso, aliado a certa dose de ressentimento e despeito, tinha tomado conta de mim. Se eu não iria trabalhar no livro, se não haveria almoços e jantares para me distrair — festanças que só os pintores sabiam organizar —, se Lydia se recusava a me acompanhar, então eu arranjaria outro corpo feminino a meu lado que pudesse explorar. Não ia começar a pegar turistas alemãs. Se não seria Lydia, então era Léa. Disse a ela que me encontrasse no aeroporto de Atenas: pegaríamos juntos o hidrofólio para Spetses. A resposta dela foi: *iupi!* Vamos nadar um bocado. Estava pulando de alegria, disse-me, de tão feliz que estava. *Siga, siga*, respondi, o que, em grego, significa "vamos com calma": Estou levando você para trepar, não para nadar. Mas leve um maiô, por via das dúvidas. A água vai estar gelada.

Ao que parece, somos capazes de mudar fisicamente a ponto de ficarmos irreconhecíveis, sem nem sequer nos darmos conta disso. Nos muitos anos desde a última vez em que estivera em Spetses, eu não tinha engordado nem três quilos; meus cabelos estavam um pouco mais ralos, mas não grisalhos; minha postura corporal e o jeito de vestir eram os mesmos. Só estava mais velho. Mas o contexto era outro: eu já não era o filho do meu pai e da minha mãe, o garoto da casa amarela na encosta acima do velho porto, de quem Roxane, a melhor cozinheira da ilha, tomava conta. Se já não tinham sido esquecidas por todos, minhas aventuras no veleiro de quilha corrediça que meu pai me deu quando fiz catorze anos — a embarcação errada para a passagem entre Spetses e o Peloponeso, varrida por ventos ferozes — haviam sido atribuídas a outra pessoa, lembradas agora como obra de outro garoto, que, sem dúvida, seguira freqüentando a ilha e, aos sábados, ainda vinha de Atenas numa daquelas chalupas gorduchas que ancoravam logo abaixo do terraço do Vasily. Perto o bastante para que, ao lado de Léa à mesa, bebendo *retsina* e comendo cubinhos de queijo feta, eu acreditasse vê-lo, corpulento e satisfeito, charuto na boca, divertindo-se no deque de seu barco, enquanto uma mulher de vestes exageradas, jovem demais para ser sua mãe, gritava-lhe um impropério atrás do outro. Ou então para um sujeito igualzinho a ele. Resumindo: eu tinha me tornado invisível. A não ser por uma única exceção — um fotógrafo da *Paris Match* que jantou a umas duas mesas de distância de Léa e de mim no Yannis, a taverna que, antigamente, costumávamos chamar de o Maxim's de Spetses —, ninguém me reconheceu. Nem o velho que vendia jornais na banca do porto novo; nem o anão louco com cabeça e traços de mongolóide que costumava assustar Ellen com suas caretas; nem os proprietários do Vasily ou do Yannis; e menos ainda os gregos elegantes de mais idade, estalando os dedos para os garçons porque seu peixe grelhado estava demorando, senhores que costumavam beber gim com tônica nos coquetéis de meus pais e conversar com os demais convidados, ou mesmo entre si, em seu francês com sotaque carregado. A única pessoa que teria me reconhecido e ficado imensamente feliz em me ver teria sido a cozinheira, Roxane, cujos *keftedes* — bolinhos fritos de carne de cordeiro com delicado tempero de hortelã — serão minhas *madeleines*, se um dia eu tiver a sorte de tornar a provar algo do tipo. Ela morreu há anos.

A casa dos pintores é uma daquelas que dão para o mar, com degraus de cimento que descem do terraço inferior rumo a uma grande rocha plana, de onde se pode mergulhar na água. Sair por ali é complicado quando a maré está alta, mas a gente logo pega o jeito, ou então espera o vento acalmar. A visão que se tem da rocha, do terraço e da janela do quarto de hóspedes em que me acomodei com Léa é fabulosa. À esquerda, vê-se a costa do Peloponeso. Bem à frente, a distância bem maior, fica Hidra, como uma montanha verde que se ergue do mar ladeada por pequenas manchas brancas de espuma que, na verdade, são casas. Mostrei Dapia a Léa, que é onde o hidrofólio e outros barcos turísticos atracam; mostrei também o porto velho e algumas das igrejas minúsculas salpicadas pela ilha. Mas, depois de nossa caminhada matinal pelo emaranhado de louros e oliveiras que começa bem onde termina o caminho que conduz à antiga casa dos meus pais — para a qual apontei, não sem alguma hesitação —, doeu-me tanto passar por ali que não via motivo para tornar a sair. Ela me pediu que fôssemos visitar a casa de meus pais. Recusei, porque não queria fazer contato com os novos proprietários, um banqueiro suíço que eu conhecia vagamente e sua esposa inglesa; ou, caso estivessem fora, o que era provável, com os empregados, aos quais teria de explicar quem eu era. Ficamos em casa, o que, afinal, parecia a atitude prudente a tomar; saíamos apenas para a caminhada até o velho porto, para pegar o barco que os pintores haviam alugado para nós, e para a caminhada de volta do porto até a casa, à tarde, quando o torpor da siesta já havia descido sobre a ilha e os únicos seres vivos à vista eram os burros, num ou noutro terreno poeirento, comendo a grama queimada. Fomos, é verdade, às duas boas tavernas, quando sentimos vontade de comer peixe. Mas, você sabe, em ilhas como Spetses, os pescadores vendem o que pescaram em primeiro lugar para os restaurantes, depois para os moradores e, por fim, para os cozinheiros dos gregos ricos de Atenas; depois, dividem o que sobrou, que pode não ser muito, entre os cozinheiros mais prestigiosos que trabalham para os estrangeiros. E somente para aqueles estrangeiros que têm casa ali há muito tempo. Roxane estava entre esses cozinheiros. Imaginei que Marina, a cozinheira dos pintores, desfrutava de igual privilégio. Mas as poucas vezes em que, cansado de cordeiro e frango, arrisquei pedir um peixe, ela suspirou de forma trágica e, numa daquelas frases que começam com a palavra *tipota* e que os gregos parecem reservar ao discurso dirigido aos bárbaros, deixou claro que o destino não permitiria o prato solicitado. O mais provável era que não quisesse desperdiçar seu crédito entre os pescadores com gente como Léa e eu. Iria mantê-lo intacto até a volta dos pintores. Eu não tinha como culpá-la. Mas ela preparava com gosto o cesto com ovos cozidos, atum em lata, queijo, vinho e frutas que eu levava conosco para o barco. Deixávamos o velho porto por volta das onze e navegávamos ruidosamente até algum ancoradouro numa praia ou enseada onde tivéssemos certeza de estar a sós. Havia muitos lugares assim. Por volta do meio-dia, o deque fervia de tão quente. Eu o forrava de toalhas de praia. Deitávamos nelas, fazíamos amor e, depois, descansávamos de todo o vigoroso empenho. Por volta da uma e meia, almoçávamos. Ao que parecia, eu estava dormindo um bocado, sobretudo depois do pesado vinho grego. Às vezes, a encosta de uma montanha nos proporcionava sombra à tarde. Do contrário, eu esticava o toldo sobre a cabine aberta e dormia ali, enquanto Léa lia. Eu quase nunca lia, embora tivesse enfiado dois ou três livros na sacola e a biblioteca dos pintores estivesse repleta de preciosidades. Minha fadiga era maior do que eu havia pensado. Eu me restabelecia dela com bastante vagar. Quando enfim lia, levava vários minutos para terminar uma página e logo meus olhos começavam a se fechar. Uma coisa estranha estava acontecendo. Toda a minha vida, fui atormentado por pesadelos. Durante aquela viagem, ao contrário, meus sonhos — em particular os que tinha no barco — eram tão interessantes e inofensivos que eu me via ansioso por tê-los, com todas as intricadas e altas aventuras que me proporcionavam. Tentava prolongar alguns, ao sentir que minha compreensão do enredo e de seu significado enfraquecia, ou que o sonho em si desvanecera sem resolução. Mas talvez o esforço não fosse em vão: ultrapassada a fronteira entre sono e vigília, um resíduo daquilo que eu havia experimentado e talvez compreendido me inspirava uma coragem momentânea e uma ingênua esperança.

A verdade é que sonhar e nadar tinham se transformado em modalidades de fuga para mim. Fuga do quê? Posso ver a pergunta tomando forma em seu rosto com tamanha insistência que começo a pensar se, para variar, você encontrará forças para romper essa sua mudez. Você vai me perguntar ou não, criatura? Vai perguntar: O que afligia você, John North, naquela ilha paradisíaca? Do que, afinal, você podia querer fugir ali? Vejo que você não vai fazer pergunta nenhuma. Prefere permanecer em silêncio, fiel a seu estilo. Talvez você ache que é uma maneira de me deixar contar a história sem nenhuma interferência. Começo a pensar que é uma forma de desdém.

Pareceu-me que uma agitação peculiar tomara conta de North. Aquele nervosismo, somado à aparência estranha, me preocupou. Com o intuito de acalmá-lo, ergui as mãos, as palmas abertas voltadas na direção dele, os dedos espraiados ao máximo. Acredito que esse seja um gesto entendido no mundo todo como um apelo à conciliação. Se necessário fosse, teria até falado. Mas obtive sucesso em tranqüilizá-lo sem precisar fazê-lo. North sorriu e disse: Não se preocupe com minha explosão. Só para mostrar a você que meu acesso de raiva passou, prosseguiu ele, vou responder à pergunta que você não conseguiu fazer. Aquilo de que eu fugia, de que me sentia absolutamente compelido a escapar, era a vergonha pelo que tinha feito, pela estupidez colossal de ter embarcado com Léa naquelas férias de gigolô. O período de tempo mais longo que havíamos passado juntos até então tinham sido os dois dias consecutivos em Bourges e Viena, durante as filmagens parisienses de *O formigueiro*. Naquela ocasião, sexo e turismo haviam atuado de forma providencial, distraindo-me. Sim, turismo, ainda que eu conhecesse Viena bem demais para ser um turista ali. Quando viajamos, sempre há aquelas providências de turista para tomar, chegar de fato aonde se quer ir, fazer os arranjos todos para a partida, acostumar-se ao quarto de hotel, tratar das reservas para o jantar com a recepção e visitar ao menos um museu. Foi um milagre que, com tudo isso, ainda tenha sobrado tempo para trepar ou, ao contrário, talvez um milagre ainda maior que, trepando tanto como trepamos, tenhamos tido tempo para almoçar, jantar e ir à ópera. O certo é que não tenho lembrança de, à época, ter conversado bastante com Léa. Mas nossa rotina em Spetses deixava tempo de sobra para tanto, ou, mais precisamente, para que ela conversasse comigo. Você vai rir, disse North — corrigindo-se em seguida: Não, não vai, não é seu estilo —, se eu contar a você que sou, no fundo, uma pessoa taciturna, que logo se cansa de tagarelas. Mas é a pura verdade. Quando não estou em exibição — ou seja, quando não estou em jantares literários ou em debates nos quais brilha o meu trabalho —, sou perfeitamente capaz de passar horas sem dizer uma única palavra, feliz, aliás, por não precisar fazê-lo. É o seu caso também? É por isso que você nunca fala?, North me perguntou. Depois, completou: Não importa, não quero forçar você. A verdade é uma só: a ninfa do silêncio é minha aliada. Sem ela, eu não teria escrito meus livros. É ela quem me proporciona o tempo necessário para ouvir e pensar. O silêncio tem sido uma das pedras angulares da minha felicidade com Lydia. É claro que Lydia não é tão avessa a uma conversa quanto eu, já que minha aversão beira a grosseria, ao passo que ela — o que é parte das belíssimas maneiras que aprendeu com a avó alemã — é capaz de conversar com qualquer um, até com uma parede, sem precisar incorrer naquela desprezível conversinha trivial. Lydia também precisa pensar — sobre seu trabalho. As melhores descobertas que faz não são acidentais, mas produto de longa e concentrada reflexão.

Tínhamos esvaziado nossos copos. North os reabasteceu e, de pronto, bebeu o conteúdo do seu quase até o fundo do copo. Melhor assim, ele me disse.

Seguiu-se um instante de silêncio, até que North tornou a falar: Pois então, foi nisso tudo que me vi obrigado a pensar, enquanto ouvia a interminável tagarelice de Léa, e aliás um falatório que, em parte, eu não entendia, ou porque não estava prestando muita atenção ou porque ela engolia grandes grupos de palavras e mudava radicalmente o tom de voz no meio de uma frase. Essas singularidades pareciam ter se acentuado cada vez mais, como se para acompanhar a crescente felicidade dela. Ah, sim, ela estava feliz em Spetses e procurava me assegurar disso exclamando nos momentos mais inoportunos: Enfim, sós! Estou convencido de que algumas das formas odiosas de intimidade que ela tentava impor estavam ligadas a essa visão de nova bem-aventurança. Ela começou, por exemplo, a se sentar no vaso com a porta do banheiro aberta. Eu desencorajava essa iniciativa fechando a porta eu mesmo, talvez de forma mais ostensiva do que seria necessário. Mais de uma vez, quando eu estava no banheiro dando uma mijada, ela entrava em silêncio — quando queria, Léa era capaz de se mover como um guerreiro sioux, sem fazer barulho algum — e, me abraçando por trás, pegava meu membro sem dizer palavra e brincava com ele como se fosse uma mangueira de jardim. Eu não punha em dúvida sua boa intenção, ou que seus outros grandes amores se excitassem com coisas como defecação compartilhada e que tais. A triste verdade, ou não tão triste assim, é que não é o meu caso; outras atividades, em geral não mencionáveis, atendem mais ao meu gosto. No fim, Léa me repetiu as histórias das diversas *emmerdes* que andara sugerindo ao telefone, a fim de que eu penetrasse o mistério das suas preocupações. Na verdade, tinham todas a ver com a menos predileta das criaturas que eu conhecia, Jacques Robineau, que se casara numa recepção oferecida no Racing; Léa não planejava nenhum casamento do tipo no Crillon. Veja você como, às vezes, minha compreensão dela era completamente equivocada. No fundo, a principal *emmerde* era a ausência de candidato sério à mão dela. Tinha havido dois, que ela levara para casa para experimentar — nas palavras dela —, mas devolvera ambos à loja. Um deles era um professor de medicina, casado e com um talento especial para o sexo oral, mas nada disposto a se divorciar, talvez por causa dos filhos. O outro era um documentarista argelino. Nesse caso, a esposa não era o problema: o argelino estava propenso a abandoná-la num piscar de olhos. O problema era dinheiro. O documentarista não tinha um tostão, e Léa havia decidido que seu marido teria de ser rico ou, pelo menos, precisaria viver como se fosse, como era o meu caso e o de Robineau. A mulher com quem Robineau havia se casado em meio ao esplendor que impressionara Léa era ninguém menos do que a jornalista com quem, segundo Marianne, ele estava vivendo. E a tal jornalista era a melhor amiga de Léa. Antes do casamento, essa circunstância obviamente não impedira o relacionamento dela com Robineau. O que os preocupava agora, ou talvez só Léa estivesse preocupada com isso, era se havia alguma razão para que aquele relacionamento não fosse retomado. Do ponto de vista lógico, supunha ela, não havia razão nenhuma. Mas ela esperava que ele desse o primeiro passo, talvez da próxima vez que a jornalista tivesse de viajar a trabalho. O fato, porém, era que, por enquanto, reinava certa escassez: restavam a ela seu grande amor, o físico, e eu. O que ela me anunciou, North disse, com o habitual *iupi!*

Ia já muito longe, North prosseguiu, o tempo em que as comunicações de Spetses com o resto do mundo eram um horror, e ligar para os Estados Unidos demandava tempo e perseverança consideráveis. Ainda assim, receber chamadas na casa dos pintores era complicado, porque o telefone tocava também nos aposentos de Marina e do marido dela, que, como era natural, o atendiam, já que quase todas as chamadas eram para eles, de modo que, como regra geral, decidi-me por não atender, para que não tivesse de convencer algum grego loquaz a aguardar na linha, enquanto eu corria em busca de Kosta ou da própria Marina. Combinei, portanto, de ligar para Lydia a cada três dias, sempre à mesma hora, pouco antes de ela sair do hospital. Eficiência e previsibilidade eram minhas metas principais, mas o sistema também tornava mais fácil para mim assegurar que Léa não estaria por perto quando eu fosse ligar. Seria intolerável correr o risco de que Léa, ao me ver ao telefone com Lydia, resolvesse de imediato tornar a prestar os serviços aos quais tinha sido inspirada pelo telefonema que eu dera a Lydia de Paris, para contar sobre o prêmio francês. Assim sendo, eu falava com Lydia sem nenhum constrangimento, fosse com relação às mentiras que eu contava — necessárias para excluir Léa do quadro das atividades diárias que eu descrevia — ou ao carinho que demonstrava. Ouvia com cuidado, pesando cada palavra que ela dizia, contando-me as novidades do trabalho e da família, que amigos tinha visto, e assim por diante. Tudo soava verdadeiro, eu não detectava nela nenhuma falsidade. Sua inteligência, a boa índole e a retidão inata que a caracterizavam emanavam de cada palavra. Ela tampouco exibia qualquer traço de arrependimento ou desconforto por não ter me acompanhado. Aquilo significava, concluí, que Lydia não sentia nada disso. A seu ver, ela tinha agido de forma sensata, depois de pesar, com total boa-fé, as reivindicações conflitantes: minha saúde e minha necessidade de viajar, minha relutância em ficar sozinho e as demandas do trabalho dela. Lydia talvez nem tivesse se dado ao trabalho de articular para si mesma os motivos para aquela decisão. Bastava tê-la tomado. Não sentia necessidade de revê-la. E não identifiquei na voz dela nada que sugerisse algum problema pendente entre nós. Se tinha havido alguma coisa do tipo quando ela partira para Kyoto ou quando, já de volta, se recusara a me acompanhar a Spetses, essa eventual pendência tinha desaparecido. A conclusão, prosseguiu North, era que ter levado Léa comigo tinha sido um ato motivado pelo rancor e pela imprudência; cada momento do dia minava um pouco mais as bases do meu casamento, quando não havia motivo nenhum para eu sentir rancor. Julguei intolerável minha estupidez. O sexo que eu imaginara com Léa e o fervor com que o desejara pareciam agora de importância secundária em minha decisão. Afinal, eu não era incapaz de exercer sobre mim todo e qualquer tipo de autocontrole. Depois de falar com Lydia, eu desligava o telefone do ateliê dos pintores, servia-me de um uísque e ia bebê-lo no terraço, para adiar o momento da minha entrada no quarto e da repetição de nossa cena noturna, quando Léa pulava da cama e atacava minhas roupas até que eu também estivesse nu, seguindo-se a execução de manobras variadas em prol da ereção e a penetração desse ou daquele jeito. Depois, eu ficava acordado, sentindo vergonha e medo.

Não tenha pena de mim, North disse. Eu não tenho, nem mesmo agora. Os deuses são justos. Recebi o que merecia. Durante todo o tempo que passamos em Spetses, eu me sentia abençoado também. Abençoado por aquele mar de um brilho incomparável que, brincalhão, sulcado pela brisa, esperava por mim quando eu me levantava do meu leito adúltero. De início, eu ia nadar sozinho, porque a água era gelada demais para alguém não acostumado ao Atlântico Norte. Mas não demorou muito até que Léa resolvesse entrar na água também. Ela se revelou excelente nadadora: vigorosa, elegante nas braçadas e muito rápida. Claro que eu era mais forte, e imagino que quando estava bem de saúde tinha maior resistência para longas distâncias, mas ela de fato nadava melhor. Alguém lhe ensinara muito bem, e Léa tinha talento. Logo após o café-da-manhã, pulávamos da nossa rocha para a água; depois, mergulhávamos do barco e, no final da tarde, de novo da rocha, antes dos drinques no terraço. Eu escolhia os melhores ancoradouros para se nadar, e os que ofereciam as melhores vistas; um a um, levei-a a todos os lugares de que mais gostava. Guardei para o fim, quando a água já estava mais quente, o meu favorito: uma baía profunda, sem nenhuma casa por perto, de frente para Spetsopoulos — a ilha particular de Stavros Niarchos. Nos anos 70, boatos e escândalos associavam-se às aventuras dele, conjugais ou não. Eu não tinha contato com esse tipo de fofoca. Ainda assim, espiar a propriedade dele com binóculos acrescentava algum molho à estada ali. Da segunda vez que fomos até lá, propus a Léa que nadássemos até uma ponta da baía e, de lá, apostássemos corrida, nadando de um lado a outro e depois de volta. Ela disse que era melhor dobrarmos a distância, senão eu não teria nenhuma chance de ganhar.

Até a última etapa da disputa, mantive-me à frente dela, diminuindo o ritmo de vez em quando para ver o que ela pretendia. Não era nada fácil manter-me à frente. As braçadas dela eram executadas num daqueles tipos de estilo livre que fazem a gente pensar no que um virtuose do violino é capaz de fazer com seu arco. Indo e voltando como que por si só, tudo muito simples e natural, porém o fato é que só um Heifetz ou um Milstein conseguem tocar desse jeito. Mas eu ia bem. Na verdade, sabia que estava poupando minhas forças, reservando-as para depois. A cura pelo repouso havia funcionado. Demos início à quarta e última etapa da disputa, e eu nadava agora com todas as minhas forças. A única coisa que me incomoda quando estou nadando em água salgada é o ardor nos olhos. Meus olhos sempre foram muito sensíveis à luz forte e ao sal. A concentração de sal no mar Egeu é maior do que a do Atlântico, e eu já sofrera um bocado ali, quando, ainda garoto, nadava em Spetses. Dessa vez, porém, estava usando óculos de natação. Por isso, e porque administrara bem o meu ritmo, minha felicidade era completa. Afastei-me de Léa com facilidade e agora apenas mantinha o ritmo, muito mais forte. Sabia que poderia sustentá-lo. Não parecia haver nada capaz de me fazer parar, jamais. O barato do *mobile perpetuum*, um desvelamento do segredo do moto-contínuo. Se Léa quisesse, podíamos triplicar a distância: eu não descansaria até a lua aparecer. Em algum momento da minha euforia, sem saber ao certo por quê, girei a cabeça à procura dela. Léa não estava em parte alguma. Parei, tirei os óculos e, protegendo os olhos contra o sol, tornei a olhar bem. Lá estava ela, muitos metros atrás, balançando o braço direito e chamando. Gritei de volta, avisando que já estava indo, e nadei a toda até ela. Quando a alcancei, ela estava chorando. Não entendi o que tinha acontecido; de início, achei que ela tinha sido vítima de alguma água-viva. As grandes são raras ali, mas existem e podem queimar um nadador. Não, ela soluçava, me perdi de você, não sabia onde você estava ou que direção tomar, e estou congelando. Senti um súbito calafrio também, imagino que provocado pelo pânico. Claro, ela era cega como um morcego, o que era fácil esquecer, porque, na maior parte do tempo, Léa usava lentes de contato, que evidentemente teve de tirar para nadar. O resto do tempo, se não estava de óculos, ela fingia enxergar. Empregava uma técnica que lembrava Marilyn Monroe em *Como agarrar um milionário*. Antes, não precisara se preocupar quando nadávamos, porque eu estava sempre por perto. Eu a abracei e a acariciei até ela se acalmar, e nadamos de volta para o barco, bem próximos um do outro. Uma vez a bordo, e tendo ela se aquecido — embrulhei-a nas toalhas que havia deixado ao sol — e bebido um pouco do pavoroso conhaque grego que eu mantinha no barco, em homenagem aos velhos tempos, deitei-me em cima dela e, sem que eu requisitasse os serviços de praxe, fizemos amor com muito carinho. Foi uma mudança que penso que Léa notou. Eu a vinha tratando com brutalidade desde que chegáramos à ilha, e, na verdade, estava até espantado que ela não reclamasse.

Quando o *meltemi* sopra para valer em Spetses, o céu pode até permanecer muito claro, mas a qualidade da luz muda bastante. Ela adquire uma luminosidade gélida, como se, de repente, um outro sol iluminasse a ilha. Uma luz apropriada aos desastres naturais e ao luto. Foi o que aconteceu no dia seguinte, mas não à ilha, a sua população ou a Léa. Aconteceu comigo. Minha irmã, Ellen, telefonou para dizer que, dessa vez, meu pai estava morrendo de verdade. Era melhor que eu fosse a Washington o mais rápido possível, se ainda quisesse vê-lo em vida. Sua demência perdurava já por tanto tempo, impossibilitando qualquer contato real entre nós, que hesitei por um momento. Não podia dizer a Ellen que chegaria assim que possível e, então, relaxar? O homem que ocupava a cama do melhor quarto de hóspedes da bela casa dos meus pais — no quarto principal, minha mãe reinava sozinha, em sua própria escuridão estigial — apenas lembrava meu pai, e nada mais. Nada de bom podia acontecer entre mim e ele, antes de eu fechar seus olhos. Mas não tive coragem de não ir. Em vez disso, liguei para o advogado em Atenas que, fazia anos, se oferecia para cuidar dos imóveis e dos problemas fiscais dos meus pais, não porque essas questões insignificantes fossem dignas da atenção dele, mas por causa do que eles eram — o que o advogado jamais deixava de enfatizar em suas conversas comigo. Eu próprio não o impressionava tanto. Era a hora perfeita da manhã para tentar encontrá-lo: não tão cedo que seria inconcebível que estivesse no escritório, nem tarde o bastante para que já tivesse ido almoçar e tirar sua soneca na casa da amante. Tive sorte. Ele concordou em alugar um helicóptero que me apanhasse na minúscula pista de pouso do outro lado das águas para me levar até o aeroporto de Atenas. Foi lá que me despedi de Léa e consegui pegar um vôo direto para Nova York. Lydia já estava em Washington e foi me encontrar na casa em Georgetown.

Contei a você que estabelecera como regra ir até a casa dos meus pais a cada três ou quatro semanas, para ver como estavam indo? Às vezes, Ellen e eu achávamos que eles nos reconheciam, mas era só um breve tremor, de significado incerto. O certo era que eles não tinham consciência do tempo decorrido entre nossas visitas. Essa era a opinião do médico e também a de Ellen, que ia vê-los com mais freqüência, uma vez que morava mais perto, na Virgínia. O advogado que cuidava dos bens de meus pais e pagava a equipe que tratava deles não discordava. Não obstante, eu ia até lá, sentava-me à beira da cama dos dois, acariciava-lhes as mãos, que tinham se tornado brancas como a neve, e em geral os beijava. Não era uma coisa desagradável. Eles estavam sempre limpinhos e cheirando bem, a despeito da inimaginável indignidade das fraldas, da flatulência incontrolável e assim por diante; e trajavam roupas imaculadas, adequadas à hora do dia e à estação do ano. Meu pai era barbeado com o mesmo cuidado de quando ainda estava vivo — sim, porque era assim que eu o via, era dessa maneira que distinguia seu estado presente da sua condição passada. Na verdade, era barbeado diariamente pelo mesmo homem que vinha fazer o cabelo da minha mãe. Eu achava que eles exibiam o mesmo aspecto de sempre, mas, na realidade, eram espécimes empalhados por um exímio taxidermista. Não deixava de ser natural eu passar a acreditar que aquela parte da minha visita — os beijos e as carícias — acontecia, na verdade, não em benefício deles, mas no meu. A tarefa mais importante, tanto a de Ellen quanto a minha, acreditava eu, era conferir o trabalho das enfermeiras. Mantinham-se alertas? Tratavam meu pai e minha mãe daquela forma admirável todos os dias ou reservavam aquele tratamento apenas para quando depreendiam que Ellen ou eu apareceríamos? Os lençóis eram de fato trocados duas vezes ao dia, arejavam os quartos, preparavam comida fresca, faziam as massagens com cuidado e pontualidade, escolhiam as roupas de acordo com nossas instruções? Em outras palavras: justificavam o dinheiro que pagávamos a elas? Era difícil não pensar em dinheiro quando somávamos de cabeça os salários semanais das enfermeiras do dia e da noite, o das faxineiras, o do cozinheiro e o do ordenança, cuja presença se tornou supérflua quando a força de meu pai decaiu a ponto de, mesmo no auge da agitação, sua própria enfermeira ser capaz de dominá-lo, talvez com o auxílio da enfermeira de minha mãe. Mas, por via das dúvidas, o ordenança permaneceu. Por via de que dúvidas? Eu não teria sido capaz de dizer, até o dia em que meu pai mordeu a enfermeira, fazendo-a sangrar. Ellen e eu nos apegávamos à visão da casa como ela tinha sido. A não ser pelas camas de hospital que haviam substituído as originais, de quatro colunas em estilo Queen Anne, nada havia mudado na casa da O Street. Gostávamos daquilo. Mas em momentos de destempero, conversando com Ellen, eu dizia que a casa era uma tumba egípcia falsa, uma sala de espera entre a vida e a morte, da qual, violando nosso compromisso, nós, os herdeiros, expulsaríamos o casal imperial — um de cada vez —, tão logo soasse a hora do embalsamamento e de outros assuntos sérios. Enquanto isso, devo confessar, em nome deste herdeiro em particular, que ele devotava atenção quase semelhante ao modo como as enfermeiras de seus pais tratavam a mobília. Havia muitas peças magníficas na casa, e elas mereciam respeito. Nunca deixei O Street sem ter antes me certificado de que, onde necessário, as cortinas estavam fechadas, para impedir a ação dos destrutivos raios solares, e de que aquelas superfícies brilhantes, polidas por número tão grande de anos, haviam sido espanadas e enceradas. É provável que você pense que sou duro demais comigo mesmo. É inevitável, porque sempre acabamos com uma carga de culpa nas costas, não importa o quanto ousemos acreditar que fomos filhos conscienciosos. A triste verdade é que cumprir o dever não substitui o amor, e não posso afirmar que amava aqueles corpos importunos e suas funções incessantes. Na melhor das hipóteses, sentia pena deles e amava determinadas lembranças. Assim sendo, fazermos um relato cru de nós mesmos é uma forma de defesa, montada antes que um ataque seja desfechado.

Como eu estivera doente e havia ido para Spetses, fazia

tempo que não via meu pai. Umas oito ou dez semanas, suponho. Durante minha última visita, eu o havia encontrado em sua forma habitual, uma figura em cera de madame Tussaud, sentada à janela numa poltrona *bergère*. Estava vestido como se vestiria se ainda batesse bem da cabeça: num suéter vermelho-escuro de caxemira e gola rulê, calça cinza de flanela, meias vermelhas que combinavam com o suéter e mocassins engraxadíssimos. Lembro da minha satisfação: para manter a equipe em alerta, eu só telefonara ao chegar ao aeroporto, pouco antes da viagem de quinze minutos de táxi até a casa, e podia, portanto, dizer a mim mesmo que era daquela maneira que meu pai se apresentava todos os dias, que aquilo não havia sido encenado só por causa da minha chegada. Ellen e eu achávamos benéfico que eles seguissem se vestindo tal como antes, que vissem objetos conhecidos ao olhar em torno, que tivessem sempre flores frescas por perto. Os médicos não nos contradiziam — o que pensavam de fato eram outros quinhentos —, e quem poderia dizer o que penetrava nos cérebros lesados dos dois? Eu não gostava do geriatra, um sujeito melífluo e escorregadio em cujas palavras nunca acreditei, fossem elas de conforto ou não. Nem de seus silêncios. Claro, a última visão simpática de meu pai teve seu momento obrigatório, quando o balão da minha auto-satisfação furou. O pobre homem remexia um aro de salsichas de plástico de várias cores que podiam ser destacadas e reencaixadas — um brinquedo para crianças de um a dois anos. Por um momento terrível e sentimental, julguei que as enfermeiras o tinham achado na nossa velha sala de brinquedos. Depois percebi que não podia ser: tínhamos esvaziado e limpado aquela sala para abrigar ali o ordenança. Além disso, não me lembrava daquele brinquedo em particular. Portanto, as enfermeiras o tinham comprado. Não creio que meu pai tenha me reconhecido. Se reconheceu, não ficou feliz, porque, de imediato, começou a me bater com o aro, tentando acertar meu rosto, ao que a enfermeira lhe confiscou o brinquedo, substituindo-o por uma esponja em formato de bola de futebol americano, que ele podia apertar.

Agora, eu encontrava meu pai num leito de hospital, tremendo sem parar. Desde aquela visita anterior, ele devia ter perdido uns quinze quilos, talvez mais. Deitado de costas, por assim dizer, vestia um pijama escasso, que mais parecia roupa de hospital. De tempos em tempos, um grande espasmo o virava de lado por um momento. Talvez porque fosse agora só pele e osso, era evidente que estava usando uma fralda enorme. O quarto estava muito quente. Sem cobertas, ele exibia os pés. Era possível que eu tivesse esquecido que aspecto tinham? Não fazia idéia da última vez em que o vira descalço. Aqueles pés eram horrorosos. Tinham agora grandes joanetes, daquele tipo que deforma os pés mesmo quando se está de sapatos. Era uma visão que sempre me fizera estremecer, e ali estavam eles, desfigurando meu pai. Quem quer que lhe tivesse cortado as unhas das mãos se esquecera dos pés. Neles, as unhas apresentavam-se duras, longas e rachadas. Se não estivessem tão limpas, eu diria que eram as de um mendigo sem-teto. Ele tentou cruzar as pernas, mas não conseguiu; segurei seu tornozelo, na tentativa de ajudá-lo. Ele me repeliu com violência e força surpreendentes, e deu continuidade aos próprios esforços. Então, olhei para seu rosto com atenção. Ao entrar no quarto, precisara desviar os olhos. Agora podia olhar, e vi que uma coisa estranha havia acontecido. O rosto dele — todo o crânio, na verdade — tinha se alongado e se estreitado, como se tivesse sido comprimido por um torno. Também o queixo, naturalmente, estava mais estreito. Eu não queria nem pensar em como os dentes haviam se ajustado. Não fui capaz de beijá-lo no rosto, tão próximo daquela boca; pareceu-me que seria um gesto histriônico, de mau gosto. Talvez estivesse errado. Lydia deu-lhe um beijo, e aquilo de fato me pareceu muito correto, mas já era então tarde demais para que eu a imitasse. Resolvi dar-lhe um beijo na testa — aquela testa desconhecida, afilada —, mas somente ao sair. Ellen me conduziu a uma cadeira. Eu me sentei e pus a cabeça no travesseiro, tão longe quanto possível da dele. Ouvia uma espécie de murmúrio constante, entremeado de uma ou outra palavra conhecida: meu nome, o de Ellen, o do geriatra, mas não o de minha mãe; expressões desconexas e recorrentes, como "com tal desejo", os nomes dos dias da semana, como se ele os estivesse ensaiando, para se certificar de que ainda estavam lá. Alguma espécie de jornal cinematográfico do inferno passava diante daqueles olhos que viam e não viam, repetindo-se e recombinando-se, suponho. Ele prestava cuidadosa atenção. Ellen veio até o meu lado da cama, bateu no meu ombro e nos levou, a Lydia e a mim, para fora do quarto. Eu não tinha notado a enfermeira, mas ela estava lá, sentada a um canto. Dei o tal beijo em meu pai antes de sair.

Os dois médicos e o advogado estavam na biblioteca, tomando café. Era muito simples, explicou-me o neurologista. O reflexo que nos faz engolir a comida tinha se perdido; se quiséssemos alimentá-lo, teria de ser por um tubo que passava pela boca e pelo esôfago até chegar ao estômago. O advogado começou a murmurar, à maneira de meu pai, que não nos cabia interferir naquele assunto, porque o procedimento não constava das instruções deixadas por meu pai, mas eu o interrompi. Disse aos médicos que não permitiríamos a alimentação artificial. Lydia segurou minha mão enquanto caminhávamos até o quarto de minha mãe, separado do de meu pai por um largo corredor branco. Papagaios azuis e verdes apinhavam-se no papel de parede. Também ela estava em sua cama. A enfermeira levantou-se e pôs o indicador sobre os lábios. Minha mãe dormia. Seu rosto parecia mais cheio. Talvez tivesse engordado um pouco. Não havia nada a criticar no modo como tinham arrumado seu cabelo, na camisola rosa-shocking de angora ou nos lençóis de um branco cintilante. Sussurrei: Ela sabe? A enfermeira sorriu e fez que não.

O funeral na catedral foi o melhor que já vi, à exceção do de Jack Kennedy, é claro, que eu tinha revisto na televisão do quarto de hotel em Atenas. Meu pai recebeu todas as honras militares, de modo que uma banda tocou sem parar enquanto o caixão coberto pela bandeira era carregado por cinco fuzileiros navais em uniforme de gala, tão rijo que estalava como arreios novos num cavalo, e era um verdadeiro milagre que conseguissem andar. O melhor amigo dele e colega de escola, que havia sido ministro da Marinha alguns governos antes, encarregou-se do panegírico. O velhote ainda exibia plenas faculdades mentais. Conseguira, Deus sabe como, tudo o que professores e diretor haviam escrito sobre meu pai, documentos que em parte tinham sido enviados a meus avós e em parte haviam permanecido nos arquivos da escola, suponho. Que ele tinha sido aluno exemplar, não era segredo para ninguém. Minha mãe sempre martelara aquilo nos ouvidos de Ellen e nos meus, produzindo involuntariamente os efeitos perversos imagináveis em nosso próprio desempenho acadêmico. Mas o material lido pelo ministro descrevia meu pai como um jovem Deus. Conversando sobre isso depois, Ellen e eu concordamos em que não era de fato surpresa. Uma parte daquilo pode ter chegado a nós como um perfume exótico, trazido pelo serviço na guerra e no governo, pela vida social de meu pai e minha mãe e por muitas outras coisas que é melhor esquecer. Havia também toda a bajulação que o rodeava sempre que os ex-colegas de escola se reuniam em casa. Era uma pena que minha mãe não pudesse ver e ouvir tudo aquilo — quero dizer, ver, ouvir e compreender. Discutimos com Lydia e com o neurologista se ela devia ir ao funeral e, no fim, a levamos conosco, sedada, como aconselhara o neurologista, para evitar qualquer risco, e ela permaneceu sentada na primeira fila, entre mim e Ellen. Pusemos duas das enfermeiras logo atrás dela. Embora não tenha dito uma única palavra — o que me fez pensar se o maldito médico não tinha exagerado no Valium —, ela chorou desde o momento em que a banda dos fuzileiros começou a tocar até o tradicional toque da corneta, executado enquanto o destacamento em uniforme de gala conduzia o caixão até o carro fúnebre. Chorou sem fazer barulho, sem soluçar. Eram só lágrimas e mais lágrimas. Talvez se possa concluir que ela compreendeu tudo aquilo. Mas talvez tenha chorado porque, já tendo participado de tantos serviços fúnebres e de tantos enterros, estivesse condicionada a chorar tão logo recebesse os estímulos sensoriais associados a eles. O neurologista não emitiu opinião. Não a levamos ao cemitério, porque ia ser outra cerimônia demorada, e as enfermeiras, em quem confiávamos de fato — e que, tenho certeza, teriam gostado de seguir apreciando o espetáculo militar —, acharam que ela já estava mais do que exausta.

Funerais afetam as pessoas de maneiras imprevistas até para os diretamente envolvidos — no caso, eu, o filho enlutado. Estava ocupado ou absorto demais em meus pensamentos? Não tenho certeza. Um exemplo disso que percebi de imediato, tão doce quanto amargo, mas um tanto cômico também, foi o modo como os Frank se deram conta de repente de que meus pais eram gente importante de fato, a despeito da falta de seriedade que Bunny e Judy Frank lhes atribuíam, juntamente talvez, mas em segredo, até com boa dose de insensatez. Quando retornamos do cemitério para a recepção na O Street, Bunny nos puxou, a Lydia e a mim, para o lado e confessou estar abalado. Com todas as suas conquistas, passadas e presentes, ele não acreditava que teria uma despedida como a de meu pai. Ou obituários como os que haviam sido publicados no *Times* e no *Washington Post*. Eu não podia dizer-lhe que estava errado ou que coisas assim não importavam, porque ele não acreditaria em mim. Em vez disso, e pela primeira vez na vida, abracei Bunny Frank e lhe disse: Não fale assim, você ainda vai estar conosco por muito tempo. Além disso, completei, não é culpa sua que você fosse jovem demais para ir à guerra e, depois, fazer todo o trabalho complementar que o *establishment* reservou a seus próprios membros. O que você viu foram rituais de um mundo à beira da morte; você está construindo o futuro.

Fiz isso por Lydia. Pouco importa que estivesse dizendo a verdade; não teria sido gentil ou dito aquelas palavras senão como uma oferenda a Lydia. E não fiz isso apenas porque sabia que, sem a ajuda dela, eu teria sucumbido durante aquela semana de morte ou porque me sentisse culpado por causa do que acontecera em Spetses, embora esses fatores tenham com certeza desempenhado um papel. Você acredita em redenção?, North me perguntou.

Não respondi.

Claro, disse ele, você não tem opinião a esse respeito ou, se tem, não vai expressá-la. É complicado decidir se você não se deixa afetar ou se é cauteloso. Eu não acredito em redenção, North continuou, seja no sentido religioso ou mesmo no tolstoiano, porque não acredito em Deus, nem na conversa fiada a seu respeito. Mas acredito de corpo inteiro na possibilidade de mudança. Duas poderosas demonstrações, como mascaradas encenadas mais para instruir do que para divertir. Tiveram esse poder? A Máscara do Desejo, em Spetses, em que o desafortunado peregrino se delicia na aridez do prazer febril, e a Máscara do Amor, que cura. Renunciei ao adultério. Você pode dizer que essa foi a parte fácil, embora eu tenha percebido que uma vida inteira de penitência e empenho pode não ser expiação suficiente. Você ri, enfim. Será por causa do aroma litúrgico da palavra "penitência" ou da minha bufonaria? Por favor, não me dê atenção, continue rindo. Dependendo da sua opinião, você pode vir a pensar que acontecimentos posteriores demonstraram que estava certo.

A propósito, perguntou North, já contei a você que, depois que eu nasci, minha mãe deu início a um relacionamento adúltero que durou até ela começar a perder a razão? Pois assim foi. Quando Ellen e eu éramos pequenos, começamos a perceber que havia algo de errado e que a culpa era da nossa mãe. Ainda assim, a amávamos incondicionalmente, porque ela era boa para nós, porque era linda e perfeita em tudo o mais. Amávamos nosso pai também. Ele tinha de partir em missões diversas, e, quando não estava fora, em geral ele e minha mãe tinham noites movimentadas, recebendo convidados em casa ou saindo para jantar com gente importante. Era um homem arredio — naturalmente arredio e reservado, de forma alguma indiferente aos outros —, mas era também muito justo e até ponderado. Sempre falava conosco como se fôssemos adultos, ouvia com atenção o que tínhamos a dizer e se lembrava do que havíamos dito. Sabia um bocado de coisas e seu conhecimento era preciso e detalhado. Nós o admirávamos.

Em algum momento, imagino que eu devia ter sete ou oito anos — Ellen é dois anos mais velha —, percebemos o que havia de errado: nossa mãe tinha um amante. Não precisávamos conversar sobre o assunto; sabíamos quem era. Que eu saiba, nunca houve outro. Não descobrimos aquilo graças a alguma indiscrição ou por qualquer coisa que minha mãe ou meu pai tenham dito ou feito. Um dia, aquele conhecimento se materializou: estava ali, como uma enorme peça de mobília. Acho que éramos muito pequenos para especular sobre o que nossa mãe e seu amante faziam e como se arranjavam para fazê-lo. Esses assuntos só se tornaram alvo de discussões infindáveis e por vezes acaloradas entre nós depois que nosso entendimento da mecânica do sexo se ampliou. Você consegue adivinhar quem era o amante? Não espero que consiga, porque, afinal, você não conhece o meio ou o elenco. Por incrível que pareça — mas, na verdade, creio que era também inevitável —, o amante não era outro senão o melhor amigo do meu pai na escola, seu padrinho de casamento e camarada de arma, sim, ele mesmo: o ex-ministro da Marinha. Não admira que ele tenha feito seu panegírico com tanta autoridade, conhecimento profundo e perspicácia. Como costuma acontecer com casos tão longos, imagino que o deles não tinha complicações. O ministro nunca se casara, e portanto não havia uma esposa traída nem filhos confusos e amargos, nossos equivalentes. Será que esse pedacinho de história familiar ajuda você a enxergar minha alma? Eu odiava a conivência reinante entre aquele trio — até hoje não consigo entender por que qualquer um dos três aceitava aquilo. Como meu pai podia continuar sendo tão amigo daquele homem? Mas eram mesmo bons amigos? Não sei dizer. Costumava pensar que meu pai talvez gostasse de atormentar o homem, uma vez que o ministro não podia nem sequer dar um pio. Sim, porque, cabe aqui acrescentar, tanto quanto Ellen e eu podíamos perceber, meu pai e minha mãe nunca deixaram de viver como um casal de verdade, marido e mulher. Trocavam rebuscados presentes de aniversário, e de aniversário de casamento também, davam festas, e assim por diante. Podia-se dizer, portanto, que minha mãe estava fazendo hora extra. Por que não se divorciaram? Dinheiro não teria sido o motivo nem, aliás, o medo de que a sociedade desaprovasse o gesto. Os amigos deles se divorciavam a torto e a direito. Como eu disse, o ministro não era casado, e portanto em teoria estava disponível como possível marido, caso minha mãe julgasse precisar de algum. E, no entanto, os três permaneceram juntos, aquele trio improvável, consumindo reservas inesgotáveis de voyeurismo, masoquismo e sadismo. Eu gostaria que algum deles tivesse me explicado que diabo achavam estar fazendo, mas ninguém fez isso, e eu nunca tive coragem de perguntar. Talvez não seja tarde demais para fazer essa pergunta ao ministro, mesmo que ela provoque um ataque cardíaco fulminante. Posso até vê-lo no escritório de canto da firma de advocacia de que ainda é sócio, levantando-se em toda a sua altura — ele tem mais de um metro e noventa e pesa uns noventa quilos, todos eles em músculos, ou pelo menos é a impressão que se tem ao tocar o sujeito —, espumando um pouco na boca e despencando no chão, derramando seu chá, tombando o gueridom com porcelana chinesa, talvez abrindo a testa numa quina da escrivaninha, ao cair. Acredite se quiser, até a adolescência, Ellen e eu achávamos que éramos os únicos a saber. Num verão, em Martha's Vineyard, meu tio nos tirou aquela idéia da cabeça. Estávamos sozinhos com ele e, depois de um dia duro no mar e de seu quarto uísque sour, ele deu início a uma digressiva palestra sobre traços de caráter predominantes na família, chegando passo a passo ao caso da minha mãe e do meu pai, e do espetáculo que sua modalidade de *ménage à trois* oferecia aos amigos e à sociedade em geral, de Washington a Paris. Muito daquilo era boataria, já que meu tio era um arquiteto excêntrico, que não circulava em sociedade nenhuma, mas Ellen e eu não duvidamos do que ele dizia. Na verdade, não era um *ménage à trois* no sentido clássico, de *vaudeville*, porque, que eu me lembre, o ministro nunca passou uma noite sob nosso teto, nem mesmo quando a casa estava cheia de hóspedes de fim de semana, como em Spetses, por exemplo. Faz algum tempo, li as memórias de Nigel Nicolson sobre seus pais célebres e muito interessantes. Os dois eram bissexuais, a inclinação da mãe em direção às mulheres era provavelmente mais acentuada do que a do pai em relação aos homens. O pai, diplomata como o meu, precisava tomar mais cuidado, suponho, do que a mãe, de Bloomsbury. Ele me pareceu mais o produto típico da educação pública britânica do que uma bicha rematada. O filho se valeu de uma bela expressão para resumir o aspecto moral da vida dos pais. "A honra assentava na desonra", escreveu, ou coisa parecida. O cacete, digo eu. Na melhor das hipóteses, era honra entre ladrões, se você acha que ser educado em meio à depravação é uma honraria.

Preciso me esticar um pouco, North disse de repente. É minha ciática dando sinal de vida. Caminhamos de braços dados em direção à porta. Lá fora, brilhava ainda um sol forte. Ele tirou os óculos escuros e pôs-se a limpar cuidadosamente as lentes com a gravata, ou porque seu lenço não estava limpo ou porque esquecera de enfiar um no bolso da calça. Eu já o tinha visto fazer aquilo com um lenço de seda tirado do bolso do blazer, mas dessa vez ele não carregava nenhum adorno no bolso da lapela. Ao limpar os óculos, percebeu a mancha de gema de ovo. Cuidou dela por alguns instantes com a unha do indicador direito, mas o resultado não o satisfez. Balançando a cabeça com um ar de desalento, que talvez pretendesse ser cômico, ele me pegou pelo braço e me levou de volta a nossa mesa. É a grande retirada ante a luz do dia, disse, e pediu mais uísque.

Para concluir essa história do adultério da minha mãe, você bem pode imaginar como Ellen e eu nos sentimos quando soubemos que, em seu testamento, meu pai especificara que, se morresse primeiro, o ministro devia ser convocado para o discurso fúnebre. Diabólico, você não acha? E não devia haver nenhum outro orador; as instruções não podiam ser mais claras. A tarefa de transmitir o desejo de meu pai coube a mim, e me custou um bocado executá-la. Desde a adolescência, eu sempre tivera o cuidado de evitar qualquer contato com aquele homem. Ellen também. Aliás, não acho que teria tido força suficiente para telefonar para ele e pronunciar as palavras necessárias se não fosse por Lydia. Até alguns minutos atrás, quando comecei a contar a você sobre essa página da minha história familiar, eu só tinha conversado a respeito disso com duas pessoas: Ellen, é claro, e Lydia. Foram o carinho e o bom senso de Lydia — não sei separar uma coisa da outra — que me acalmaram e me infundiram a coragem necessária. Ela me fez compreender que eu não precisava ver no desejo de meu pai nenhum plano diabólico arquitetado para infligir humilhação pública a minha mãe e seu amante. Você veja, North explicou, quando meu pai mandou fazer seu testamento, não havia indício de que minha mãe mergulharia na demência, de forma que era plausível imaginar que ele estava construindo e refinando os pelourinhos para o amigo desleal e a viúva adúltera: para ele, o púlpito do qual se dirigiria à congregação; para ela, a primeira fila, onde se sentaria entronizada entre mim e Ellen. Essa era minha firme convicção. Mas Lydia me mostrou que era possível supor também que meu pai tivesse em mente uma reconciliação definitiva: o reconhecimento do valor permanente da amizade — imperfeita, é verdade — que, até o último minuto, o havia unido à esposa e ao colega de escola. Uma reconciliação pública, é claro, em benefício daqueles que conheciam os fatos, dos quais a platéia certamente abrigava mais do que uns poucos. Nunca vou saber se a interpretação de Lydia é a correta — a não ser que eu fale com o ministro, sem que ele tenha um ataque cardíaco ou se recuse a conversar. Meu pai não deixou nenhuma pista. Mas a visão de Lydia estava de acordo com o caráter dele e com as influências de sua formação. Espírito de equipe, você sabe. Pensando bem, o velho, ao contrário de mim, teria adorado o conceito de honra fundada na desonra, capaz de dar cobertura a mais de um tipo de vergonha, incluindo-se aí atividades associadas a certos aspectos do serviço governamental. De todo modo, não quero me afastar do meu propósito, que é dar a você uma imagem verdadeira de Lydia, ainda que em miniatura. Ela aplicara bálsamo em nossas feridas, nas de Ellen e nas minhas. Formara um juízo justo de um homem complexo e, em essência, reservado, a quem só havia visto em reuniões de família, e apenas durante o intervalo relativamente breve entre nosso casamento e o declínio de meu pai.

Estou cansado, North disse de súbito. Vou deixar você aqui —

não foi o que eu quis dizer, claro, por que você haveria de querer ficar aqui? — e caminhar um pouco ou me sentar num banco e tomar um pouco de sol. Tive uma noite ruim. Isso você já deve ter deduzido.

Em cerca de meia hora, ele estava de volta. Logo depois do funeral, continuou, Lydia e eu retomamos a rotina anual de verão: passávamos os dias de semana na cidade, os fins de semana em East Hampton e prolongávamos o fim de semana em um dia, quando o trabalho dela no hospital permitia. O manuscrito de *Perda* esperava por mim; concluí-lo, decidi, era um desafio que eu tinha de enfrentar. Reli com ansiedade as cerca de cento e oitenta páginas e me senti aliviado ao descobrir que não via a história que tinha escrito com total desconfiança ou desdém. Seria um romance bastante curto, numa época em que parecia que seriedade de propósito e riqueza de imaginação só podiam ser demonstradas em obras de oitocentas páginas, sem nenhum enredo e sem uma única personagem memorável. Mas meu método de composição sempre foi escrever tudo que tenho a dizer sobre determinado assunto e então parar. Empenhar-se por fazer mais do que isso é como adicionar à comida sachê de tempero pronto. Em geral, depois de um período tão longo sem mexer no texto, eu começava por revisá-lo da primeira à última página, fazendo grandes e pequenas mudanças à medida que avançava. Dessa vez, espantei-me ao descobrir que isso não seria necessário. Tampouco senti que, para tomar novo impulso ou entrar de novo no clima apropriado, precisava refazer o capítulo que havia terminado pouco antes de partir para Spetses. São truques que já empreguei com sucesso ao empacar. Como que por milagre, não parecia haver nenhum empecilho à retomada imediata do trabalho, num ritmo firme. Abracei a tarefa árdua e a pesada fadiga que sentia ao final de cada dia: eram, assim acreditava eu, as únicas maneiras possíveis de restabelecer minha saúde física e mental. Já no começo de agosto consegui entregar a Lydia, sempre minha primeira leitora, um rascunho finalizado. Decidi que só o revisaria se ela manifestasse um juízo favorável ao livro. É importante que você entenda que minha revisão de um romance é uma tarefa pela qual sempre aguardo com ansiedade, por mais tempo que acredite que ela vá me tomar, e isso porque, pelo menos, o livro está ali, palpável. É uma bênção estar livre daquele que é o pesadelo recorrente de todo autor: o de que ele se veja de repente, talvez sem nenhum aviso prévio, incapaz de concluir o que começou.

North fez uma pequena pausa. Depois, disse: Quero me corrigir, porque corro o risco de estar enganando você. Agora mesmo, devia ter dito "meu" pesadelo recorrente, meu próprio pavor ante a perda da imaginação ou da vontade. Como os outros escritores funcionam é um mistério total, não importa que tipo de absurdo tenham dito ou que revelações mentirosas tenham se disposto a fazer a esse respeito em suas memórias ou entrevistas. Além disso, não pense você que eu tinha superado minhas dúvidas sobre a qualidade da minha obra, aquelas que vinham me atormentando desde *O formigueiro*. Elas continuavam lá, vivas como nunca e presentes, mas, por enquanto, eu estava conseguindo suportá-las como mais uma daquelas dores aparentemente infinitas que nos afligem. Penso que o fracasso de um projeto, quando decorrente da falta de meios para finalizá-lo — da falta de imaginação, para ser mais preciso —, é insuportável porque anuncia paralisia e aniquilação total. Estava claro para mim que o retorno à serenidade da vida com Lydia tinha se tornado condição indispensável ao prosseguimento do trabalho produtivo no romance. Essa condição havia sido satisfeita: a inquietude que eu sentira e suspeitara presente também em Lydia desaparecera. Era como se jamais tivesse acontecido. Tudo funcionava à perfeição, fosse na cama ou nas atividades banais do dia-a-dia de um casal sem filhos, dedicado ao trabalho e acostumado a conviver a dois, sem muito espaço para ninguém mais. Eu sabia que, de novo, podia me voltar para Lydia com total confiança — confiança que ela havia conquistado em profusão nos dias que antecederam e sucederam a morte de meu pai — e contar com seus conselhos e sua gentileza sem fim, sem constrangimentos ou suspeita de qualquer significado oculto por trás de palavras e gestos. Pude também observar um progresso inesperado na minha atitude em relação à família de Lydia. Era possível remontá-lo, acreditei, ao momento em que eu conseguira dar uma resposta diplomática àquilo que passara a chamar — apenas em pensamento, jamais em conversa com Lydia — de a bela manifestação de inveja obituária de Bunny Frank. Ao responder a ele, eu tinha me manifestado de forma espontânea. Os pesares passados e presentes me atormentavam demais para que eu pudesse pensar, de modo que, excepcionalmente, me esqueci da obrigação que tinha comigo mesmo de ser desagradável. Tinha, pois, motivo para nutrir a esperança de vir a me libertar da minha maior vergonha: a inveja desprezível que sentia dos Frank, de sua opulência e daquela sua felicidade simplória. Talvez ainda houvesse em mim bondade suficiente para tanto. Eu ansiava por acabar de uma vez por todas com os ressentimentos que prosperavam em mim feito bactéria anaeróbica. Se tivesse êxito, Lydia perceberia de imediato — estava convencido disso —, e eu teria contribuído para a felicidade dela.

Enquanto isso, meu manuscrito permanecia na mesa dela, na posição exata em que eu o havia deixado. Ao que parecia, ela não começara a lê-lo. Aquilo constituía, tenho de admitir, um aborrecimento inesperado, mas eu entendia o porquê. A própria Lydia estava escrevendo um longo artigo que já devia ter sido enviado à revista de medicina, mas ela ainda não tinha resolvido problemas na argumentação e na estrutura que a preocupavam. De início, hesitei, mas acabei por começar a revisão de *Perda* sem mais delongas. Se tivesse esperado, sem fazer nada, ela teria notado. E isso poderia tê-la colocado sob uma pressão injusta; Lydia poderia imaginar que a opinião dela tinha um peso maior do que, em última instância, era o caso. Além disso, ir adiante com meu trabalho rendia-me um conhecido benefício secundário, que não deixei de levar em consideração: o processo de revisão de um romance sempre me absorveu por completo, equilibrando-me os nervos. Se, mais tarde, eu descobrisse que Lydia não tinha gostado do livro, o fato de eu estar trabalhando, pensei, me ajudaria a lidar de forma mais tranqüila com a decepção. De todo modo, tinha havido uma ligeira mudança na maneira como eu encarava *Perda*. Sem chegar de fato a articulá-la, eu tinha tomado a decisão de que o teste decisivo para saber se mostrava ou não o romance a meu agente seria o sucesso da revisão, e não a reação de Lydia àquela primeira versão. Em certos aspectos, meu estado de espírito não era muito diferente daquele que eu costumava experimentar quando da publicação de qualquer livro meu: um momento de pânico, seguido da percepção de que o melhor remédio não é sair da cidade ou deixar de ler os jornais, e sim manter-se ocupado, escrevendo.

Fazia já algum tempo que ouvir North estava me deixando apreensivo. Ele tinha alcançado um ponto de sua história em que se podia antever a iminência de um novo desenvolvimento. Não seria um fato agradável ou facilmente descartável, nem mesmo ali, no L'Entre Deux Mondes, nem mesmo naquele meu estado de indecisão, que oscilava entre a solidariedade total para com ele e um entorpecimento pelo qual eu culpava o esforço que vinha fazendo para seguir os meandros da história, o adiantado da hora e, para ser franco, o álcool também. Pensei ter detectado certa tristeza nos olhos injetados dele, em vez da zombaria e da provocação habituais. Talvez uma ansiedade parecida tivesse tomado conta de North, respondendo por seu silêncio, que não ousei interromper.

Veja, as coisas raramente são tão simples como a gente diz quando resolve contá-las. É verdade, por exemplo, que eu tinha terminado o romance, que o havia relido e que, considerando-se que ainda era um texto não revisado, não o achei pior do que seus predecessores, quando em estágio semelhante. Ou, dizendo isso de outra forma: o que li não me aborreceu. Não, não proteste, não há nada de anormal em nos entediarmos com o que nós mesmos escrevemos. Longe disso: já me vi pegando no sono em cima da máquina de escrever enquanto me arrastava pela descrição de uma escola para meninas em Salônica, do metrô de Nova York ou de alguma outra tolice semelhante que, por alguma razão, achei plenamente justificável à época e julguei absolutamente necessário incluir na minha história. Meus olhos se fecharam enquanto eu relia aquilo. Dá para imaginar o horror de achar que todo um livro em que você trabalhou um bocado é uma chatice dessas? Você faz que não, mas, deixe-me dizer, eu bem posso imaginar uma coisa dessas, embora até hoje tenha sido poupado dessa humilhação. Vai daí que fui revisando *Perda* sem parar, menos interessado ou, de todo modo, menos preocupado com o que Lydia iria dizer, e, ao longo desse tempo, minha posição tornou a mudar. Percebi que a última cena do livro, que eu esquematizara em detalhes antes de começar a escrever — na verdade, já tinha escrito um rascunho razoável dela antes mesmo de começar a escrever o primeiro capítulo, e não seria exagero dizer que escrevi o livro todo apenas para chegar àquela cena —, precisava de um retoque considerável. Não do tipo que demandava apagar ou inserir muita coisa. Era questão de umas poucas frases, capazes de corrigir a versão que eu havia dado dos sentimentos do marido traído e abandonado, sem o que o final do romance, conforme eu o havia escrito, ficava incoerente com aquela que se tornara minha intenção real, além de, para mim, insuportavelmente cruel. Fiz a modificação e a achei bem-sucedida. Era uma manhã de quarta-feira de agosto. Tanto meu clube quanto meu restaurante favorito — sim, aquele mesmo aonde eu cometera a estupidez de levar Léa — estavam fechados. Eu sabia que Lydia estava numa reunião com sua equipe que duraria o dia inteiro. Não obstante, me barbeei, tomei banho, me vesti com capricho e presenteei-me com um almoço comemorativo em outro restaurante, de que gostava também, mas que em geral evitava porque, a não ser que a gente coma lá toda semana (o que não era o meu caso) ou faça reserva com dez dias de antecedência (o que eu jamais faria), ouve deles num tom afetado que a casa está lotada. Em agosto é diferente. Na verdade, ficaram felizes em me ver, e, para variar um pouco, a qualidade do serviço, a comida e a meia garrafa de vinho justificaram o preço extorsivo que cobram.

Você sabe por que acabo de lhe contar isso?, perguntou North.

Fiz que não.

O motivo não é óbvio, mas é o seguinte: se, reescrevendo um pouquinho, alterando umas poucas palavras, pude fazer uma mudança profunda no clímax do meu romance, não tenho como alterar o curso da história que estou contando a você. Preço nenhum, nem mesmo a minha vida, seria alto demais — prosseguiu ele, sem fingir me dar uma oportunidade de responder —, se eu ao menos pudesse fazer com que minha história terminasse aqui, ou se pudesse reescrever seu desfecho. Milagres assim não existem. As palavras ditas não podem ser desditas, e tremo só de pensar no que preciso lhe contar.

Como você pôde ver, continuou ele, descrevi um momento de triunfo. Não pense que estou exagerando: escrever é um ofício solitário, cujos grandes momentos de alegria — os raros momentos de exaltação — acontecem quando estamos convencidos de ter resolvido um grande problema e de que o livro vai bem. Se você levar isso em conta, não vai se surpreender se eu disser que, durante aquele período em que eu terminava o romance e me lançava à revisão, que me pareceu bem-sucedida, Léa desapareceu da minha mente. Sumiu e pronto. Eu escrevia todo santo dia e estava envolvido por completo no meu trabalho; ficava feliz na companhia de Lydia; não havia lugar para Léa, não havia necessidade dela nem de ninguém mais. Tinha havido momentos ao longo do ano anterior, e um bom número deles, em que eu sentira uma falta quase física da intensidade do sexo com Léa, algo que, como você agora sabe, eu nunca tinha tido com Lydia. Mas nada disso se imiscuiu naquele mês de agosto. Léa fez ruir minha tranqüilidade, mas com suas atitudes.

De novo, eu andava recebendo recados dela no escritório. Pareciam cada vez mais longos. Eu nem sempre os ouvia na íntegra, fosse porque ela se repetia ou porque ouvi-los tomava muito tempo. Por causa da onda de calor, eu não ia ao escritório em horários regulares; em geral, ia apenas para examinar a correspondência, e já a caminhada e o passeio num táxi fervendo até o centro da cidade eram tão desagradáveis que inviabilizavam qualquer trabalho. Se, de tempos em tempos, eu não apagasse os recados na secretária eletrônica quando ia ao escritório, a fita acabava. Não sei o que Léa teria feito se percebesse que seus recados não estavam mais sendo gravados, mas, considerando-se seu comportamento posterior, não acredito que ela tivesse desistido da tentativa de falar comigo. O que eu ouvia nos tais recados era a confusão habitual das suas exclamações, garantias de que ela me amava e sentia saudade de certas coisas específicas — que às vezes descrevia —, ordens iradas para que eu fosse encontrá-la em Ramatuelle, onde ela esteve durante parte daquele tempo, e queixas de maus-tratos por parte de um novo amor, um homem cujo nome pensei ter reconhecido de relatos anteriores das idas e vindas em seu círculo de amizades, composto de jornalistas e marchands. Quando liguei de volta e não a encontrei, não deixei recado, fiel ao princípio de não permitir que ela tivesse qualquer evidência incriminadora contra mim. Uma vez, peguei-a em casa. Disse a ela que estaria viajando com Lydia pelo Oeste e que não podia conversar. Mesmo assim, os recados se acumulavam quase todos os dias. Nada disso, devo lhe dizer, me interessava muito. Extra-oficialmente — no sentido de que eu ainda não havia formulado conscientemente a decisão e, como você pode ver, estava longe de tê-la comunicado a Léa —, eu sentia que meu relacionamento com ela, nosso caso de amor, chame como quiser, estava terminado. Para mim, ele terminara quando partimos de Spetses, por nenhuma outra razão senão a de que eu detestava ser infiel a minha esposa e julgava que a companhia de Léa já não me dava prazer. A não ser pelo sexo, do qual imaginei que podia prescindir. Esses eram os excelentes motivos que eu me dispunha a alegar para mim mesmo quando pensava em Léa, o que só fazia raras vezes e com muita relutância. Léa havia se tornado um problema extremamente desagradável, com o qual eu não queria lidar. Nesse meio-tempo, eu fazia planos de passar o fim de semana do Dia do Trabalho em Martha's Vineyard, talvez estendendo minha estada por umas duas semanas. Esperava que Lydia me acompanhasse, que eu pudesse arrancá-la do hospital e das comemorações do fim de semana festivo em East Hampton. Pensei comigo que iria para Martha's Vineyard mesmo sem ela, mas, nesse caso, só depois do feriado, que passaria com ela. Já decorrera um ano desde a minha visita anterior à casa e, mais importante do que isso, a meu barco.

Durante a semana que antecedeu o Dia do Trabalho — North começou a dizer, mas parou, parecendo confuso, e se corrigiu: Não, deve ter sido um período maior, durante dez dias, talvez, ou duas semanas —, o conteúdo dos recados telefônicos de Léa se modificou. Passaram a ser assustadores, e tive de admitir que não acreditava que aquilo tudo fosse pura invencionice. Vários desses telefonemas foram dados da Île de Ré, onde ela e um novo amor estavam hospedados na casa de um casal de amigos. Como todos os seus grandes amores, o novo era de uma inteligência brilhante. Léa me informou dos pontos altos da carreira dele, bem como das duas *grandes écoles* que ele havia freqüentado — mas o fato é que ela estava descobrindo nele um veio de brutalidade cruel. No que fosse que ela não consentisse, exigências irracionais e raiva irrompiam. Léa não descreveu a natureza dessas exigências, mas não pude deixar de supor que só podiam ser bastante incomuns, talvez extremas, já que ela não era nenhuma novata no assunto. Ao aceitar o convite dele para ir à Île de Ré, ela concordara em ficar até o fim do mês, mas agora achava melhor ir embora. Mas como? Ia dizer a ele e aos anfitriões que precisava voltar para Paris? E se ele dissesse que iria com ela? Ou se reagisse com violência? O casal de amigos era tão educado que ela não tinha certeza de que eles a protegeriam. Podiam pensar que qualquer envolvimento seria uma indiscrição. E Léa tinha medo também de que, caso partisse, ele viesse a segui-la até Paris, onde ela estaria completamente sozinha. Todos os amigos dela estavam fora da cidade, de férias. Foi então que ela deixou um recado de um telefone público numa estação ferroviária, já no continente. Tinha se aproveitado do fato de estar sozinha — enquanto seu amor e o anfitrião velejavam, e a esposa tinha ido ao armazém — e fugira. A balsa já estava de partida, mas ela conseguira pegá-la e estava embarcando num trem para Paris, onde tomaria outro trem na Gare St. Lazare, direto para a casa dos pais, na Normandia. Quando chegasse, ligaria de novo: tinha de falar comigo, precisava que eu a aconselhasse.

Eu não queria aconselhá-la; na verdade, não queria nem falar com Léa. Embora nada tivesse sido dito entre nós, ela era sensível e inteligente demais para não ter compreendido em que pé estávamos, e eu disse a mim mesmo que isso já era suficiente. Quase todas as mulheres com as quais tive casos amorosos antes de me casar com Lydia ainda são minhas amigas. Pode ser que não almocemos juntos com a devida freqüência, não troquemos cartas nem façamos nenhuma daquelas coisas que, em teoria, amigos sempre fazem, mas não percebo nenhum sentimento ruim ou hostilidade. Via, porém, que no caso de Léa seria diferente: não haveria amizade a seguir. Ao contrário: eu faria absoluta questão de não ter mais coisa alguma a ver com ela. Não sei se está claro ou não para você, mas quando eu contemplava friamente o nosso relacionamento, via apenas sua sordidez. Sentia vergonha do que andara fazendo. Isso era um fato, e não um julgamento sujeito a apelação. Não acredito que Léa tenha chegado algum dia a fazer um juízo amplo sobre nossas atividades. Ela não atribuía nenhum significado moral a elas. Você com certeza se pergunta se essa minha vergonha justificava o comportamento insensível para com uma jovem mulher com quem, antes, eu adorava trepar, sempre que a oportunidade se oferecia e eu estava a fim. A resposta é não, não justificava. Mas, além da vergonha, eu sentia raiva também. De todo modo, naquele momento, eu estava livre dela e feliz que fosse assim, porque me parecia que não havia nada que eu pudesse fazer por Léa, e tampouco dispunha de palavras de sabedoria que não viessem a lhe parecer insultuosas. Se tivesse de dar a ela um conselho honesto, precisaria dizer que parasse de se comportar como uma putinha e deixasse de dormir com homens que não atendessem a um critério mínimo de gentileza e decência. Não tinha dúvida de que aquilo a faria rir e podia bem imaginar a réplica: Você quer dizer que eu só deveria me deixar levar para a cama por cavalheiros como você? Ao que eu responderia: Claro que você devia ter ficado longe de mim, e não teria precisado fazer muito esforço para deter minhas investidas. Mas não era o que ela iria querer ouvir.

North fez uma interrupção, como se para me permitir uma oportunidade de falar. Eu não disse nada e, passados alguns instantes, ele prosseguiu.

O que estou dando a você aqui, disse, é um exemplo da minha amarga propensão a recusar e rejeitar partes do meu passado. Minha determinação crescente de evitar qualquer outro contato com Léa está em consonância com a maneira como freqüentemente me comporto em questões bem mais triviais, quando alguém me decepciona ou quando penso ter procedido mal. Tome como exemplo os restaurantes que freqüento com regularidade. Se me servem comida excepcionalmente ruim ou se acho que fui tratado de forma desleal — se, digamos, me deixam esperando, embora eu tenha feito reserva —, dois desfechos são possíveis para a situação. No primeiro deles, em que o final é feliz e coerente com minha predileção geral por negociações descomplicadas e pela lealdade, em se tratando de lugares onde como e bebo, escovo os dentes, ponho gasolina no carro etc., o dono do restaurante ou o maître se desculpa de imediato, e o faz de um modo que julgo sincero. Nesse caso, perdôo tudo e nunca mais penso na ofensa sofrida. Se, porém, nenhuma operação de desagravo é efetuada, e permito que a irritação tome conta de mim — como me irritei depois dessa cômica epifania relativa à verdadeira natureza do meu caso com Léa —, aí solto os cachorros e, literalmente, não tem volta. Seja para o restaurante, seja para a pessoa em questão. Minha irritação, ou coisa pior, contra o que quer que tenha me exaltado — às vezes, acontece de eu esquecer qual a natureza exata da ofensa sofrida —, passa então a constituir-se também de um sentimento de culpa acerca do meu próprio papel na quebra de confiança. Eu sei que tudo isso é infantil e absurdo. Ainda assim, existem ruas em mais de uma cidade que evito, porque são aquelas onde se situa um ou outro estabelecimento com o qual rompi, de modo que caminhar por elas me expõe ao risco, por exemplo, de encontrar aquele barbeiro que cortou meu cabelo durante anos e que decerto se ofendeu quando o abandonei. É mais gentil, digo a mim mesmo, deixar que ele pense que me mudei de cidade, que nunca mais voltei ou, melhor ainda, que morri. São endereços que precisei apagar da minha agenda e que, se soubesse como, apagaria também da memória. Assim, se um amigo me perguntasse: Você ainda corta o cabelo no Igor?, referindo-se ao barbeiro que perpetrou a ofensa, eu poderia erguer as sobrancelhas, perplexo, e responder que nunca conheci ninguém com esse nome. A verdade, é claro, era que nenhuma operação de desagravo era possível no caso de Léa, e esse fato, bem como minha consciência não tão obscura dele, não teve influência nenhuma no desenlace.

Nisso, North se levantou, avisando que iria ao banheiro. Eu não precisava ir também?, perguntou. Agradecido, aceitei o convite. De volta à mesa, North ponderou que aquelas esquisitices de caráter que ele vinha discutindo comigo talvez não fossem do meu interesse. Se pensa assim, disse-me ele, você está subestimando o significado delas. Depois de eu lhe assegurar que não era o caso, ele reabasteceu meu copo e prosseguiu.

Tenho de voltar aos acontecimentos que estavam se desenrolando, disse-me. Como você pode ver, até aquele momento Léa vinha facilitando muitíssimo o meu propósito de evitar qualquer contato com ela. Ela nunca mencionara, em nenhum daqueles recados, onde ou como eu poderia encontrá-la, o que não surpreende, porque, naturalmente, ela não iria querer que eu ligasse para o número da casa na Île de Ré. Por outro lado, eu podia ter infringido minha própria regra e deixado algumas palavras de consolo em sua secretária eletrônica de Paris. Sabia que ela ouvia os recados compulsivamente. Mas, dadas a unidade e a coerência de meus sentimentos por Lydia, bem como minha convicção de que meu caso com Léa estava acabado, aqueles apelos dela eram não apenas bastante importunos como vinham também em hora errada.

Ela me ligou de novo da casa dos pais, como havia dito que faria. Fiquei sabendo que a cidade na Normandia era Trouville, um balneário enfadonho a pouca distância de Deauville. A menção do nome Trouville me fez lembrar de um fim de semana gelado e úmido que passei lá certa vez, na companhia de um esmorecido casal americano que alugara uma *villa* para o verão. A lembrança intensificou minha repulsa. Os dois haviam brigado sem parar durante minha estada, o que, para eles, provavelmente equivalia a me tratar como um membro da família. Devo ter me sentido obrigado a aceitar o convite porque o marido tinha sido um protegido de meu pai. Por que outra razão teria ido até lá? Não creio que nutrisse alguma ilusão quanto a Trouville ou aos anfitriões. Se alguém tivesse me pedido para descrevê-los, acredito que teria dado uma resposta profética: São o tipo de gente que, quando você vai à praia, pergunta se você trouxe sua própria toalha e, se você não trouxe — o que era o meu caso —, arranja algum pano de chão branco e gasto, dizendo que não podem emprestar uma das boas toalhas da senhoria, porque você vai estragá-la. Presciência de romancista, que, no entanto, pára por aí: pode dar a você informação precisa, mas isso não significa que você vai agir de acordo com a informação de que dispõe. Sobrepunha-se a essa minha lembrança uma visão incongruente e cômica de Léa, como uma Afrodite quase cega, de bronzeado perfeito e seios indiferentes, que, tendo se perdido, é descoberta caminhando de um lado para outro pelos seixos da praia, em meio a uma população de pálidos pequeno-burgueses arrepiados e tremendo de frio. O recado mais recente de Léa incluía um número de telefone. Dizia-me para ligar de volta naquele mesmo dia, depois das onze da noite, quando os pais dela já estariam dormindo. O telefone tocaria no quarto dela, e poderíamos ter uma conversa em particular. Às instruções, ela acrescentou em inglês: É bom você ligar. Não gostei das palavras nem do tom. De todo modo, pouco depois das cinco da tarde, o que equivalia ao horário francês indicado, telefonei do meu escritório. Também eu queria privacidade. Ela atendeu de pronto, mas não para falar sobre a Île de Ré, sobre seu inquietante novo amor ou para me pedir conselhos. Anunciou que a *Vogue* lhe havia oferecido uma vaga de repórter em Nova York e que ela achava que iria aceitar. Portanto, estaria na cidade na semana seguinte para se encontrar com a mulher que seria sua nova chefe e também conosco, com Lydia e comigo. Se ia morar em Nova York, queria que nossa situação fosse transparente. Foi como ela se expressou, acrescentando, de novo em inglês, uma variação da frase desagradável empregada no telefonema anterior: É bom você estar na cidade. Talvez estivesse treinando para enfrentar o novo e duro ambiente de trabalho. Meu espanto foi tão grande que, na hora, cometi um erro fatal e imperdoável. Devia ter dito: Eu sinto muitíssimo, *ma petite chatte*, mas Lydia e eu estamos de partida para a Austrália e a Tasmânia, e só voltaremos no ano que vem. Mas disse a verdade. Disse que estaria em Martha's Vineyard. É mesmo?, ela perguntou: Sozinho? De novo, disse a verdade, ou seja, que não sabia ao certo. Em seguida, já incapaz de conter a raiva, gritei: Mato você, se você chegar perto de Lydia. Arrependi-me de imediato do que tinha dito, mas provoquei nela um acesso de riso. Quando conseguiu voltar a falar, ela me disse: Você não tem senso de humor. Eu me lembro do nosso pacto. Mas vou ver Lydia de qualquer jeito. Se não este mês, no próximo. Não precisa ser na sua ilha. Quero convencê-la a levar meu quadro para o apartamento de vocês. Ele não está bem no seu escritório e, seja como for, quero que ele seja visto pelas pessoas importantes que vão à sua casa. Desliguei o telefone sem me despedir.

Há uma garrafa de uísque na última gaveta da minha mesa, que mantenho ali para emergências — em geral, alguma dor de cabeça terrível, resultante de eu ter empacado em meu trabalho. Depois de uma bela dose, comecei a pensar com mais calma na situação. Parecia muito improvável que ela fosse dar as caras em

Martha's Vineyard. Não sabia nem onde ficava! Da última vez que eu mencionara minha casa lá, Léa parecera pensar que se tratava de algum lugar na costa de Maine. Mas, ainda que o encontrasse no mapa e fizesse um esforço sério para estar lá na semana seguinte, ela seria derrotada pela logística. Para o fim de semana que antecede o Dia do Trabalho, os vôos comerciais para a ilha, seja de Nova York, Washington ou Boston, estariam cheios já desde o início de maio, mesmo aqueles com destino apenas a Hyannis. Eu não podia imaginar Léa fretando um avião pequeno, ainda que encontrasse algum, ou voando até Boston e alugando um carro para ir até a balsa em New Bedford. De todo modo, também a balsa já estaria com as reservas esgotadas, e ela não conseguiria embarcar seu carro. As reservas estariam igualmente esgotadas em todos os hotéis, albergues e pousadas da ilha. A verdadeira ameaça era a notícia de que um emprego do seu agrado aguardava por ela em Nova York. Por outro lado, essa perspectiva atenuava o perigo mais imediato. Se Léa iria morar na cidade, talvez a uns poucos quarteirões de nós, que necessidade havia do esforço heróico de tentar chegar a uma ilha inacessível durante a pior época do ano para se viajar, sobretudo se ela não tinha onde ficar, caso chegasse lá?

Já era tarde quando North e eu nos despedimos. Nenhum de nós disse que nos encontraríamos no dia seguinte. Se eu o veria ou não no dia seguinte era uma possibilidade que, tivesse ela me ocorrido — eu estava tão cansado que tenho certeza de que nem pensei nisso —, eu teria descartado. Sabia que, se Deus me desse vida, eu estaria no L'Entre Deux Mondes, esperando por meu estranho amigo.

No fim, quando cheguei, era ele quem esperava por mim, de novo com aspecto de quem tinha passado a noite em claro. Dessa vez, porém, bem barbeado e com roupas limpas. Julguei que sua aparência tinha um estranho quê de festiva. Talvez fosse o efeito da camisa vermelha elegantemente desbotada e da gravata de tricô, de um vermelho mais escuro.

Os fins de semana felizes são todos iguais, North anunciou, tão logo nos sentamos àquela que tinha se tornado nossa mesa habitual; o resultado disso, prosseguiu, é que não há nada de muito interessante que se possa contar sobre nenhum deles. Assim sendo, se disser a você, como estou fazendo agora, que meu tão esperado fim de semana do Dia do Trabalho em Martha's Vineyard e na companhia de Lydia foi dos mais felizes, você não se surpreenderá com meu relato breve, talvez até banal, dos acontecimentos.

Eis o que se passou. Lydia afinal conseguiu tirar parte da quinta-feira de folga. O tráfego até La Guardia estava tranqüilo; não enfrentamos acidentes na ponte nem qualquer atraso na decolagem ou no pouso. Chegar à ilha com Lydia na tarde mais bonita do ano, naquele nosso estado de felicidade compartilhada, foi uma bênção que me encheu de alegria e gratidão. Evitei manifestar de forma óbvia minha bem-aventurança, mas isso apenas em virtude do medo supersticioso de que tal manifestação pudesse ser um convite a uma mudança da sorte. Um a um, todos os meus feitiços funcionaram. Robbie, o caseiro que trabalhara para meu tio e permanecera comigo, foi nos encontrar no aeroporto com minha perua. Nós o deixamos em West Tisbury e seguimos para casa. Lá, descobrimos que ele tinha aberto todas as portas e janelas, de maneira que podíamos sentir do lado de dentro os aromas de cada erva ou flor lá de fora, no velho jardim cheio de mato. Não parei de abraçar Lydia enquanto ela desfazia as malas, e a beijava no pescoço, porque sei que ela sente muitas cócegas ali. Ela, por sua vez, ofereceu pouca resistência. Continuamos com nossas infantilidades durante os quatro dias que se seguiram. Na primeira noite, comemos carne, que havíamos trazido da cidade. Pelo resto de nossa estada, o jantar consistiu ou em lagosta no vapor, feita no grande caldeirão de lagostas no fogão, ou enchova grelhada, recém-pescada. No almoço, comíamos ovos mexidos ou alguma massa *al pesto*, que eu preparava com o manjericão colhido do lado de fora da cozinha. Há certos pratos que cozinho muitíssimo bem. Lydia tinha deixado um recado no hospital, avisando que estaria incomunicável. Para me prevenir contra algum médico ou residente que insistisse em tentar assim mesmo, desliguei os telefones da casa toda e a secretária eletrônica. Não vimos ninguém — nem mesmo um único de meus velhos e antiquados amigos. Mais para o final da tarde, nadávamos a partir de West Beach, um longo trecho de areia e dunas, só acessível às famílias dos membros da associação que é proprietária da praia. Como herdeiro de meu tio, sou membro. De carro, são apenas alguns poucos quilômetros de casa. À direita, ficam dois lagos: primeiro, Menemsha; depois, Squibnocket. O mar está sempre à esquerda. Depois, chega-se a um lugar em Nashaquitsa onde não mais que um fino dedo de terra separa o lago do oceano. É preciso dirigir com extremo cuidado ali. Feita a travessia, está-se no estacionamento da praia de Squibnocket, pública, mas muito boa também. No final do estacionamento, com acesso vedado por uma porteira, começa uma estrada que mais parece uma trilha na areia. Os membros da Squibnocket Association têm a chave do cadeado. Basta abri-lo, atravessar a porteira com o carro, fechar de novo o cadeado e seguir adiante pela estradazinha até chegar ao santuário dos santuários. Trata-se de uma praia da mais pura e macia das areias brancas, sem nada atrás que não sejam as dunas e a grama, e nada à frente além do mar e, lá do outro lado, a Irlanda; de ambos os lados, até onde a vista alcança, não se vê nada que não seja praia. Famílias com crianças pequenas chegam mais cedo, para apreciar a beleza extraordinária do cenário e para nadar; a praia é perfeita para crianças e para nadadores vigorosos, dispostos a cobrir longas distâncias, porque, em circunstâncias normais, a rebentação é tranqüila e não oferece o perigo de uma contracorrente ou de correntes traiçoeiras. As pessoas levam almoço, e os grupos se misturam com aquele tipo constrangido de polidez e de alegria que sempre me deu nos nervos. Para ser franco, é coisa que não suporto. Mas, no final da tarde, West Beach fica completamente deserta. Meus colegas da Squibnocket Association estão todos em casa ou na varanda telada de algum vizinho, bem vestidos em suas roupas L. L. Bean desbotadas e tagarelando na companhia de um Dubonnet ou gim. O que fazíamos durante o dia? Lydia lia meu manuscrito. Para não atrapalhá-la, eu ia fazer alguma coisa na rua ou aparava o jardim, que é o que mais gosto de fazer em matéria de jardinagem.

Na segunda-feira, fui velejar com o barco na direção de Naushon. O veleiro estivera fazendo sua visita anual à marina, para os reparos necessários, e, como eu não o estava usando, tinham mandado entregar o barco no ancoradouro de Vineyard Haven na semana anterior. Eu nunca o tinha visto em melhor forma, e me senti culpado ao pensar no pouco tempo que passava nele, mas isso são outros quinhentos, outra prova da minha infantilidade. Como contei a você, Lydia não é nenhuma velejadora entusiasmada; assim, quando ela me comunicou que preferia ficar em casa e terminar de ler o manuscrito, não me surpreendi. Na verdade, fiquei contente em saber que ela fosse terminar a leitura, embora deva dizer que, velejando com o vento pelo estreito de Vineyard, lamentei que ela não estivesse ali, porque aquilo era o melhor que eu podia oferecer a ela, melhor do que todas as minhas pretensões literárias. Cheguei em casa a tempo para os drinques e, enquanto bebíamos e, depois, jantávamos, finalmente conversamos sobre *Perda*. Em seguida, já na terça de manhãzinha, chegou a hora de levar Lydia para o aeroporto. Para não correr nenhum risco e chegar a tempo de ela pegar o primeiro avião para Nova York, saímos de casa antes das sete. Uma neblina pesada se formara antes do amanhecer e pairava sobre a estrada, o que não é nada incomum, mas, embora eu tivesse de dirigir bem devagar, era pequeno o perigo de nos atrasarmos. O piloto não decolaria antes de a neblina se dissipar. E, assim que chegamos, ela se dissipou, majestosa, como uma cortina que se abre para mais um dia fabuloso. Despedi-me de Lydia com um beijo e fiquei esperando no saguão pelo embarque dos passageiros. Ao que tudo indicava, minha infantilidade não tinha fim. Tive tanta dificuldade em me separar de Lydia que deixei o edifício do aeroporto e me dirigi para a beira da pista, onde esperei um pouco mais e acenei quando o avião subiu na direção do sol, fez uma curva fechada para a esquerda e desapareceu. Só então voltei para o carro, tentando me animar com a perspectiva de um agradável prosseguimento da minha estada ali. Lydia concordara em voltar no sábado seguinte e, se possível, passar o fim de semana comigo; nesse caso, partiríamos juntos para Nova York. Eu teria tempo para meu barco: poderia velejar até Nantucket e jantar com um velho amigo e sua terceira esposa, novinha em folha. Aceitaria a oferta de um bom banho, mas com certeza dormiria no barco, levaria os dois para um passeio e almoçaria a bordo, antes de regressar ao ancoradouro de Vineyard Haven. Teria também tempo suficiente para terminar a revisão do romance antes de Lydia e eu partirmos da ilha. A música de fundo para esses alegres pensamentos era a conversa que havíamos tido na noite anterior. Ela me dissera com grande convicção que tinha gostado muito de *Perda*, a ponto de acreditar que podia ser meu melhor romance, mais tocante do que *O formigueiro* e mais forte. Ficara impressionada em particular com a esposa obstinada, porque tinha, ela disse, sido delineada com uma empatia e uma compreensão até então inéditas no meu trabalho. Como a queixa habitual dela era que eu dava tratamento injusto a minhas personagens femininas, aquele era o elogio que contava. Não revoguei o princípio segundo o qual uma esposa não é juíza imparcial do trabalho do marido. Mas Lydia estava me dizendo que eu havia superado um defeito que ela sempre criticara. Aquilo conferia, acreditei, maior autoridade ao elogio. De todo modo, é melhor eu confessar logo: a verdade é que eu queria muito acreditar no que ela havia dito. O fato de ela ter gostado de *Perda* e de ter manifestado aquilo com tanta convicção reforçava minha confiança nela e minha consciência da nossa união, deixando-me exultante. Não há outra palavra para descrever o que eu sentia. Por isso mesmo, continuou North, não consegui entender o que tinha acontecido quando entrei no carro e percebi, com toda a clareza, que todo esse contentamento que acabo de descrever tinha desaparecido de repente, tendo sido substituído por um nervosismo terrível, acachapante, e pela ansiedade. Meu pânico parecia absolutamente irracional. Você precisa voltar para casa logo, disse a mim mesmo, beber uma xícara bem quente de chá forte e começar a trabalhar. Era um bom conselho, a não ser pelo fato de, como logo fiquei sabendo, aquele meu nervosismo ser, na verdade, o resultado de uma premonição de notável precisão temporal. Alguma coisa dentro de mim estava de vigília.

North ficou quieto por alguns momentos. Depois disse: Me perdoe, mas vou precisar interromper minha história para contar algo que tem a ver com o presente. Vi que você logo notou, quando cheguei a aqui ontem, meu considerável desalinho. Meu desalinho e minha aflição — sim, essa seria uma descrição ainda mais precisa — eram visíveis porque eu mal tinha dormido durante a noite e, além disso, maltratara minha insônia. Sabia que teria dificuldade para dormir e, por isso, antes de ir para a cama, tomei o comprimido que em geral me derruba no ato. Dessa vez, não funcionou, e, desesperado, reagi bebendo um bocado de uísque. Só que nem isso, somando-se ao que já tínhamos bebido, resolveu meu problema. Tudo o que me rendeu foi, talvez, uma horinha de inconsciência pela manhã. Misturar bebida alcoólica com barbitúricos não é boa receita para se obter um aspecto respeitável. Foi por isso que, com razoável descaramento, apareci aqui com barba por fazer, manchas na roupa, e assim por diante. Peço desculpas. É desagradável ter de olhar para uma pessoa nessas condições.

Comecei a murmurar que não havia necessidade de se desculpar, mas North me interrompeu.

Agradeço, ele disse. Ficou evidente que choquei você, e, se você me perdoou, fico agradecido. A razão para minha insônia deve ser óbvia. Fico muito perturbado lembrando-me dos episódios que tenho contado a você. Dizer que tudo isso deixa meus nervos em frangalhos não seria dramatizar demais. Conversando com você, eu, ao mesmo tempo, estou constantemente me perguntando por que fiz essas coisas que estou contando, por que não antevi com maior clareza as conseqüências que trariam, por que me permiti ser tão fraco. Não encontro, não existe uma boa resposta, e, ao que parece, não tenho descanso. Além disso, anteontem à noite, começou a me obcecar um outro problema importante para mim, embora seja quase certo que vá parecer trivial a você. Já insinuei aqui que problema é esse. É que, você sabe, sou um escritor, não um sujeito que fala bastante, e, no entanto, aqui estou eu, falando sem parar. A pergunta que tive de fazer a mim mesmo é se não constitui um erro colossal contar minha história a você, quando, na verdade, eu deveria ser fiel a meu ofício e botá-la no papel. Só assim eu poderia dar a ela o desfecho apropriado, de tal forma que você e todos os outros leitores soubessem, ao chegar à última página do livro, como ela de fato terminou. Do jeito que estou fazendo, pode ser que você nunca saiba. Quem é que pode dizer que a história acabou, se ainda estou vivo. Se você está curioso para saber o fim, talvez tenha de dar um jeito de estar presente, como testemunha, quando eu der meu último suspiro. E um defeito ainda maior é que, embora eu talvez nunca consiga resolver na vida real os conflitos que dilaceraram o John North de carne e osso, acredito que poderia resolvê-los num romance. Quer saber como? Inventando: suprimindo o que não convém, acrescentando o que quer que possa ser útil, me livrando do improvável. Contrariando as leis da lógica. Não há outro jeito. Mas a vida real é improvável e se recusa a ser governada pela lógica. É por esse motivo que tenho razão em insistir sempre, toda vez que a questão surge — como aconteceu com aquela maldita garota estúpida —, que não quero escrever minhas memórias. Talvez eu devesse ter me aferrado a essa decisão, em vez de me permitir brincar de Jean-Jacques com você, aqui no L'Entre Deux Mondes. Rousseau, pelo menos, teve o bom senso de escrever tudo, o que lhe deu a oportunidade de reconsiderar e retificar suas indiscrições. Já é bem mais prudente — além de mais artístico — do que derramar tudo diante de você, entre garrafas e garrafas de uísque, apegando-me ao fio de esperança de que você venha a compreender e não vá me trair. A propósito, não posso dizer que passei muito tempo me perguntando se você iria ou não me trair. O risco de eu o trair, não contando minha história como ela deveria ser contada, é muito mais grave.

Minha surpresa foi tão grande que deixei escapar uma pergunta. Há alguma coisa que impeça você — perguntei a North — de, depois, escrever um romance a partir dessa história?

Não sei, respondeu ele. Faz algum tempo que venho pensando que nunca chegamos tão perto da verdade como num romance. Gide também pensava assim. Pode ser que, à medida que falo, minha história adquira uma forma que resista à mudança, que haja coisas que eu disse a você que não vou poder desdizer. Talvez eu tente algum dia. Se tentar e for bem-sucedido, e se você conseguir ler o que escrevi, vai descobrir se eu estava certo. Por enquanto, minha tendência é continuar contando minha história, do modo como me lembro dela e da maneira como posso contá-la agora. Você vai continuar me acompanhando, mesmo depois dessa advertência?

Assenti enfaticamente.

Obrigado, disse North. É provável que você tenha razão. Pois eis o que aconteceu. Dirigi até em casa a uma velocidade maior do que a costumeira, porque tinha certeza de que Lydia me telefonaria de La Guardia, quando aterrissasse — a não ser que houvesse filas nos telefones públicos: nesse caso, ela ligaria do hospital —, e eu não queria perder o telefonema. Na realidade, não tinha como perder a ligação dela, ainda que me demorasse. O belo trecho entre o aeroporto e a casa em Chilmark não me tomaria mais do que vinte e cinco minutos, e Lydia não desembarcaria do avião em menos de meia hora ou quarenta e cinco minutos. Isso, porém, não fazia nenhuma diferença, porque meu nervosismo e minha ansiedade tinham se expandido feito nuvem de tempestade de verão, recobrindo tudo. Segurei-me para não sair correndo da entrada até dentro de casa. Em vez disso, caminhei pesadamente, parando para arrancar a grama e as ervas daninhas que cresciam entre as pedras do calçamento; depois, fiz um chá, tomei uma primeira xícara ainda na cozinha e me sentei à escrivaninha carregando outra. Os papéis jaziam à minha frente em perfeita ordem — eu os tinha arrumado ali na noite anterior —, e comecei a trabalhar de imediato. Algum tempo se passou, não sei quanto, até que, como era esperado, o telefone tocou. Eu atendi e fui logo dizendo: Oi, você foi embora faz pouco mais de duas horas, e eu já estou com saudade. Fez boa viagem? Ouvi risinhos alegres de mulher do outro lado da linha, e logo percebi. Era Léa, e não Lydia. Ela disse: Então você não me esperava? Fico muito decepcionada. E mais risinhos se seguiram.

Ela achara a proposta da *Vogue* tão boa que aceitara o emprego no ato. Um apartamento sublocado aguardava por ela no Upper East Side. Seríamos vizinhos enfim. E o melhor de tudo era que, ao dizer a sua editora que, mais do que tudo, ela queria passar o fim de semana do Dia do Trabalho em Martha's Vineyard, a editora mandara a secretária dar alguns telefonemas e tudo se ajeitara como num passe de mágica. Ela estava hospedada num quarto engraçado, com uma grande banheira, num hotelzinho esquisito em Vineyard Haven, bem defronte do ancoradouro. Estava ali desde sábado de manhã. O hotel tanto fazia, ela disse, Martha's Vineyard também: tinha vindo para me ver. Mas ao ligar, assim que chegara no sábado de manhã, ninguém havia atendido, e desde então estava ligando sem parar. Por onde eu tinha andado? Disse-lhe que tinha saído de barco. Então minha voz explodiu, porque meu autocontrole se esgotara, e eu disse a ela, num tom estranho e artificial que posso ouvir ainda hoje, que ela era louca, completamente pirada, se achava que podia me perseguir impune até Martha's Vineyard, contrariando minha vontade, ainda mais porque eu havia lhe dito expressamente que Lydia poderia estar comigo ali. Ela podia ficar na ilha ou ir embora, não havia nada que eu pudesse fazer quanto a isso, mas não tinha o direito de me ligar em casa, eu não toleraria aquilo. O que queria dizer com aquilo, não sei e não me importava, porque tinha perdido a cabeça por completo, mas, de algum modo, senti que a frase tinha surtido efeito. Além disso, Léa deve ter percebido que eu ia desligar, porque disse: Não, não desligue, vamos conversar um pouquinho, tenho coisas para dizer a você. Respondi que tudo bem, mas que era melhor ela falar depressa, e ela começou: Tudo bem, escute, eu só estava provocando você, porque você é um tremendo idiota. Eu sei que você não me quer em Nova York e aceitei isso, não vou pegar o emprego, ainda que ele seja tão bom como descrevi, e não vou me mudar para o estúdio na rua 78, embora seja um apartamento ensolarado, que dá para um jardim e do qual gostei de cara, e tudo isso porque amo você demais para te deixar preocupado ou te machucar. Mas pare de bancar o cretino. Vim aqui para te ver, porque não consigo parar de pensar em você; portanto, vamos nos ver amanhã, e eu vou embora, e você só vai me ver de novo onde quiser. Em Paris, em Moscou, tanto faz, vou até o fim do mundo com você. Pude ouvi-la começando a soluçar. Nunca fui capaz de suportar as lágrimas de uma mulher. Acho que isso começou com minha mãe, que costumava chorar muito, de frustração, sempre que Ellen ou eu a desobedecíamos, o que acontecia com relativa freqüência. Lágrimas me davam vontade de me esconder — de desaparecer —, tanto fazia onde, embaixo da mesa, atrás do sofá ou no armário dos casacos. Ou, quando mais velho, vontade de fugir de vez.

Pare com isso, eu disse a ela, pare já com isso, e vamos conversar, contou North. Num instante, ela de fato se conteve. Ao que, então, prosseguiu North, eu disse a ela que estava errada em tratar como uma piada algo que sabia ser essencial para mim — isto é, manter longe da minha vida com Lydia o que fosse que ela e eu fizéssemos. E disse outra vez que tinha sido um erro ela vir até a ilha. Mas, já que estava lá, e uma vez que Lydia tinha voltado para Nova York, informei que quebraríamos a regra por mim estabelecida e que, sim, nos veríamos em Martha's Vineyard. Tenho de confessar a você que eu estava me dobrando ao poder de um desejo repentino por Léa. Durante todo o tempo em que ficamos conversando, uma imagem em particular pairava diante dos meus olhos: a daqueles mamilos minúsculos e empinados, antes mesmo que eu a acariciasse, e do modo como a respiração dela se acelerava e seu rosto ficava vermelho, tão logo eu os apertava. A imagem se fazia acompanhar ainda da certeza da completa disponibilidade e submissão de Léa a cada desejo meu, a cada necessidade minha. Ao mesmo tempo, eu não queria passar o dia todo com ela. O tédio sobrepujaria a satisfação proporcionada aos sentidos. Não posso imaginar indignidade maior. Portanto, pensei por um minuto e acabei concordando: podíamos ficar juntos até a partida dela, no dia seguinte, mas precisávamos fazer aquilo direito. Não havia lugar na ilha em que eu pudesse aparecer com ela sem alimentar escândalo imediato. Não podia ir a um restaurante nem ao hotelzinho onde ela estava hospedada, porque os proprietários me conheciam; não podia ir ao local em Vineyard Haven onde o *Cassandra* estava atracado nem a qualquer uma das praias aonde vão as outras pessoas — eu era simplesmente uma figura pública demais na comunidade, meu rosto era bem conhecido de muita gente que eu nem sequer sonhava em conhecer. E Léa não podia vir até minha casa de imediato, porque meu faz-tudo tinha acabado de começar a consertar um cano que estava vazando, e era impossível mandá-lo embora. Encontre alguma coisa para fazer até depois do almoço, feche a conta no hotel e espere por mim na calçada em frente ao cinema, às duas horas. Pego você numa perua vermelha. Depois, perguntei o horário do vôo de volta dela para Nova York. Ela respondeu que iria no primeiro vôo. Estava perfeito, eu disse, eu a embarcaria no avião. E aqui vai outra indignidade, disse North: me agradou um bocado aquela simetria de pôr Léa no mesmo avião de Lydia, vinte e quatro horas mais tarde, depois de uma noite que, assim eu imaginava, seria bastante agitada.

O telefonema de Lydia veio pouco depois do final daquela conversa. Ela me agradeceu por aqueles quatro dias e, mais uma vez, previu que meu livro seria um sucesso. Eu agradeci. Não admira que, de novo, minha voz não parecesse ser minha. Como sempre, Lydia preocupou-se quanto a se haveria comida suficiente para o meu jantar na geladeira e na despensa, ou será que eu pretendia jantar fora? Aquilo me deu oportunidade de dizer a ela que, pelo que parecia, o tempo continuaria firme e que, assim sendo, eu velejaria até Nantucket no final da tarde. Com a lua nova, o céu estaria todo estrelado. Eu ligaria para ela do Iate Clube de Nantucket, assim que atracasse. Então você já avisou

Richard que está indo até lá?, ela perguntou — Richard era meu velho amigo de Nantucket. Ainda não, respondi, não quero que ele e Susan comecem a fazer planos para o jantar e Deus sabe o que mais: prefiro fazer uma surpresa aos dois. Na verdade, talvez durma um pouco no barco; depois, vou dar uma volta e apareço por lá à noite. Essa era uma idéia que tinha acabado de me ocorrer. Desse modo, Lydia não telefonaria para casa à tardezinha ou à noite, enquanto Léa estivesse por lá, nem ligaria para Richard para perguntar se eu já havia chegado. Quando telefonasse para ela de manhã — ainda me preparando para sair —, eu diria que estava ligando já de Nantucket.

Léa tinha mudado? Essa era a pergunta que eu me fazia ao examinar e reexaminar seu corpo, em busca das máculas deixadas por seu mais recente grande amor, que a maltratara, e Deus sabe por quantos outros, que ela talvez tenha preferido não mencionar. Não havia marca nenhuma. As cicatrizes haviam sido absorvidas por aquela pele macia e perfeita, as manchas tinham desaparecido, as coxas e as nádegas embaixo de mim, os seios que eu apertava como se, pela força bruta, pudesse possuí-los de um jeito diferente, a boca — não eram mais desconhecidos ou mais familiares do que sempre haviam sido. Eu a penetrei e, como sempre, foi ela quem desde logo determinou o ritmo e a duração da cópula. Eu sabia que tinha perdido a cabeça. Não havia como me conter, não havia melhora ou escapatória possível. Pelo menos, não a tinha levado para a cama de Lydia. Estávamos no quarto menor, no piso de cima — aquele que meu tio ocupara até o fim da vida, porque não gostava do maior, que julgava matrimonial demais —, na cama de quatro colunas que nada era capaz de chacoalhar, refletidos no espelho Chippendale que ficava em cima da cômoda do meu tio. Que aquela refinada peça de mobília antiga, de que ele se orgulhava tanto, pudesse dar a seu herdeiro a primeira oportunidade de observar o próprio pau entrando nas nádegas da francesa selvagem que ele montava, acompanhada ainda, à medida que as estocadas prosseguiam, da visão dos dedos furiosos da selvagem alternando entre o pau e o orifício que o recebia — o que ele teria pensado, se tivesse tido aquela imagem diante dos olhos? Não sei; homens que vivem sozinhos a vida toda são perversos em essência, e ele e eu éramos parecidos em mais de um aspecto. Podia de fato ser uma visão bem ao gosto dele. Quanto a mim, não havia dúvida: antes de atingirmos o clímax, determinei-me a girar o espelho na direção da cama que Lydia e eu compartilhávamos, para reviver o mesmo espetáculo com nova protagonista. Quando terminamos, a uma altura em que eu já estava exausto, disse a Léa que temia encontrá-la com o aspecto de uma esposa maltratada, com marcas pelo corpo e, talvez, até no rosto. Ela fez uma careta e disse: Ah, aquele sujeito! Ele só foi um pouco mais duro comigo do que você. Não esperou que eu me oferecesse para fazer o que sabia que ele queria, tentou me forçar a fazê-lo. Eu só lhe disse que ele tinha sido brutal porque sei que me ama e que isso faria você prestar atenção em mim. Eu não suportava o cara porque era um tremendo pão-duro. Ele me fez pagar minha passagem de trem e, na Île de Ré, quando íamos a um restaurante, ele dizia que seria *à la romana*, e rachava a conta com o amigo que estava hospedando a gente. O problema com esse *à la romana* era que ele dividia a conta por dois, em vez de somar os preços do que cada um tinha comido. O sujeito é um sovina, e é rico!

Aí está!, North disse de repente. Você finalmente me viu trepar. Aposto que estava imaginando se eu resistiria à tentação de contar. Bem que eu tentei, acredite.

Não imaginei que ele esperasse uma resposta. Parecia distraído, perdido em suas lembranças. Por fim, balançou a cabeça, como se quisesse se livrar de uma dor, e disse: Percebi que, se quisesse dar a ela uma chance de nadar, aquele era o momento, antes que o sol baixasse demais e começasse a fazer frio. Perguntei se ela preferia a piscina, que ficava logo depois do jardim, circundada por uma cerca viva de rododendros e louros da montanha, ou a praia. A praia, respondeu ela, queria ver a praia, aquela de que eu tinha falado com tanta beleza. Peguei um resfriador de vinho e uma garrafa de champanhe da geladeira, além de copos e quatro toalhas, para que pudéssemos nos embrulhar nelas da cabeça aos pés depois de nadar; apanhei ainda um lençol para nos deitarmos e algumas uvas e pêssegos. Fomos de carro até West Beach, a praia afastada do mundo, que já descrevi a você. Minha calma era total. Estava ansioso por mostrar o lugar a Léa, para que ela conhecesse uma praia bem bacana, diferente daquelas com as quais estava acostumada na Europa, das praias lotadas de turistas e, como tantas delas, com hotéis de dez andares quase à beira d'água. Não havia chance nenhuma de, àquela hora e durante a semana, encontrarmos alguém lá. Caso eu estivesse errado, achava que tinha uma explicação razoável. Esta é uma jornalista francesa que teve o bom senso de querer ver a ilha num dia de setembro. Estou mostrando a ela o que temos de melhor. Era o que iria dizer, e não havia motivo para preocupação, porque não era o tipo de coisa que alguém correria para o telefone para contar a Lydia ou de que se lembraria bem o suficiente para, em torno de alguns drinques, mencionar em uma conversa quando retornássemos a Martha's Vineyard. Na verdade, eu tinha plena consciência de que meu medo de ser visto com Léa era absurdo, uma vez que não havia ninguém na ilha que tivesse intimidade suficiente com Lydia para ligar para ela. E em nossa próxima visita, com certeza evitaríamos os habitantes locais, como havíamos feito agora.

De novo, o dia tinha sido bastante quente, razão pela qual, a despeito da hora e da brisa proveniente do mar, o calor ainda era forte na praia. O mar exibia um espantoso azul-escuro, com pequenas riscas encaracoladas a se entrecruzar, como numa aquarela infantil. Como eu havia previsto, estávamos sozinhos, e, munido do orgulho do proprietário que mostra sua propriedade, apontei para Léa as belezas da paisagem. Ela deixou escapar um ganido de satisfação, correu para a água, testou-a com o pé e anunciou que estava perfeita. Achei que ela fosse nadar de imediato, mas lembrou-se do champanhe e disse que era melhor bebermos, enquanto ainda estava bem gelado. Além disso, não tinha nada contra acrescentar mais meia hora de sol a seu bronzeado. De minha parte, estava tudo bem. Sentia-me ótimo — aquela sensação de bem-estar físico que às vezes penetra nos ossos, até as pontas das mãos e dos pés — e acho que me sentiria igualmente satisfeito se estivesse nadando, empurrando uma carriola pela areia lisa e compacta, correndo pela praia ou deitado imóvel, só com a cabeça para fora da areia, como costumava fazer tantos anos antes, naquela mesma praia, durante o verão em que Ellen descobriu o prazer inefável de enterrar garotos, recobrindo-os de areia batida, um novo esporte que ela praticava todo santo dia com o irmão pequeno. Estendi o lençol vermelho-tijolo, livrei-me do calção e tratei de abrir o champanhe. Léa havia tirado o biquíni assim que chegara. Começamos a beber e logo agíamos como crianças. Léa enchia a boca de champanhe para borrifá-la em mim; eu lavava a areia do interior das suas coxas e do vale entre as nádegas, puxando os pelinhos ora com os dedos, ora com os dentes. A garrafa estava quase vazia quando fizemos amor.

Contei a você que me senti exausto quando terminamos de trepar em casa. Ela havia me exaurido de fato, e enquanto eu seguia entrando nela sobre aquele lençol vermelho, percebi que, não importava quantas vezes trocássemos de posição, como ela usava a boca e as mãos ou que extremos de prazer eu alcançava, o tempo parava para mim. Tinha havido um começo daquilo que estávamos fazendo, mas fazia tanto tempo que eu não conseguia me lembrar de quando tinha sido, e acreditava que não precisava haver um fim. Talvez não pudesse haver um fim. Em algum momento, ela começou a dar um gritinho estridente, como um Ah, ah contínuo e sobrenatural, uma série de notas que começavam agudas e iam descendo, notas que eu ouvia e não ouvia, embora me lembre de ter acariciado seu rosto e sussurrado: Tudo bem, está tudo bem, várias vezes, como se ela necessitasse de consolo, sentindo minha mão úmida. Léa estava chorando. O fim havia chegado, North disse. Ele me surpreendeu, chacoalhou a nós dois. Acho que pegamos no sono quase de imediato.

Não sei quanto tempo dormi. Léa me chacoalhou, arrancando-me de um pesadelo, disse North. Eu estava em vias de executar uma manobra cada vez mais difícil. Tinha a ver com o quadro pintado por ela, que pendia da parede do meu escritório. O teto da sala se tornara excepcionalmente alto, e o quadro tinha mudado de lugar. Estava agora a uma altura da parede que eu não podia alcançar sem uma escada, mas tinha de fazê-lo, porque, por alguma razão que nunca ficou clara, Léa queria que eu o tirasse da moldura e do chassi. Por sorte, havia uma escada em algum lugar do escritório, uma daquelas que formam um triângulo isósceles quando abertas. Eu trouxe a escada para a sala do meu escritório, montei-a e estava para subir e retirar o quadro quando notei que ele não estava mais no mesmo lugar. Estava agora na parede de um prédio do outro lado da rua, a uma altura bem superior àquela em que Léa e eu nos encontrávamos, e, por estranho que pareça, minha própria sala passara a ser toda aberta, só uma espécie de parapeito a separava da rua, de tal modo que, ao que parecia, podia se apoiar uma escada bem comprida naquele parapeito, de um lado, e na parede externa do prédio defronte, do outro, logo abaixo da altura do quadro; assim, se fosse cuidadoso — e sobretudo se alguém firmasse a escada para mim —, eu podia atravessar de quatro para o outro lado e, com toda a cautela, recuperar a pintura. Ainda uma outra escada apareceu no meu escritório, uma escada extensível de alumínio, que fez um barulho imenso quando a arrastei pela sala. De imediato, comecei a estendê-la sobre a rua. Ela alcançou o outro lado, mas parecia impossível que, no ângulo necessário, fosse capaz de sustentar o peso de um homem grande. Pensei comigo que, quando me pusesse a engatinhar sobre ela, ficaria paralisado de medo, sem conseguir ir adiante ou voltar para trás. De fato, meus antebraços já estavam ficando muito fracos. Tinha grande dificuldade em controlar a escada enorme, que se tornara ainda mais longa ao estendê-la, e não podia entender por que Léa mostrava total indiferença ao perigo extremo. Ainda em parte dentro do sonho, entrei no mar até a altura dos joelhos, enfiei a cabeça na água e, por fim, acordei.

Vamos nadar, eu disse. Mas Léa se lembrou de que eu tinha trazido pêssegos também. Comemos os pêssegos, sentados lado a lado. Eu estava quieto, tentando me certificar de que o pesadelo se fora definitivamente, mas, como às vezes acontece, ficava voltando a ele, procurando uma solução para o problema que não conseguira resolver. Foi quando ela me deu um susto tão grande que o pesadelo bem podia nunca ter acontecido. De repente, contou North, sem nenhum tipo de preâmbulo, ela disse: Estou tão feliz de ir morar em Nova York. Nunca tive um amante como você. Nunca tive tanto prazer. Eu a agarrei pelos ombros, continuou North, e perguntei do que estava falando, afinal; pois ela não havia me dito poucas horas antes que recusara o emprego em Nova York e que estava indo para Paris no dia seguinte? Em resposta, ela fez que não com a cabeça e me disse que eu era um bobo. Só tinha dito aquilo para que eu não ficasse furioso e a tratasse bem. E tinha funcionado! Ela pôs o rosto junto do meu e me acariciou com o nariz. Depois, ergueu os olhos e me disse: Vou ser sua puta particular da rua 78! Quando me quiser, só vai precisar me chamar. No caminho de casa, ao sair do escritório. Se acordar assustado no meio da noite e me quiser. Basta fazer amor comigo do jeito que você fez hoje. Talvez porque tivesse dormido, disse North, eu estava bem lúcido. Compreendi que não teria nada a ganhar com uma discussão. De fato, pensei, isso só podia piorar a situação, porque, se eu me queixasse ou a ameaçasse, ela começaria a rir, e eu não sabia do que seria capaz se ela fizesse isso. Assim sendo, disse apenas que compreendia e fiquei ali sentado, esperando.

Suponho que ela também tenha dormido, porque estava de novo cheia de energia. Você tem razão, vamos nadar, ela conclamou: E vamos nadar agora mesmo. Se eu já tinha achado em Spetses que ela era boa nadadora, disse-me Léa, agora ela ia me mostrar como tinha melhorado, depois de praticar todo dia na Île de Ré, onde enfrentara ondas de verdade, e não aquelas ondinhas que, ao que parecia, era o que tínhamos por ali. E, dito isso, pulou na água, mergulhou sem olhar para trás e, com suas belas, longas e eficientes braçadas, seguiu o curso do horizonte. Por um breve espaço de tempo, fui incapaz de decidir o que fazer. Depois, então, eu a segui. Com minha espera, tinha dado a ela uma boa vantagem, e não quero dizer com isso que Léa precisasse dessa vantagem ou de qualquer outra. Imaginei que podia alcançá-la, se me empenhasse de fato, mas não tentei. Não havia por quê: não tinha nada a dizer a ela nem qualquer carícia a lhe oferecer. Léa estava nadando com extrema rapidez, dando tudo já desde o princípio, o que não é em geral o que faço em mar aberto, e para mim já era muito tentar acompanhá-la e, quem sabe, recuperar vagarosamente algum terreno. Percebia agora que o que eu julgara ser comedimento ante a traição dela era, na realidade, uma espécie de raiva contida, preenchendo-me os pulmões até sua capacidade total, derramando reservas de energia em minhas pernas, ombros e braços. Também eu nadava bem naquela corrida que não era corrida nenhuma, pronto, julguei, para prosseguir até que as últimas forças de Léa se exaurissem, por mais que aquilo demorasse a acontecer. Talvez meu estado tivesse se comunicado misteriosamente a ela, mas acredito que a explicação correta seja mais simples: a loucura de Léa era o lado ruim da elevada inteligência e da sensibilidade sobrenatural que a tornavam capaz de, num relance, enxergar dentro de mim — porque, quanto mais nadávamos, sem nunca nos desviarmos do horizonte, mais nossa disputa se assemelhava a uma caçada indissimulável. Não sei quanto tempo havia se passado, não uso relógio quando estou nadando, mas a praia estava já bem distante quando, ao erguer os olhos, vi que ela não mais nadava: apenas pedalava na água. Sem diminuir meu ritmo, fui me aproximando até chegar, talvez, a menos de trinta metros dela. Em seguida, também parei. Quase de imediato, a ouvi chamar meu nome. Não como alguém que está em perigo, mas alto, querendo se fazer ouvir. Estou aqui, chamei de volta, acenando com o braço direito. Bem aqui. Não consigo ver você, ela gritou. Chegue mais perto, por favor. Claro, era como na baía em Spetses, do outro lado de Spetsopoulos. Ela não conseguia me ver, embora estivesse com o rosto voltado bem na minha direção e eu continuasse a balançar o braço. Tudo bem, gritei, estou indo! Nadei mais uns dezoito ou vinte metros, talvez, na direção dela e, erguendo-me na água, acenei com os dois braços. Mesmo assim, ela não me via. Isso significava que Léa era ainda mais cega do que eu havia imaginado. Estou aqui, chamei de novo, bem do seu lado. John, ela gritou, não brinque comigo, não sei onde você está, não sei onde estou, você precisa chegar mais perto e me guiar. Está bem, respondi, espere só um pouquinho, estou com uma tremenda cãibra no pé, preciso me livrar dela primeiro.

Estava mentindo, é claro, disse North. Precisava ganhar tempo, porque minha mente havia dado à luz uma idéia hedionda ao extremo, à qual pensei comigo que precisava resistir. Posso dizer pela expressão no seu rosto que você já adivinhou que idéia era essa. E você acertou: de repente, ficou claro para mim que tudo o que tinha de fazer para expurgar da minha vida aquele demônio, para salvar a Lydia e a mim da vergonha e de coisa pior, era ir-me embora sem dizer mais nada. Eu não tinha atraído Léa para meu covil naquela ilha, não a havia induzido maldosamente àquela tentativa amalucada em pleno oceano: ela fizera tudo por conta própria. Pois que agora nade ou afunde. E vi com a mesma clareza que, a não ser por algum estranho azar, ninguém saberia do meu envolvimento no sumiço dela. Ela se hospedara num hotel, do qual partira dizendo na recepção que ia tomar a balsa para New Bedford; quem poderia dizer se tinha tomado a balsa ou não, ou o que teria acontecido depois de ela ter desembarcado, se tinha de fato embarcado? Eu podia ir além, examinar as várias alternativas, mas, ainda assim, não via perigo que me obrigasse a abrir caminho até aquele monstro e cuidar para que chegasse de volta à praia. Você talvez pense que tudo isso é maquinação demais para quem estava, supõe-se, massageando o pé com cãibra. Se é isso o que você pensa, está errado, porque tudo isso, e muito mais, me veio à cabeça num instante. É possível que um plano tenha sido traçado enquanto, acelerando meu ritmo, eu seguia inexoravelmente, braçada a braçada, no rastro de Léa. Sabia o que fazer: enchi os pulmões, mergulhei e nadei debaixo d'água para longe da moça, ainda não na direção da praia, mas num curso paralelo a ela. Desde menino, sempre fui capaz de nadar mais tempo embaixo d'água do que qualquer um que conheço. Quando emergi e olhei para Léa, vi que agora era ela que acenava em grande agitação. Se ainda chamava por mim, eu não podia ouvir. Não me pareceu necessário fazê-lo, mas tornei a mergulhar e a nadar para mais longe, paralelamente à praia. Dessa vez, ao emergir e olhar de novo, já não podia vê-la. Podia distinguir formas no local onde ela antes estivera, podia ver a forma dela? Não tinha certeza. Se ela ainda estivesse acenando, eu teria visto o branco contra a água já preta, mas não havia nada de parecido ao longe.

De repente, disse North, assim como, antes, o plano hediondo havia expulsado todos os outros pensamentos da minha cabeça, o horror diante do que eu tinha feito e a compaixão por aquela moça, por aquele corpo em cima do qual eu me contorcera de prazer, tomaram conta de mim, e eu comecei a gritar o nome dela sem parar, com todas as minhas forças. Depois, ainda que soubesse ser inútil, pus-me a nadar até onde achava que a havia deixado, a terríveis e cansativas braçadas de um estilo livre com a cabeça para fora da água, a fim de seguir sempre olhando e procurando, o que fiz até as estrelas começarem a brilhar no céu, mas não consegui encontrá-la. Percebi, então, que, se não rumasse para a praia enquanto ainda achava que sabia onde ela estava, logo seria tarde demais. Do jeito que as coisas estavam, mesmo que eu começasse a nadar de imediato, não era impossível que também acabasse me afogando. Aparentemente, contudo, eu ainda dispunha de uma reserva de energia. Cambaleei para fora da água quase no ponto exato em que Léa e eu havíamos entrado no mar. Na duna, os grilos faziam um barulho insano. Eles e a água eram tudo o que se podia ouvir. Não havia nenhuma outra figura humana. Meus dentes batiam. Eu me enxuguei, bebi o que restava do champanhe e juntei minhas coisas. Pareceu-me melhor levar o biquíni comigo. Deixei duas toalhas ali. Se ela alcançasse a praia, do que eu duvidava, porque a neblina estava chegando, as toalhas seriam bem mais úteis do que aqueles dois pedacinhos de pano. Então, fui para casa.

Amadurecia em mim um plano para os próximos passos. Eu me serviria de pão, salsicha, queijo e um gole de vinho. Depois, vestiria roupas quentes para o passeio noturno de barco, juntaria os artigos básicos de toalete, escolheria uma roupa para quando desembarcasse em Nantucket, pegaria uma garrafa de uísque e um pouco mais de salsicha e queijo. As roupas que Léa havia despido e o biquíni, eu guardaria na mala dela. Pareceu-me melhor deixar a mala em casa, por enquanto. Se o improvável tivesse acontecido e ela sobrevivesse, seria de pouca ajuda causar a impressão de que eu tentara me livrar da mala. A hora certa para fazer isso viria mais tarde, quando eu voltasse, caso não tivesse nenhuma notícia dela. Estava dando a ela quarenta e oito horas para ressuscitar dos mortos, uma ampla margem, considerando-se as circunstâncias. Concluídas aquelas tarefas simples, eu iria de carro até Vineyard Haven, remaria até o barco por conta própria e, enfim, embarcaria no *Cassandra*. Imensa felicidade. Não era para aquilo que eu vivia: velejar em meu barco, estar sozinho com ele, sussurrar-lhe meus segredos?

Todo o resto, disse North, é deplorável. É como outro pesadelo, dessa vez sobre as aventuras de um garoto que deram muito errado. Você gosta de aventuras marítimas? Não? Nem mesmo de Conrad? Não tem problema. Ele exagera com muita freqüência. Agora você vai ouvir a história da minha expedição marítima, do jeito que penso que aconteceu, contada de um modo bem simples, reduzida ao essencial e sem as sonoridades todas de *Tufão*. Entrei no barco. A brisa, como eu esperava, ganhara novo alento, e no momento em que icei a vela maior o *Cassandra* empertigou-se, pronto para partir. Não acendi os faróis — quanto menor a chance de criar testemunhas da hora da minha partida, melhor — e soltei as amarras. Começamos a nos mover em silêncio total e com toda a graça. A escuridão e a neblina, que chegava do sul e alcançara o porto, não significavam nada para mim. Eu teria sido capaz de velejar até meu destino de olhos vendados. Num piscar de olhos, tínhamos partido. Liguei os faróis, icei a bujarrona mastro acima, fixei-a, ajustei o mastro e defini o curso para East Chop. Adorava a sensação de estar no meu barco. Contornamos o Chop. O vento soprava do sul, o que era normal. Numa bordada, com o barco a zunir, rumei para Cape Poge. Até então, havia sido moleza. A coisa seria diferente assim que passássemos Edgartown e entrássemos em águas que são como malditos campos minados de mar revolto, com bancos de areia por toda parte. Aí começaria a diversão de verdade, sobretudo se a brisa aumentasse e não desfizesse a neblina. Com a visibilidade caindo rapidamente para zero, julguei prudente recorrer a minha compra do ano anterior, um GPS portátil, e verificar o que havia feito. Até aquele momento, a bússola me prestara bons serviços. Eu não tinha cometido nenhum erro. Não havia razão para que não me servisse da comida que trouxera e de um drinque de verdade. A cabine do *Cassandra* é aberta, como convém a um barco de corrida; tendo fixado a bujarrona e o mastro, me encolhi em seu interior, sentindo-me aconchegado em minha roupa impermeável, passando a me concentrar no leme, por um lado, e na comida e na bebida, por outro. Devagar, mas de forma perceptível, o uísque foi equilibrando meus nervos. Camadas de neblina varriam o deque do barco, e eu exultava com o desafio. Para que mais servia um grande veleiro, se um sujeito o tinha comandado por tanto tempo como eu, se seu valioso mastro e suas velas imensas, em termos de familiaridade e funcionamento, não diferiam em nada do meu tronco e dos meus braços, sendo apenas bem mais fortes e belos? Superado meu nervosismo, pus-me a examinar meu ato horroroso. Que era culpado, eu não tinha dúvida nenhuma, a questão era apenas: do quê? De assassinato, não; não tinha matado a moça nem tinha planejado fazê-lo. A pura verdade era que não estava preparado para tanto, embora matá-la parecesse sem dúvida ser um preço que eu teria pagado para mantê-la longe de Lydia. Não apenas por temer por minha tranqüilidade e felicidade, mas porque teria preferido morrer eu próprio a ver Lydia humilhada. Essa era a natureza real da ameaça representada por Léa. Mas ainda não havia chegado a tanto. Outra pura verdade era que eu tinha feito algo vil e imperdoável, abandonando a moça em perigo mortal, quando teria sido fácil para mim livrá-la daquilo. Tinha alguma desculpa a alegar em meu favor? Acreditava que não. Nisso, porém, uma vozinha esganiçada ergueu-se em minha defesa, lembrando-me — como se aquilo fosse necessário — que a moça era excepcional nadadora, muito melhor do que eu. Sim, mas só que cega, retrucou minha voz mais respeitável, cega feito um morcego: não era o que eu havia dito a mim mesmo? Era, mas eu não a teria abandonado lá, tinha certeza, se ela nadasse mal ou mesmo se sua competência como nadadora fosse apenas mediana. Decerto, não teria montado uma armadilha, não a teria atraído para bem longe da praia apenas para abandoná-la ali, garanti a mim mesmo. Oscilávamos de um lado para outro, minha consciência e eu, numa grande chateação que, no entanto, não mudava coisa alguma; nada jamais poderia mudar o fato, pensei, o fato crucial de que eu havia abandonado uma louca perversa, que me amava, à mercê de uma morte terrível. Não, não era morte certa; tanto quanto eu sabia, com todo aquele seu vigor, ela acabaria sendo arrastada até alguma praia de Martha's Vineyard, nua e semimorta. Os cações e caranguejos não teriam feito dela sua refeição. Eu não ia me entregar à polícia — na verdade, não sabia ao certo de que crime podia ser acusado, embora acreditasse que podiam encontrar algum que se aplicasse a meu caso. Se fizesse uma loucura dessas, o efeito sobre Lydia seria ainda pior do que qualquer coisa que Léa pudesse ter feito. Eu precisava julgar meu caso por conta própria. Uma solução me veio à mente: iria decidir vida ou morte num lance de dados. Léa havia tido a oportunidade de nadar ou morrer, e assim seria comigo também; em todo caso, não escaparia impune. A neblina se avolumara de tal modo que eu mal podia distinguir a proa do barco; a brisa esplêndida se transformara num vendaval cujo assovio me rompia os ouvidos. O *Cassandra* subia e descia nas ondas cuja altura eu não havia previsto. Verifiquei de novo o GPS e o mapa. Estávamos a meio caminho de Cape Poge, rumando para o velho barco-farol que já não existe mais. Se ao menos, disse a meu barco, se ao menos eu pudesse fazer isso sem machucar você. Mas não havia como. Joguei o GPS no mar e, com a outra mão, arranquei os fios elétricos ligados à bússola. Ela apagou. A última vez que lançara o *Cassandra* numa tal bordada, adernando feito um bote, havia sido dois dias antes, quando voltávamos das ilhas Elizabeth sob um sol maravilhoso, o mar em festa com os muitos balões coloridos dos outros barcos e, em comparação, manso. Agora éramos só nós dois, cegos. Eu podia distinguir a cabine, o deque até o mastro e as ondas que o enxaguavam. Era tudo o que eu via. Daquele momento em diante, o único modo de permanecermos no curso que eu havia estabelecido era ser fiel ao vento, que julguei constante, ainda que ganhasse força. O resultado foi que não conduzi mal o barco. O banco de areia que abalroei ficava pouco depois do barco-farol, o que significa que eu me desviara muito pouco. Se tivesse sido capaz de nos livrar com rapidez do banco de areia, teria salvado meu lindo barco, mas, antes que conseguisse fazê-lo, as ondas encheram a cabine e viraram o *Cassandra* de lado. Depois, partiram o barco. Sobrevivi agarrando-me ao leme. Como havia decidido não viciar os dados, não estava usando colete salva-vidas. Esse gesto, na verdade, viciou os dados contra mim. Não me afoguei por um milagre, ou por um acaso. Meu cunhado, Ralph, foi quem avisou a Guarda Costeira, dando início à busca. Quando Lydia contou a ele que eu estava a caminho de Nantucket, ele imediatamente, por mero pressentimento, foi dar uma olhada em como estava o tempo. Sabia muito bem o que uma borrasca podia fazer até com um bom marinheiro, munido de bons instrumentos de navegação.

North fez silêncio e baixou a cabeça.

Por um momento, não ousei dizer nada. Depois, perguntei a ele: O que aconteceu depois?

Como assim?, ele disse.

Com Léa, por exemplo. Você descobriu se ela de fato se afogou?

North riu e fez que não com a cabeça. Não, ele disse, não tive *de ses nouvelles*. Depois que me pescaram dali, fui obrigado a ficar num hospital por mais tempo do que poderia ter imaginado. Quando saí, folheei com cuidado os jornais de Martha's Vineyard, o *New York Times*, claro, e também três diários parisienses, examinando as edições de até duas semanas depois do naufrágio, para ver se encontrava alguma menção ao desaparecimento dela. Nunca encontrei nada. Pouco tempo depois de ter alta, precisei voltar a Martha's Vineyard, para tratar do seguro do barco. A malinha dela estava exatamente onde eu a havia deixado, no armário do quarto do meu tio. Levei-a comigo no avião para Boston e a abandonei no aeroporto ao chegar, depois de limpar possíveis impressões digitais e arrancar a etiqueta de identificação de bagagem. Imagino que ainda esteja na seção de achados e perdidos.

Você acha mesmo que ela poderia ter sobrevivido?, perguntei, depois de alguns instantes absorto em meus pensamentos.

Seu palpite vale tanto quanto o meu, foi a resposta. Não era impossível, mas a única coisa que posso dizer com certeza é que não sei. Ela não voltou a me procurar, nem eu procurei gente que a conhece.

Mas por quê, perguntei, sem a menor compreensão, por que ela não procuraria você, se estivesse viva? Como é que uma coisa dessas poderia acontecer?

É fácil, disse North. Você acha que ela não teria medo de que eu, se tivesse nova oportunidade, a matasse de fato?

E você, e Lydia?

Lydia está bem. Ela achou natural que, depois do naufrágio e da internação, eu necessitasse de um tempo fora. Quanto a mim, você agora sabe mais a meu respeito do que qualquer outro ser vivente.

ESTA OBRA FOI COMPOSTA PELA SPRESS EM ELECTRA E IMPRESSA
EM OFSETE PELA GRÁFICA BARTIRA SOBRE PAPEL PÓLEN SOFT DA SUZANO
PAPEL E CELULOSE PARA A EDITORA SCHWARCZ EM JANEIRO DE 2007